魅丽文化 花火工作室

初恋多关照2

I love you

小布爱吃蛋挞·著

江苏凤凰文艺出版社
JIANGSU PHOENIX LITERATURE AND ART PUBLISHING, LTD

图书在版编目（CIP）数据

初恋多关照. 2 / 小布爱吃蛋挞著. — 南京 : 江苏凤凰文艺出版社, 2018.9
ISBN 978-7-5594-2545-4

Ⅰ. ①初… Ⅱ. ①小… Ⅲ. ①长篇小说－中国－当代 Ⅳ. ①I247.5

中国版本图书馆CIP数据核字(2018)第161169号

书　　名	初恋多关照2
作　　者	小布爱吃蛋挞
出版统筹	汪修荣　邹立勋
选题策划	丏小亥
责任编辑	胡小河　姚　丽
文字编辑	狐小九
责任监制	刘　巍　江伟明
出版发行	江苏凤凰文艺出版社
出版社地址	南京市中央路165号，邮编：210009
出版社网址	http://www.jswenyi.com
印　　刷	湖南凌宇纸品有限公司
开　　本	880mm×1230mm 1/32
字　　数	258千字
印　　张	9.5
版　　次	2018年9月第1版，2018年9月第1次印刷
标准书号	ISBN 978-7-5594-2545-4
定　　价	36.00元

序·少年归来时

如果没记错，第一次和小布说话是在两年前。我们的相识归功于彼此一个共同的朋友，而那一天，小布发来的第一条消息就充满了大大咧咧、毫不拘谨的爽利，和她本人一样，活泼而直率。

我素来懈怠、懒惰，两年来并不常与她聊天，但也陆陆续续得知她的动态。她在帝都念书，拥有一个异地恋多年的男友“三爷”，热爱美食与文字……巧的是，认识她的那一年，恰逢我也入京读研，我亦有一个读书时代就携手与共的少年，我也从不辜负美食并且深爱着文字，如此说来，我们之间似乎有一种妙不可言的默契。

今年初夏，我与她终于在北京见面，地点是我选的鼓楼旁一家寿喜锅小店，日子恰好在她与三爷的婚礼前夕。

我至今仍能清晰回忆起那一天的场景，那是个周末，我们各自从城南城北坐车而来。鼓楼那一带每逢周末就堵得水泄不通，半小时的车程硬是被我们坐成了一个半小时。我先到，便坐在小而温馨的店内等她，一边等一边低头看手机。

某一个瞬间，店门上的风铃突然响起，我抬头一看，有个姑娘携着风、带着笑，像是夏日的一束光，陡然照进这满室寂静。她风风火火地冲进来，笑容灿烂地说：“堵死我啦！”

纵使从未见过面，纵使从未交换过照片，那一刻我也无比笃定，这就是小布。

笔名是可爱的六个字：小布爱吃蛋挞。

多直率，多能说明问题啊。开门见山点题，令我这吃货仿佛瞬间找到同道中人，初闻大名便倍感亲切。而见面后我才更加确定，她比这名字还要率真，还要活泼。

那一天是她新婚前夕，她带着喜糖来见我，分享她的喜悦与幸福。

她像个小姑娘似的吐槽未婚夫的傻气，例如订蛋糕六神无主，非要经过她的拍板，例如凡事巨细靡遗都会和她商量，自己拿不定主意……我坐在她的对面，听她絮絮叨叨说着生活中可爱的琐碎趣事。大抵是旁观者清，我清楚看见她那苦恼的笑容里带着难以掩饰的喜悦，而那甜蜜的抱怨里满是对爱情、生活的热爱。

她来时像阵风，去时也风风火火，那种蓬勃与朝气叫人印象深刻。

后来听闻她写了新的故事，关于音乐，关于爱，关于那些失散在时光里而又重逢的少年，关于青春，关于生命中最美好的一切。我想，这样一个像风像火的姑娘，笔下的世界也会与她一样充满热爱，令人心生眷恋。

故事里，失散的少年姗姗来迟，但终究带着爱从记忆里归来。

而小布呢，我祝愿她和她的少年一路顺遂，平安喜乐。祝愿所有看到这个可爱故事的你，永葆少年心。

容光

2018 年 7 月

/ 目录 / ★

C O N T

E N T S

走过一些路，
见过许多人，
最好的是还能遇到你。

第一期

○ ● ●

日本街头的你和我的初遇

潮湿阴冷的地下室里，三把椅子搭成一张床，女孩身上披着一件军大衣，冰凉的脚塞在男人的背和椅子之间取暖，她枕着自己的胳膊，像是在做梦，睡得并不踏实。

男人手里拿着一沓纸，嘴里咬着支铅笔，皱着眉头发呆。

女孩动了一下，缓缓坐了起来，瓮声瓮气地问：“几点了？”

“八点半。”

“我妈说吃铅会变傻的。”她伸手把他嘴里的铅笔拽出来，一脸嫌弃地将上面沾着的口水在军大衣上蹭了蹭又递给他，“我回去了。”

男人点下头，看着女孩穿上皮靴，手指夹着铅笔和她挥别。

她开门的时候外面走廊里的光泄了进来，阿迟迎面走进来和她打了个招呼：“小花花走了啊！”

“嗯，阿迟哥再见！”

“再见。”

门关上，光被挡住，屋里又昏暗了下来，满目漆黑。

车上的音乐广播节目正在播放临时乐队的新专辑，男主播动人的嗓音正在进行着令人不太愉悦的评论：“《还是喜欢你》这张专辑发行三周以来，虽然一直占据各音乐榜单前列，但从歌迷到乐评人都一致认为该专辑完全没有临时乐队应有的音乐水准，有评论甚至认为林天阳已经江郎才尽，如今纸醉金迷的生活让他再难现当初住在地下室时对梦想的执着与对音乐的激情，下面让我们重温这首临时乐队的成名曲《小玫瑰》……”

广播声戛然而止，是阿迟伸手关掉按钮，他回头在后排的林天阳耳边打了个响指：“天阳，醒醒，到家了。”

林天阳被唤醒，手比脑子动作更快，打开车门下了车。风从裤腿灌上来时他才揉着太阳穴看清楚已经到了乐队公寓，跟着乐队成员们一起往楼里走。

阿迟在他身后问了一句："还难受呢？"

"还好。"林天阳放慢脚步和阿迟并肩，"我一吃感冒药就困。"

正说着话，不远处忽然响起一道年轻男人的声音："小花慢点跑！"

林天阳和阿迟动作一致地转头，看见一个穿着呢子大衣的小姑娘举着个波板糖大笑着从下坡路跑下去。

夜色深沉，路灯沉默地伫立着，街区安静得不像是繁华都市。

"你俩干吗呢？电梯来了，快走。"唐哲站在电梯间门口朝他俩喊了声。

阿迟应了一声，林天阳又看了一眼快乐尖叫的小姑娘，往电梯间走的时候对阿迟说："我刚才梦见明薇了。"

阿迟想要说什么，却什么都没说出来。

林天阳进了电梯半眯着眼倚靠着轿厢，听着电梯运行的嗡鸣声，觉得太阳穴突突发胀。

乐坛数一数二的临时乐队最近行程颇多，新专辑发行二十天，从最开始的万众期待到现在的人人唱衰，乐队着实体会了一把从巅峰跌落谷底的感觉。扪心自问，他们觉得这张专辑也没乐评人说的那么糟糕，只是从出道开始就贴在他们脑门儿上的"伪摇滚"标签这次算是贴得结结实实了。

什么是摇滚，什么是伪摇滚，界限在哪里，谁说了算？

作为主唱的林天阳，同时也是乐队大多数作品的词曲作者，无疑是压力最大的那个人。心里烦，身体免疫力就差，正处在秋冬换季，他都不知道是因为吹了冷风还是喝了凉水，得了重感冒。今天的一个小型歌友会上他突然失声，唐哲立马接了一段吉他 solo，给他解了围。

林天阳觉得自己需要休整两天，冲完澡坐在床边给经纪人Mary打了个电话："姐，我得歇歇。"

"好。对了，之前跟你说的真人秀的事，不出意外的话就是千兮了，成灵璧跟她那个已婚富商男友的事爆出来以后节目组立马否决了……"

林天阳没兴趣听别人的隐秘八卦，敷衍地应了一声：“姐，你拿主意就行。”

Mary 沉默了一下：“好，你睡吧。”

他这一觉足足睡了二十多个小时，醒来的时候四肢都是软的，一睁眼就看见床前围了一圈人，个个表情都像是来参加追悼会的。

林天阳双手交叉放在肚子上，清了清嗓子，问道：“你们又做什么错事了？”

“我煮面的时候去看电视忘记时间，锅子炸了。”阿迟最先认错。

唐哲态度也很诚恳：“我把你那件带金属片的 T 恤还有白色衬衣洗坏了。”

林天阳坐起来，看了一眼明第：“你没事吧？”

“没事，就来看看你什么时候醒。”明第双手抱在胸前，“我饿了。”

“……”行，他林天阳就是队里的老妈子。

在厨房给队员们做饭的时候，林天阳想起来昨天经纪人说的真人秀的事情，原本他是没兴趣的，他对自己的定位一直是歌手而不是艺人，平时连综艺通告都不怎么喜欢接，他讨厌对着镜头回答一些已经定好答案的问题。

可是 Mary 说现在最容易让人火起来的就是真人秀，转过年三月份乐队就要办全国巡回演唱会了，这是他们出道两年以来的第一次全国巡演，准备工作十分忙碌，不只是歌曲的排练，还有高强度体能训练，乐队的每个人都对这次巡演充满了期待。

可是第四张专辑《还是喜欢你》的反响很不好，短期内他们不可能出第五张专辑，这使得公司对演唱会的前景非常担忧，甚至有减少巡演场地的打算。

为了让乐队更频繁地出现在公众视野中，也为了像 Mary 说的那样迅速“吸粉”，林天阳同意参加真人秀，跟当红流量小花千兮捆绑炒作，共同出演假想情侣。

临近节目开机，政策忽然有变，节目组紧急修改了台本，连嘉宾组合都大换血。

Mary 跟林天阳说这事时他正在做举重训练：“现在限制全明星纯娱乐性质的综艺节目，节目组目前的对策是找素人嘉宾参与，好像还打算找两个孩子参与进来向主旋律靠拢。”

“呼，”林天阳把杠铃归位，躺着喘气，“不是假装谈恋爱吗，又改带孩子了？”

“恋到结婚了就可以带孩子了，那个你不用担心，跟你没什么关系。你的问题是跟谁搭配，节目组挺客气的，问你有没有想合作的人，最好是小网红之类的。”

“都行。”反正对他来说都是差不多的陌生人。

他说得轻巧，节目组却不敢真就随便安排个路人给他当“女朋友”，十几天的通宵达旦，编导们不停开会确定嘉宾名单和节目流程，对着合作平台给的网红名单一条条研究，总算大致定下了框架。

开机时间依旧按原本预定的来，就在中超联赛最后一轮球赛结束的那天，那一天，他们要搞个大新闻。

节目总共三对情侣，一对是足球先生邱天和他的现实女友，一对是流量小花跟影帝，还有一对便是摇滚歌手林天阳跟网红——一个粉丝不是特别多但胜在没有签任何公司的女主播，名字叫代舒。

负责联络代舒的艺人统筹想当然地以为这样一个明摆着接了就是大富大贵的机会不会有人拒绝，可原本通过中介公司已经同意签合同的代舒，听说自己合作嘉宾是林天阳后居然表示要再考虑考虑。后来听说是因为代舒跟朋友合开的工作室入不敷出，急需资金，她才最终决定上节目。

代舒去公司签合同的那天 Mary 也在，签完合同以后三方开了个会，把第一期节目的台本走了一遍。

Mary 对这个不多话、不殷勤的姑娘印象不错，跟她解释了两句：“天阳跟乐队现在正在日本准备歌友会，排练时间紧。”

代舒点点头，乖巧地说：“没关系，日本见就好了。”

按照台本的流程，林天阳和代舒这一对走的是异国邂逅路线，第一次见面是在临时乐队公演结束后的夜晚，在新宿的一个公园里。

比乐队晚两天到日本的 Mary 带着这个浪漫的台本跟林天阳说节目的事，其他几个成员饶有兴致，纷纷要求出镜，唐哲喊得最凶：“姐！我也想谈恋爱！”

Mary 冷哼一声："你谈得还少吗？我不说你，不代表我不知道，懒得理你，你给我收敛点儿。"

唐哲噤声，转头就去质问跟自己同寝室的阿迟："你告的密？"

阿迟不搭理他，他便像只挂在树上的猴子似的挂在阿迟背上让他道歉。

排练室闹哄哄的，林天阳对着本子重复了一遍经过："演出结束去公园找她，在公园散步，去 711 喝咖啡，送她回酒店。"

"差不多，你学学唐哲，多说点话，省得镜头量不够。"

林天阳应声，把台本塞进包里又跟乐队排练去了。

Mary 听了一会儿他们的演奏，满意地退出去，和刚抵达的摄制组沟通见面时间。

林天阳的跟拍组在演出当天的下午就过来了，拍了不少素材，还免费听了场演唱会。林天阳的编导小昭在一边和 Mary 聊节目流程，聊到见家长环节要怎么安排的时候，小昭把同事那边的信息告诉她："因为天阳这边说不想让家长出镜，原本计划是找代舒的父母，但是代舒家庭情况比较特殊，她现在的爸爸是继父，所以见家长的环节估计会砍掉。"

"她是重组家庭啊？"

"嗯，她现在随她妈妈姓，原来的名字更好听呢，叫明薇。"

演唱会已近尾声，Mary 听见临时乐队在观众的"安可"声中返场翻唱了一首老歌。

"当所有的人离开我的时候 / 你劝我要耐心等候 / 并且陪我度过生命中最长的寒冬 / 如此地宽容……"

Mary 掐算着时间，唱完这首应该就要结束了，她得再跟林天阳叮嘱几句。她从小昭那里拿了代舒的资料往休息室走，还能听到现场带有电流质感的声音："我终于让千百双手在我面前挥舞 / 我终于拥有了千百个热情的笑容 / 我终于让人群被我深深地打动 / 我却忘了告诉你 / 你一直在我心中……"

和 Mary 预估得差不多，她才刚到休息室门前，乐队成员们就背着乐器从后台抄近路回来了。Mary 挥了挥手里的资料，招呼林天阳进屋："有件事忘记跟你说了，代舒父母离异，你聊天的时候注意点儿，别提到她家里的事情。”

林天阳点头，之前全心全意准备今晚的演唱会，他没怎么关注要跟他一起演节目的女孩，只知道是个叫代舒的网红，现在演出结束，他终于有空来稍微了解一下合作对象。

从Mary手中接过那沓资料，瞬间就被曲别针压着的一张生活照牢牢抓住眼球，上面的女人眉眼长开了些，可怎么看都是印象里熟悉的脸。林天阳感觉自己的手微微发颤，翻过照片去看资料，看到籍贯是D省时心里已然确定了某些东西。

“你说她叫什么？”

“代舒啊。”

“不对。”林天阳站起来，转身往门外走，“她叫明薇。”

Mary终于记起来这个名字在哪里听到过，那首《小玫瑰》的词作者M，听阿迟说过一次是叫明薇吧？

那不是就是……林天阳的初恋？

Mary倒吸一口冷气，冲到门外对着一脸迷茫的阿迟吼：“快把他给我抓回来！”

队员和摄像一脸蒙，完全莫名其妙。还没等大家反应过来，以百米冲刺的速度跑出去的林天阳一个急刹，若有所思地转过头。

阿迟已经跟了上去，伸手在林天阳胳膊上一握，对Mary邀功：“姐，抓住了。”

Mary踩着细高跟快步走到他面前，碍着众人在场没法明说，瞪了他一眼：“跑啊，怎么不跑了？”

林天阳呼了一口气，甩开阿迟的手，整理下衣服，双手插进裤兜里：“开车比较快。”

坐在车上的几个人不约而同地沉默不语。

最先耐不住的是唐哲，他从后排探过头，问林天阳：“你刚才跑什么啊？”

七座的商务车，林天阳坐在第二排中间左侧，右手边坐的是跟拍摄像。他看了一眼副驾驶位上的Mary，扭头对唐哲笑了下：“唱高兴了，就想跑跑。”

阿迟挤眉弄眼道：“不会是想到要见‘女朋友’了才高兴的吧？”

林天阳刚刚平复的情绪又起了波澜，他脸色一变，没有搭腔。

明第用食指戳了他颧骨一下，难以置信地对阿迟说：“他居然在脸红。”

“不是吧？你都不知道‘女朋友’是谁就这么高兴？”唐哲瞪大了眼睛，“你喜欢什么样子的啊？”

林天阳胸口有股道不清的情绪，脑海中不由得浮现出刚才看见的那张照片，随口道：“大眼睛，单眼皮，个子不要太高，到我胸口的这样就好，丸子头。”

“你连人家什么发型都要管？”唐哲觉得不可思议，“万一一会儿一条都对不上怎么办啊？”

林天阳托腮：“嗯……我女朋友怎么样我都喜欢。”

天哪，林天阳这是来真的呢？不是配合节目的炒作吗？

车上的几个人面面相觑。忽然唐哲拍拍车窗，叫嚷着要下车：“我不想去吃狗粮，我还是个孩子，吃狗粮影响发育！”

其他人跟着闹腾了一会儿。

快到公园附近的时候，林天阳清了下有些沙哑的嗓子。

唐哲眼珠一转，又冒出个鬼主意：“一会儿我们给嫂子唱首歌吧？”

“太尴尬了吧。”明第婉言拒绝。

“不然我们干站着也很尴尬啊。”阿迟翻个白眼道。

林天阳的视线从他们脸上一一扫过：“你们打个招呼就撤吧，不要打扰我们。”

“单飞吧，单飞吧，这日子没法过了！”唐哲再次拍着车窗叫嚷不想录了。

车子已经停下，林天阳有些恍神，都没心思去理会唐哲的叽叽喳喳。

他率先下了车，呼口气平复下心情。等车上的人都下来后，才一起朝着不远处装了小夜灯的木头长廊走去。

长廊另一端的长椅上，坐着一个穿着粉色针织衫和亚麻色长裙的女孩。

林天阳不确定自己看到的颜色对不对，因为长椅后面打了六个光，把周围的一切都照得有些失真。

队员们静静地站在林天阳身后，等他开口打招呼。

林天阳却只是呆愣愣的，似乎在等什么。

长椅上的女生适时回头。

她有些局促地挥了挥手，很快便镇定下来。她的披肩发烫过，卷卷的，站起来，略微高过林天阳的肩膀。

代舒先是仰头看他，又看向他的队员们："你们好，我叫代舒。"

林天阳的心快要跳出喉咙，却也只是像她那样淡淡地打了声招呼："你好，我叫林天阳。"

"我认识你。"她神色自然，"我经常听你们乐队的歌。"

林天阳盯着她，没说话，更没按照台本往下进行。代舒有一瞬的不解，转而说："这边风挺大的，我们找个地方坐下聊吧，前面有家便利店。"

"好。"

林天阳这才回神，想起来自己在录节目。眼前的这个人好像真的是个陌生人，疏离、局促、害羞，看他的眼神里不带一丝感情。

今晚的事太突然，他甚至来不及思考就已经投入到工作之中。林天阳强迫自己不要失态，起码先把这次的录制顺利完成。

他回忆台本，似乎是有个披衣服的环节，低头看了一眼代舒身上的单薄衣服和她瑟缩的脖子，说了一句："风这么大，怎么不多穿点？唐哲，把你夹克给她穿。"

被点名的唐哲先是一愣，然后抱着胳膊表演瑟瑟发抖："队长！我也冷啊！"

林天阳绝情地看了他一眼："那你回去吧，车里暖和。"

"……"

"不用了，不是很冷。"代舒抽着鼻子说，然而自己也觉得一点儿说服力都没有。

林天阳脱下自己的牛仔外套，不由分说地披到代舒肩上。

代舒回了林天阳一个感激的眼神，轻声说了句"谢谢"，就快走几步进了便利店。

初冬的夜晚带着凉意，五个人并肩坐在靠窗的长排木桌上吃泡面，边吃边聊。

"好久没吃泡面了，果然还是很讨厌这个味道。"唐哲拿着叉子无聊地戳泡面，"我们之前在日本做地下歌手的时候没有钱，每天都吃泡面，真的，吃到吐了。”

“泡面也很贵啊，干吗不自己买菜煮着吃？你们不是住一起吗？”

“嗯，住一起，明第在东大上学，租的房子。”唐哲热心地继续解释，“只有队长会做饭，他打工不回来的时候我们就只能吃泡面，你是根本没法想象那个画面，几个男人挤在一间小屋里吃泡面。”

代舒安静地笑：“嗯，挺意外的。”

意外林天阳在国内吃泡面，出国了居然还是吃一样的东西。

她记得那年她在便利店做兼职，换班吃饭也在便利店解决，有时候是便当，有时候是关东煮，有时候是包子和粥，只有坐在她旁边桌的年轻男人，每天都在吃泡面，味道是万年不变的红烧牛肉味。

她偏头看了林天阳一眼，恰巧他也看过来，她迅速地低下头，“呼噜呼噜”把面条吸进嘴里，抽出纸巾来擦嘴。

林天阳去买了几瓶热饮，下意识地给代舒拿了她喜欢的草莓牛奶，转身却又放回去，买了五瓶相同的原味甜牛奶。

唐哲豪情万丈地喝着奶忆往事，大概是觉得自己有些抢风头了，把话题抛给代舒：“你不是说经常听我们的歌吗，那乐队的几个人里，你最喜欢哪个啊？”

“嗯……”代舒没有立即回答，她下意识地看向自己的编导，只是编导正好站在林天阳后面，看上去倒像在看林天阳了。编导指了指一旁的阿迟，代舒便接着说，“阿迟哥吧，我上学的时候就特别喜欢他，觉得他很开朗，有种看着他就想笑的感觉。”

林天阳用力咬了咬吸管，看了阿迟一眼，对方举手做投降状，表示不关自己的事。

那时候好像就是这样，总是“阿迟哥”不离口，喊他却是连名带姓的“林天阳”。

哦，她还偷偷问过他：“阿迟哥有喜欢的人吗？”

他当时怎么答的来着，好像是说“我”吧。

想起她当年那惊诧的表情，林天阳不自觉地弯了嘴角。

唐哲摇头叹气：“阿迟你完蛋了，那些变态杀人魔灭口之前都会这么莫名其妙地一笑。”

阿迟挠头：“挺晚的了，要不咱们回去吧，小……小代也该休息了。”

“小代？你叫这么亲密是怕自己死得不够快是不是？”

明第伸手捏住唐哲的后颈：“你话再这么多的话，我们可能之后一个月都只能天天吃泡面了。”

这话成功让唐哲闭了嘴，他做了个给嘴巴上封条的动作。

兄弟团先行坐车离开，林天阳坐到代舒的那辆车上送她回酒店。摄像师没有跟着上车，但车里前后装了四个摄像头，他们的录制还没有结束。

安静的环境给了林天阳思考的时间，五年后骤然重逢的复杂心情也得到了缓冲。他还记着自己在节目里的“人设”——对对方一见钟情、热烈追求的摇滚歌手。

虽然这跟他真实的性格差了十万八千里。

他扭头，看了代舒几秒钟，扯出个笑：“你是做什么工作的啊？”

“我今年刚大学毕业，现在在做主播。”

“哪个台？”

“不是播音员，是网络主播，就是有人直播打游戏，有人直播做饭，都叫主播。”

“那你直播哪种？”

“直播聊天……”代舒干笑了声，“一边聊天一边卖东西，我和两个朋友合伙开了个工作室，卖我们设计的玩具、饰品，还有零食。我就直播吃东西或者玩具加工过程，就，卖东西，你懂吗？”

“哦。”林天阳点点头，“等你下次直播的时候跟我说声，我观摩一下。”

车里又沉默了下来，代舒看向窗外，像是不好意思跟林天阳对视，林天阳也看着窗外，偶尔从车窗玻璃的反光看看代舒的后脑勺儿。

她的生分并不是装的，毕竟已经五年没见了。

更何况五年前的分别，似乎也不怎么愉快。

车子到酒店的时候，代舒轻轻地打了个哈欠，林天阳送她到酒店门口：“明天上午八点半我来接你。”

“好。”她说完便往酒店走。

林天阳不知怎么就想起来他梦里的那个情景，她顺着地下室的楼梯上去，皮靴踩在铁制的台阶上咣咣作响，她开门，跟从外面回来的阿迟打招呼，然后出去。

然后他就再也没见过她了。

林天阳心里说不出的难受，他沉默地跟过去，跟着她进了酒店大厅。

代舒有所感应似的回头，对着差点和自己撞到一起的林天阳埋怨：“你怎么走路都没声的？”

“……”林天阳指了指她身上的牛仔外套，是刚才从便利店出来时他给她披上的，“衣服还我。”

“啊，谢谢。”代舒连忙把衣服脱下来递到他手上。

林天阳握着自己的外套，没穿上，能感受到上面残存的代舒的体温。

他皱眉，转身离开。

林天阳回酒店还没坐稳，Mary 就满面愁色赶过来批评教育他了。

她来敲他们套房门的时候是夜里一点半，穿着浴衣的唐哲开门以后捂着胸口表示自己不接受潜规则，被 Mary 翻了个白眼一把推开。

Mary 把正对着床的摄像头关了，径直走到林天阳旁前，日本的酒店房间小，哪怕是最大的套房也给人狭小的感觉。阿迟抱着靠垫倚着床头看戏，林天阳想下床被 Mary 按住了：“下面站不开，你坐着听吧。还有你——”

忽然被点名的阿迟丢开抱枕也坐直了，听训话。

Mary 对这几个小伙子的管束其实并不严，不然也不会放任唐哲交了那么多女朋友，可林天阳不一样，她不怕他玩，但怕他动真感情。以前带过那么多人，Mary 知道动真感情的没几个星途坦荡的。

“我睡不着，有几句话得跟你说清楚。”

“你说。”

Mary 忽然不知道怎么把自己的担忧，凝练成几句简单的话告诉他，她要说什么呢，让他和代舒保持距离？他们明明要演一对情侣，怎么保持距离？

她噎了半分钟，林天阳先开了口："私下里我们联系的时候会跟你说。"

有这句保证，Mary的心稍微安稳了些，事情到了这一步，她难免对代舒的目的有些质疑，连同一开始对她的好印象也都没了："你不知道她是她，她难道签之前不知道是你吗？要想躲着你就躲得彻底点儿，这么突然出现算怎么回事？你也别把她还想得和从前那么好了，能在圈子里混出名堂的就没有几个简单角色。"

林天阳没吱声，阿迟在一旁替他安抚Mary："姐，你放心吧，队长有什么不妥的地方我会帮你看着的。"

"哼，你别帮着添乱我就求之不得了。"Mary皱了皱眉，实在不知道该再说些什么，叹了口气："天阳，我什么意思你应该都懂，别让我失望。"

林天阳略带敷衍地"嗯"了一声，算是回应。

Mary走后，林天阳跟阿迟并排躺在大床上望着天花板发呆。

"睡不着吧？我也是。"阿迟翻身面朝着他，"我忍不住回想以前的事，我大四那年，你、我、麦子和原平，还有明薇。"

"他们都走了。"

"是啊，都没联系了。"阿迟轻声问了一句，"你问她了吗，问她当时为什么突然不见了，这么多年也不联系你。"

"有什么好问的呢，麦子和原平不也没联系我们吗？"林天阳声音冷冷的，"各人有各人的人生，我凭什么要求别人必须联系我，必须在我的世界打转？"

阿迟叹了口气，转身背对林天阳不说话了。

林天阳依旧睡不着，他在想Mary的话，想明薇为什么不来找他，如果真的不想见他又为什么会来参加这个节目。

想她五年前的不告而别。

也不算不告而别，她告诉他了，让他别再骚扰她了，她根本不喜欢他。

她曾在他失意时给过如同阳光般的温暖照耀，然后在他想要沉溺时又把他一脚踢入黑暗的深渊。

思来想去，以为注定是要失眠的夜，却不知是不是因为演唱会耗费了太多体力，居然迷迷糊糊地睡着了。

第二天清晨林天阳最先醒的，坐起来放空了片刻，看见正对着床的电视机顶上闪烁的红色指示灯，想起来自己正在进行拍摄，看了一眼手机上的时间，踹了阿迟一脚，下床去洗漱。

他们住的套房里安了八个摄像头，林天阳对着镜头刷牙，无意识地咧着嘴，看起来像是在笑。

刚换好衣服，摄制组的人敲门进屋。队里的其他三个人仍在呼呼大睡，林天阳摆了摆手让摄像师不要去打扰他们，轻手轻脚地离开。

他们到代舒酒店的时候，她已经坐在大厅里等着了。

林天阳站在门口，冷冷地问他的编导："我要做什么？"

"来个突然袭击吧，比如，走到她身后捂住她眼睛，让她猜猜你是谁。"

"……"林天阳把手从口袋里拿出来，一步一步往代舒身边走，去执行这个幼稚的任务。

不知道是不是坐累了，代舒往后伸了个懒腰，低矮的座椅刚好到她肩膀位置，她头枕在椅背上，看到了身后一个倒立着的林天阳。

他的一只手举着，像是要偷袭她，此刻却迟疑着没落下来。

代舒刚要坐正跟他打招呼，他那只大手落下来，挠了挠她下巴上的痒痒肉。

……

他挠了十几秒，把手移开，问了一句："你怎么不笑？"

下巴上似乎还有他干燥手指留下的温度，代舒自己摸着脖子，要笑不笑的，觉得他做这种事挺稀奇的。

林天阳坐在她旁边的位子上，将她手边的抱枕拿开离她更近了些："去吃早饭吧？"

"吃什么？"

"就在酒店吃吧，这里没什么早餐摊，都是牛肉饭之类的。"

"哼。"

"哼？"

“幼稚！”

林天阳自然地拉着她手腕把人拉起来：“走吧，吃饭。”

手腕上暖暖的，代舒没有挣开，跟着他起身去往餐厅。

吃早餐的人不太多，大半的场地空着，两人端着餐盘挑了面包鸡蛋，对坐在小桌上商量饭后的行程。

“去伏见稻荷大社吧，以前去过一次，风景还不错。”

从东京到京都需要坐三个小时的新干线，简单地吃了点儿东西两人就去坐车。

车上的代舒情绪淡淡地不说话，林天阳坐在旁边，想起从前她叽叽喳喳的样子，觉得她变化真是不小。

窗边安着摄像头，他看了一眼，对代舒说：“你得多说点儿话。”

“嗯？”

“不然放送量不够。”林天阳笑了下，“全被另外两对把时长抢走了。”

“哦。”代舒仍旧淡淡的，对她来说已经成为明星的林天阳同样是陌生的，她不知道该怎么面对他，可也努力地投入这份工作，“好的。”

眼下不算旺季，他们上山的时候没遇到太多游客。

拾级而上，一个个紧密排列的红色鸟居营造出密闭的空间感。林天阳习惯性地低头看代舒，红色的光影衬得她脸也红扑扑的。

山上有风，天不甚晴朗，代舒穿了件棕色的毛线开衫，被风吹得直抽鼻子。

路上偶遇一只白橘色花纹的小猫，胖乎乎的，动作却很矫健，蹿到代舒脚边亲昵地蹭着她的脚，尾巴在她小腿上扫来扫去，“喵喵”叫着讨食。

代舒朝林天阳伸手：“你那里有吃的吗？”

林天阳拿下书包来翻了翻，掏出一瓶口香糖递给她：“这个行吗？”

他以为代舒会冲他翻个白眼，没想到代舒打开盖子倒在掌心两粒自己吃了。

小胖猫看见代舒腮帮子一动一动的，用力地盯着她叫得更可怜了。代舒蹲下去跟它对视：“对不起啊，我们很穷，没有吃的给你了，你去找别人吧。”

她说完就毫不留情地继续往山上爬，林天阳跟上去笑她：“你居然连一只无辜的猫咪都骗？”

“没骗啊，我们身上连个面包都没有，不是很穷吗？”

林天阳没搭腔，已经走到了半山腰的一处观望台，平坡上有个大石槽，里面应该是山泉水。他拿竹筒勺舀了一勺自己喝，泉水清冽，喝完神清气爽。

编导在一旁气喘吁吁，还要指导林天阳怎么“谈恋爱”：“林老师，您跟代老师的互动太少了，后面多跟她开些小玩笑或者捉弄她一下，表现出那种想引起她关注的感觉，还有啊，要多笑，看着代老师笑，行吗？”

林天阳点点头，等工作人员休整好再次开拍时站在石槽边看着代舒。

她伸手要去拿竹筒舀水喝，被林天阳抢先拿走，把竹筒高高地举着，居高临下地看着她：“求我。”

代舒歪了下脑袋，解开书包拿出来一小瓶矿泉水，喝了两口，喝的时候一直看着他，喝完了还冲他晃了晃手里的瓶子，然后继续往山上走。

林天阳把竹筒扔回石槽里，没什么表情地跟在她身后走。

爬到山顶又顺着另一条路往回走，中间走错了方向还被编导拉回去，回到那个卖许愿牌的地方去。

代舒看着类似公告板上绑得密密麻麻的狐狸形状牌子，偷窥了一下别人的愿望，等林天阳买好牌子回来的时候问他：“写什么啊？”

“写你的心愿，想得到什么就写什么。”

“哦。”代舒跟他并排坐在石头上各写各的，写完了互相交换着看了一眼。

林天阳念着念着就笑起来：“大吉大利，招财进宝。”

“嗯，这本来就是粮食神嘛，求姻缘他应该不管的吧？”代舒看着他的牌子上空空的一片，疑惑地问，“你怎么没写啊？”

“反正是粮食神，求别的也不管用。”他把自己的牌子拿回来装进了包里，“等我想好要什么再写吧。”

在山下吃了些小吃，坐新干线回到东京的时候天已经黑下来。林天阳给阿迟打电话叫乐队的人一起吃晚饭，路上编导还添加了个情节：“林老师去接队员的时候代老师走进一家玩具店，你们走散了，然后一起朝着北边那个红绿灯走，隔着马路相视而笑。”

两人没有意见，拍的时候林天阳一边打着电话一边往前走，没回头看代舒拐进了一家店铺。

等接到了队员们，阿迟问了一句：“小代呢？”

林天阳回头看了下，没跟他们解释便顺着原路返回，一边走一边左右张望。

终于在走到路边的时候看见了对面等红灯的代舒。

代舒也看见了他，朝他挥了挥手，像编导说的那样透过来来往往的人群朝着他笑。

可他没回以微笑，他快速地穿梭在东京街头的人流中，大步向她走来，一把将她按在了自己的怀里，满足又遗憾地喟叹：“对不起，把你弄丢了。”

代舒的手整齐地贴着裤缝垂着，茫然看向他背后的沉沉夜色。

温暖的怀抱持续了一分钟，林天阳松开她，目光没在她脸上停留，问一旁的摄像师：“行了吗？”

摄像师被问得一头雾水，下意识点点头：“很好看。”

【第一期小黑屋访谈】

导演：对代舒的第一印象怎么样？

林天阳：很满意，是我喜欢的样子。

导演：你不是喜欢大眼睛、单眼皮、到你胸口扎丸子头的女生吗？

林天阳：嗯……我还说我女朋友什么样我都喜欢呢。

代舒：啊？单眼皮啊……等一下……（背对镜头似乎在揉眼睛，转身）我是单眼皮的，只是贴了双眼皮贴。

导演：听到她说喜欢阿迟那样的类型，为什么笑了啊？

林天阳：因为感觉她说了个笑话。

导演：……是吃醋了吧？

林天阳：没有。

代舒：他吃醋了吗？没吧，他可能觉得阿迟喜欢的是他，不担心的。

导演：……

导演：对林天阳的第一印象怎么样？

代舒：谈不上第一印象，我听他们的歌真的很久了，这次见面，有种，有种见到老朋友的感觉，还挺感慨的。

导演：会心动吗？

代舒：心不动不就死了吗？

导演：……

导演：他说要观摩你的直播，观摩了吗？

代舒：没有吧，我回国以后就直播了一次，那天他刚好有商演。

导演：会不会失望？

代舒：不会啊，他好多歌迷来围观，网店销量涨了两倍，赚了很多钱。

导演：……

导演：在酒店大厅的时候为什么会去挠她下巴？

林天阳：亲她的话会被打吧？

导演：……你说得很有道理。

导演：他在街边抱住你的时候，你有什么感觉，当时在想什么？

代舒：想啊……想“我可能要上热门了”！

导演：没有感动什么的？

代舒：感动啊，没想到他为了放送量居然这么拼。

导演：……哦。

第二期

新家大作战

林天阳曾经想过，如果有一天再见到明薇会是什么情景。他们是不是会对坐在一个小小暖暖的屋子里，一人捧着一瓶草莓牛奶，把分开的这些年里发生的所有事情细细地说给对方听。

如今真的见到了，却和想象中全然不同。

在日本录完节目后，林天阳和代舒乘坐同个航班回国，她坐在他的斜前方，自始至终没有回头跟他说话，戴着眼罩似乎是在补觉。

阿迟问过他："你们有好好聊聊吗？"

他摇头，自己都困惑，这个叫代舒的女孩真的是曾经那个单纯快乐的明薇吗？他们似乎没有什么合适的时机谈那些"曾经"，他不知道自己在明薇的世界里是怎样的存在。年少的玩伴？无疾而终的暧昧？被耍弄的可笑男人？

他盯着她的后脑勺儿，看见有几根毛躁的头发被靠椅磨得翘起来，他想帮她抚平，手抬起又放下，怕扰她清眠。

拿行李的时候两人有片刻站得很近，林天阳拿着手机，她回头，犹豫了下，问他有没有自己的电话。

林天阳把履带上转过来的两个行李箱抬下来，一个放在她面前："不用了，没什么要联系的。"

代舒的笑僵了一瞬，她拖着行李箱先走了。

她没回家，直奔工作室开会，把去日本"考察"的情况简单说了说，化好妆发了个预告就开始直播。

直播内容是把从日本带回来的那一箱子零食拆包试吃，和粉丝分享试吃心得，然后根据大家的反馈情况找合作厂商推出类似的零食。

轻车熟路的工作内容，没想到刚开直播房间就比平时火爆许多，代舒撕着包装袋喊小伙伴来看怎么回事，没等同事查清楚，那些新来的粉丝就七嘴八舌地解释起来："日本歌友会的前线发来节目路透图了！你们坐新干线还有爬山的照片都有！"

"啊，这样，那请大家多关照了。"代舒喝了口柠檬水压惊，继续进行直播。

有比较友善的粉丝刷着"也请你多关照大哥"之类的客套话，还有些挑毛病的评论，类似"这女的长得很路人啊""脸是打针打肿了吗，怎么那么胖""后台很硬吧，是不是带资进组"这种。

往日的直播大都比较和谐，这次多了这么些呛声的话让代舒有些招架不住，略带仓促地结束这次直播："刚从日本回来，没怎么休息好，今天先这样吧，我的微博上会有新产品预告，大家记得投票选择自己喜欢的商品哟，再见！"

"再见。"隔着屏幕的林天阳轻声回应。

洗手间门被打开，唐哲看到站在门口倚墙看手机的林天阳好奇地问："哥，你跟谁说话呢？"

"让你快点儿。"

唐哲"哦"了一声，侧身让开位置，却看见林天阳径直回自己卧室去了。

这人什么毛病？不是要上厕所吗？就为了过来催自己快点儿？

歇了没多久，第二天乐队又有商演，演出时还算顺利。结束以后，唐哲忽然说想喝酒。林天阳眯着眼看他，看了一会儿让司机开车去了一家比较熟的酒吧。

进了包厢点了酒，唐哲一言不发地就开始灌自己酒。

其他人见怪不怪，陪着喝了一些。

"唐哲，我真的很疑惑，为什么你每次分手都搞得像生死绝恋似的？"阿迟拍着唐哲的肩，跟他碰了碰杯子，"别难过了，我预测你下周就有新女朋友了。"

"你不懂，我也讨厌自己这样，我怕我永远都会这样。"

"说说，这次为了什么分手？"

"我觉得，她爱的不是我的脸，是我的才华。"

"……"林天阳受不了地把身后的垫子摔他脸上。

唐哲把垫子扔到脚下垫着，用力点头："真的！她如果看上的是我的脸，那我老了还能打打针吃吃药维护一下对不对？才华这种东西还不是说没就没了？你看现在不都说咱们乐队不行，说队长江郎才尽……”

嘈杂的包厢环境也掩不住那暗流涌动的沉默，唐哲自知失言，安静地仰着脖子喝酒。

阿迟脸上带着慈爱的微笑，捏捏唐哲的脸，顺手给Mary拨了个电话，当着唐哲的面揭发他：“姐，唐哲刚和女朋友分手，你看着点儿那边，别出纰漏。”

“我……”唐哲对着阿迟重重打了个喷嚏，“你这种人在小学肯定是班长。”

“不是，我纪律委员。”

“可以可以。”

唐哲闷头喝酒，闷声劝酒，喝到手脚发飘的时候看着另外三个人：“我不是矫情啊，我有时候真觉得不用这么红，只要三餐有好吃的，我们到处走，到处唱歌就行了。”

“还想睡地下室？”阿迟跟他酒量差不多，都不好。

“不想了。”唐哲打了个酒嗝，“那时候房东阿姨总摸我手占我便宜，还让我陪她吃饭，我想着能省点儿房租就陪吧，她们家有只白色的猫，蓝眼睛，我喜欢那只猫。”

他东一句西一句地说着，话语虽然零碎，可在座的都听得懂。

林天阳头有些晕，扶着墙走进洗手间，坐在马桶盖上眼神没有焦点地发呆。

“江郎才尽”这四个字太可怕了。

他掏出手机看时间，不知怎么点进通信录里，那个“代”字排得很靠前。

电话是遇见代舒的第二天，去她酒店的车上问编导要的。

从来没打过。

这串陌生的数字，林天阳看得有些眼花，手指拂过，界面忽然就变成了呼叫状态。

他急忙要挂断，电话却已经接通，听筒里传来代舒的声音：“您好，哪位？”

林天阳把手机放到耳边，呼气时甚至能闻到酒精的味道，他咽了口唾沫：“我。”

“林天阳？”只一个字代舒就听出来了，不确定地问他，“出什么事了？”

林天阳迅速编了个借口："在千秋玩，阿迟问你要不要过来。"

"啊，这么晚了……"

"是啊，这么晚了，别出来了。"林天阳说话有些咬舌头了，怕自己说出什么不合时宜的话，想赶紧结束对话。

"这是你的号码还是……"

"阿迟的，他问编导要了你电话。"林天阳意识清醒又混乱地撒谎，"不早了，睡吧。"

他莽撞地挂了电话，被半夜惊扰的代舒既不高兴也不踏实，她以前也跟乐队一起出去喝过酒，只不过是他们喝，她看着。

那时阿迟告诉她："如果我们喝醉了你就自己打车回去，别管我们，男人喝醉了都不是人。"

这个话她一直记着，这么多年了不管多亲近的朋友醉了她绝对不会热心搭手，怕把自己搭进去。

代舒在床上翻来覆去地想林天阳这通电话，想不通，他一直是个稳妥的人，从来不会说过分的话，提过分的要求。

起码从前不会。

她烦躁地抓了抓自己的头发，套上衣服又抓起厚厚的披肩，在导航里输了酒吧的名字，在路灯通明的夜色里疾驰。

到酒吧门口的时候，代舒给之前的号码打了个电话，铃声响了半天，这次接起来的是阿迟，他大声跟她打招呼："嗨！我是阿迟！"

果然喝醉了。

"阿迟哥，你们在哪个房间？"

"房间……1208，坐电梯到十二层，开门就是我们家！"

"……"回家了啊。

"小花花！你要来玩吗？"

"不了，阿迟哥早点休息，晚安。"代舒按下车窗探头看了一眼路对面的酒吧，依旧有脸上带着笑的男男女女相拥着从里面出来。

她打了个喷嚏，关好窗，裹紧身上的披肩，掉头开回自己家。

洗完澡回屋的林天阳看见阿迟躺在自己床上，他不爽地把人拖到地上："回你屋睡去。"

"不要，我要在这屋睡，唐哲肯定得絮叨一晚上，我不想听他讲话。"

"不会，他醉得像死猪似的，说不出话来，回你屋睡。"林天阳朝着往床上爬的阿迟蹬了一脚。

阿迟嘤嘤嘤地爬起来往自己屋去了。

林天阳太阳穴一炸一炸的，台灯都没关就迷糊了过去，半夜觉得喉咙发干，起床喝水。

桌子上有他的杯子和电热壶，印象里阿迟睡前烧了一壶热水，应该可以直接喝。往杯子里倒满凉白开，闭着眼喝了一大口。

呸，一口的茶叶末。

他把杯子移到灯下看，里面全是茶叶，大概是阿迟之前想泡茶喝。

没有温度的冷水，泡不开的绿茶，还有大半夜突然清醒的男人。

他翻手机，印证了自己确实给代舒打过电话的记忆，然后又发现了一件魔幻的事情，代舒给他也打过一分钟电话，他还接起来了。

林天阳想了半天，丝毫没有印象。

他一定是还不清醒，才会在凌晨五点十三分给代舒打电话问她找自己干吗。

电话响了三声，被接通。

林天阳纳闷地问："你睡觉都不开飞行模式吗？"

代舒看了一眼来电时间，都没反应过来是谁的声音，大吼了一声："喂！再撒酒疯我揍你！"

吼完就挂断电话，并且听从他的建议开了飞行模式。

节目组为了赶时间，很快就约了新一期的录制行程。

他们约在一家咖啡馆见面，代舒见林天阳有些疲惫，把桌子上的摆饰推到一边，空出些地方来："你睡会儿吧，现在风大，等风小一点儿我们再出去。"

林天阳依言趴在桌子上，枕着手臂闭上眼："好，睡半个小时吧。"

他睡的时候，代舒拿出手机来玩游戏，玩了一会儿托着腮看林天阳，自己也有些困，索性趴下和他头抵着头睡觉。

咖啡厅的音乐声很柔和，被包场封锁的屋子里坐了几个扮作客人的工作人员，这么安静了快半个小时，终于有人忍不住朝他们俩看。

编导窃窃私语："他们不会真睡着了吧？"

越想越觉得这事极有可能，编导把任务卡给摄像师，让他赶紧把人摇醒。

林天阳睡得特别沉，甚至做了个简短的梦，被打扰之后有些不开心，看到代舒也是一脸迷茫，揉揉眼睛问："我们睡了多久啊？"

代舒摇了摇头："你睡得好吗？"

"挺好的。"他拿起桌子上的任务卡，扫了一眼给代舒看，"说让我们去这个地方看房子。"

"房子？什么房子？啊，我们的新房吗？"

林天阳非常尽职地表演，捂着脸问："为什么听你说新房我觉得这么害羞呢？"

代舒把任务卡压在咖啡杯底下："那我们当作没看见好了，你今天有什么计划？"

林天阳把卡片抽出来："你知道现在房价多贵吗？我们先去看看房子什么样吧。"

他变脸变这么快，她只能附和："哦。"

进到新家才发现精装修的房子里空荡荡的，什么家具都没有。

林天阳把屋里唯一的塑料板凳拎到代舒身边，在屋里溜达了一圈，叹了口气："咱们去看看有没有那种拎包入住的房子吧，节目组太不靠谱了。"

代舒打开手机里家装软件的特惠专区给林天阳看："十一点之前下单的话下午就能送过来，省时省心省钱。"

说完她就不好意思地挠了挠头："这波广告走得硬不？"

"一般硬。"林天阳蹲在她身边，手插在肚子前面的卫衣口袋里，"先把大件买了，沙发、电视、床、乳胶垫子、被子、锅具套装……”

临近中午，代舒怕过了下单时间，按着销量排行把东西都买得差不多了，这才觉得肚子饿。

厨房的灶台倒是挺好，可惜没有锅碗瓢盆，林天阳打开备忘录把刚才没能下单的小东西都记下来，记了好几页。

“北边有个农贸市场，咱们去把缺的东西买了，顺便把午饭也解决掉。”

代舒没什么搬家的经验，看林天阳似乎很靠谱的样子，点点头全听他的，跟在他屁股后头出了门。

市场上人不多，林天阳先领着代舒在市场附近找了家面馆吃饭，一人一大碗牛肉面，老板还送了一碟酱黄瓜。

代舒把头发扎起来盘了个丸子头，林天阳盯了两秒，“咔嚓”咬了口酱黄瓜。

“为什么要来吃面啊，吧唧嘴多不雅观？”

“你吧唧嘴也很可爱。”林天阳淡淡地夸她，低头吃面。

几年前的冬天，那个只吃得起红烧牛肉泡面的时候，在街边摊上吃一碗热气腾腾的牛肉面都跟过节似的。

当时她的零花钱比他多，可怕伤他自尊心，每次都让他付钱，然后借口自己要减肥，把一半面和肉都拨到他碗里。

现在想想那时候也真傻，她跟他都傻，这么拙劣的谎言，她演得那么卖力，他信得那么彻底。

关键那时候他们俩也没在谈恋爱啊，她干吗对他那么好？

“你能吃饱吗？我吃不了这么多，分你一些吧？”代舒夹了一大筷子面条，直直地看他。

林天阳回神，沉默着把碗推到她面前，像过去那样把她分给自己的面都吃干净。

吃了面，两人有了力气，开始照着清单扫货。先去买轻一些的洗洁用品，再买碗筷、各种盆什么的，林天阳两手提得满满地往回走。

路过一家卖鞋帽的店铺时，林天阳忽然停住。

代舒顺着他的视线看过去，看见了两顶并排的鸭舌帽，一顶上面绣了棵三角形的树，另一顶上面是朵花。

她拿起来在林天阳头上试戴了一下："你喜欢这个啊？"

林天阳抬眼看帽檐，回了一句："不喜欢。"

"你戴着挺好看的。"代舒边说边把另一顶绣着花的帽子自己戴上，对着镜子晃了晃脑袋，掏钱把两顶帽子都买了。

她买都买了，林天阳就勉为其难地戴着了。

到家时刚好送货的师傅也到了，林天阳把东西放进厨房，帮着师傅一起安装家电，代舒原本跟在后面看，见帮不上什么忙就跑去厨房烧水洗碗，给大家泡茶喝。

师傅们离开以后，林天阳又开始拆包裹，把最后一堆纸盒子捆绑好放到楼道垃圾桶旁边之后，他累得连手指都不想动，躺在刚买的沙发上歇息。

代舒扫完地，拖着上午那个小塑料板凳到沙发旁边坐下，问林天阳晚上吃什么。

林天阳懒懒地问："会做饭吗？"

"会做一些，可是我们没有买菜。"

"煮个粥煎个蛋吧。"

"你忙了那么久，吃这个吃得饱吗？"

"嗯，多煮点粥吧。"

林天阳看见站在不远处的编导一直用口型告诉他"要互动"，伸手在代舒脑袋上揉了揉："辛苦你了。"

代舒有些不好意思，起身去厨房做饭，开放式的厨房没有门，躺在沙发上的林天阳能看见她的一举一动。

电视柜那边站着一群工作人员，林天阳不想他们着急，主动跟进了厨房。

他走到代舒身后，手撑在琉璃台上，她转身的时候自然而然地碰到他胸口。后面是灶台，代舒没法躲，只好一动不动地站着："你不是想休息会儿吗，怎么过来了？"

"试菜。"

"一个煎鸡蛋，一个煎香肠，有什么好试的？"

"陪你聊聊天，不然又没有放送量了。"

"有道理，我猜第一期节目大概三分之二都是邱天结婚的画面吧，我看了新闻拍的那些照片，场面特别大，记者问他为什么在联赛最后一场比赛结束后在球场上结婚，是因为要让俱乐部的兄弟和球迷们共同见证他们的爱情吗？他说'不是，因为国家队不同意'。"代舒学着邱天痞痞的表情说那句前阵子特别火的词，把林天阳逗笑了。

"前年的时候，他们到日本比赛，我跟阿迟他们去看了，当时我们还在酒吧驻唱，唱了很多夜场，攒了一点儿钱，那次比赛的票不是特别贵，我们四个人全买了前排。"

"哇，好看吗？"

"竞技比赛的现场就像我们开演唱会一样，那种热情是很容易让人失控的。我就记得他们每次进攻我们都热血沸腾，看完以后嗓子哑了好多天。"

"邱天他们赢了吗？"

"输了。"

"啊……"

"输了也很好看，那几年我们在日本其实混得并不好，连乐队的名字起的都是'临时'，因为不确定是不是哪天这个乐队就解散了。摇滚和竞技比赛一样，都是一种态度，输赢并没那么重要。"

"你为什么突然鸡汤起来？"

林天阳没有回答，掀开锅盖看里面的粥煮得怎么样了。

代舒不知道问些什么，看着他高大却莫名孤单的身形，脱口而出了一句："你在日本的时候会想家吗？"

林天阳拉开橱柜拿碗，碗没放在台子上，却放在了代舒头顶上。

代舒为了防止碗掉下去摔碎，下意识地僵直着脖子站着。

像只大呆鹅。

林天阳笑了下，把碗拿下来，理所当然地答道："会。"

那些背井离乡却看不见未来在哪里的漫长苦闷日子里，他无数次想家，也会想明薇，想她甜甜的笑和跟她在一起时自己怦然心动的感觉。

林天阳和代舒收拾新家收拾到深夜，因为第二天一早的拍摄需要，他们和工作人员都会在小区附近的快捷酒店过夜。

林天阳是最后走的，跟经纪人分开的时候他忽然提了个要求："姐，明天跟栏目组说一下，以后室内拍摄留两个摄像就够了，太多人影响情绪。"

Mary 神色有些复杂，她提醒林天阳："工作是工作，你答应过我……"

"嗯，我跟她没什么，只是不喜欢一群人在身边教我怎么做，我会按台本演的，但是人多我会不自然。"

"好，我会跟他们谈，你最好也把你脑子里乱七八糟的想法全按下去。"

乱七八糟的想法？林天阳觉得他没什么想法，这么多年他不一直都是在安心创作吗？

快捷酒店的隔音效果很差，窗外的风呼啸着似乎能打破玻璃。

林天阳睡不着，想起来某年的平安夜，乐队在酒吧唱歌，赚了不少小费。

明薇一直跟着他们在后台帮忙看包看衣服，等到散场已经是夜里十二点多了。天黑又冷，几个人决定去撸串，钻进了塑料棚子搭的麻辣烫摊。

明薇给乐队的所有成员都准备了礼物，给阿迟的围巾，给吉他手麦子的一大瓶护手霜，给鼓手原平的手套，给他的是支手感很好的钢笔。

几个男生没姑娘心细，什么礼物都没准备，只好一个个开始吹牛，说等以后发达了送她房子送她车，或者赞助她马尔代夫双人半日游什么的。

他们畅谈着未来，不禁喝得就多了起来。

阿迟掏钱塞给她，让她打车回学校，不要管他们这些醉酒的人。

那时候已经开始飘小雪花了，林天阳意识还算清醒，出门送她，陪她在路边等车。

雪花把两个人的脑袋都覆盖成白色，明薇打了个哈欠，问林天阳："这么晚了会不会没有车了啊？"

"我送你回去吧，二十分钟就到了。"

在飘雪路滑的深夜里步行二十分钟，鼻子、耳朵都像是要被冻掉一样。

明薇揣着手蹦跶，不自觉地紧靠着林天阳取暖："你冷吗？"

"冷。"

"我也是，怎么这么冷啊？"

"因为下雪。"

"……"明薇仰头看高高的林天阳，"你还没说要送我什么礼物呢？"

"空头支票你也信？"

"总比没有的强吧。"明薇细细数着其他人的承诺，算来算去自己说了个，"你给我买个钻石四件套吧，钻石王冠、钻石项链、钻石戒指，还有钻石手环！"

林天阳安静地笑，想象着她戴上那些东西得傻成什么样。

偏偏明薇自己美得不行，一个劲儿地旋转陶醉："那我就会闪闪的，走到哪里都是万人瞩目！"

他注意着她脚下的冰层怕她跌倒，也没觉得过了多久就送她到了宿舍楼下。

"好了我回去了，你走吧。"明薇朝他挥手，走两步发现他还在原地，又跑回来，"你给我买吧？四件套。"

"很土。"

"你怎么这样！有钱了还不让炫耀的吗！给我买！"

"换个实际点儿的，这几天就给你买。"

明薇思考了一下，眼珠子转了转，一副鬼机灵的样子："林天阳！"

"嗯。"

"我长这么大还没跟人亲过呢，你不要跟别人说。"

"啊？"

明薇没给他思考的时间，灵活地跳起来揽住他脖子在他嘴唇上重重地压住。

也就几秒钟，分开，她问他："你有感觉吗？"

"我的嘴唇，冻麻了。"

"我也是，感觉像碰了一块冻豆腐。"

"……你为什么亲我？"

明薇的脸冻得惨白，但好像又带着红，她支支吾吾地说了什么林天阳没听清，好像是说看电影里的人接吻很陶醉，想体验一下什么感觉。

真够扯淡的。

还能为什么，当然是因为喜欢他。

林天阳站在那里笑了半天，明薇什么时候离开的，他什么时候离开的，都记不太清了。

那晚过后他们依旧像平时那样，但相处时又多了几分默契的暧昧。他当时想过，如果明薇上大三的时候乐队还没有什么出息，他就放弃搞音乐，找一份稳定的工作陪在她身边。

只是没想到那之后没多久，明薇就不见了。

可那个简单到没有感觉的吻，林天阳一直记在心里。

林天阳比约定的时间还早半个小时就到了新家，他去的时候化妆师正在帮代舒化妆，妆容很淡，看着小了几岁。

更像他印象里的那个女孩。

她穿着家居服躺到床上盖着被子假装睡觉，他穿着T恤和长运动裤在厨房煮麦片粥，小锅煮了几个鸡蛋，煮熟后拿凉水过了一遍，剥壳切瓣，滴上酱油。

饭做好以后，林天阳进屋趴在床边轻声叫代舒起床，她迷糊了这么一会儿还真睡着了，醒了以后下意识地伸手推了一把自己面前的脸。

林天阳握着她的手腕，变了个人似的，在她手指上亲了一下："起来吃饭。"

代舒把手缩回去，磨蹭了一会儿下了床，有些不自在。

吃饭的时候林天阳说起来另一对嘉宾的婚礼："你喜欢邱天他们那种大场面的婚礼吗？要不要试试在我们巡演的时候在舞台上结婚？"

代舒疑惑地看他，是在给演唱会做宣传吗？

"到时候让他们演奏《婚礼进行曲》，你从舞台中央的升降台慢慢升上来，戴着钻石王冠、钻石项链、钻石戒指，还有钻石手环。闪闪发光，成为全场瞩目的焦点，你觉得好吗？"

代舒一股酸意从鼻子直冲眼底，视线模糊了一刹那。

她吸了吸鼻子，然后自己解释："昨晚没关窗，有些流鼻涕。"

林天阳抽了张纸巾递到她脸前："擦擦。"

“嗯。”她背对着他擤鼻子，整理好情绪，“我不喜欢那么浮夸。”

“那你喜欢什么样子的婚礼？”

“我……我不告诉你。”

林天阳托腮笑着看她：“嗯，那我慢慢想，总能想到的。”

代舒不敢看他，喝着甜腻腻的麦片粥，突然热情的林天阳让她有些不习惯，她想问问编导，那家伙是不是拿错台本了？

早饭过后两人要去家居商场继续置办家具，天上忽然飘起雨丝。

这种季节下雨比下雪还让人难受，四面八方的风吹着雨点沾在身上又潮又冷。雨天增加了拍摄难度，导演怕摄像拍不到有意思的点，出门之前跟两人对了一遍今天要演的两个情节，一个是吃醋，一个是吵架。

导演还特地找出来手机里的那段视频给代舒看了一遍。

视频是前两天在网上传得很火的一小段采访，前半分钟是采访，记者问林天阳每次演出都会唱的成名曲《小玫瑰》是写给谁的，林天阳说写给初恋的，很遗憾最后没能在一起，但是特别感谢她曾经在自己低谷的时候陪着自己。采访结束后，紧接着是林天阳在日本歌友会的那首返场歌曲《我终于失去了你》，内容也特别贴合这段初恋的故事。

这是林天阳公司为了打造他深情人设剪辑的视频。

都这么“深情”了还来参加这种恋爱节目，林天阳替公司觉得尴尬。

不过更尴尬的应该是眼前的代舒，让她表演自己吃自己的醋，难度系数真不低。

或许是Mary跟栏目组商量过了，这次他们出行的车上没有跟拍摄像，只在车里装了两个摄像头。

林天阳开车，代舒坐在副驾驶位上盯着雨刷来回摆动。没人说话，车里无比安静。她伸手把音乐打开，激烈热情的鼓声立马传出来。

“我不知道明天该去向何方 / 我时常像现在这样感到彷徨 / 是继续流浪还是选择留在这里 / 如果你说我就马上决定……”

正是临时乐队的《小玫瑰》。

代舒听了一会儿，清了清嗓子：“我昨天看见你的采访了，热搜里那个。”

“嗯？”林天阳假装听不懂。

“说《小玫瑰》是写给初恋的那个。”

“哦。”

“哦？”她装作好奇，“初恋是个什么样的人啊？”

他思考了片刻：“记不清了。”

代舒扭头看向他，听他说这句话，居然不知道该作为“现女友”高兴还是该作为“初恋”难过。

“记不清了还场场都唱给她写的歌？”

“真的记不清了，可能就是一种感觉吧，唱那种最初的激情。”

“什么都记不清了吗？”

林天阳没说话，好像在专心开车，逃避这个问题。

直到进了停车场停好车，他熄了火，解开安全带，才转身对着代舒说：“只记得有一年冬天，下着雪，她跟我说她喜欢我。”

代舒咬着嘴唇磨了磨，两颗门牙若隐若现，憋出来一个字：“哦。”

乱讲，谁说过喜欢你。

林天阳摸了摸她后脑勺儿，像是在笑：“都已经过去了。”

她有些愣住，将情绪全部收起，像个再普通不过的吃醋女友，噘着嘴“哼”了一声。

下雨天，又是工作日的上午，商场里面人并不多。

代舒平时也经常在公共场合做直播，不怕别人围观。可是像现在这样有保安开道把人群拦在外面的架势她还是第一次见，她不禁看向林天阳，他现在可真是大明星了。她为他高兴，早就知道他一定会红，虽然带着几分盲目的追捧，可她的眼光还是很不错吧。

两人各自推一个购物车，看见合心意的就往车里装，一层楼逛完车子已经装得满满当当。他俩找了个沙发坐下，给对方展示自己的战斗成果。

代舒挑的东西基本都是柔软的布艺制品，颜色也是粉粉的；林天阳却完全相反，都是金属制品，黑色银色居多。

代舒有些嫌弃地把一个金属骷髅怪摆件拿在手里看：“这个和我们家的风格一点儿都不搭啊，不要买没用的东西回去。”

“怎么没用？我挺喜欢的，我想摆在卧室。”

“睡觉的地方当然要温馨舒服啊，放这种东西干吗，半夜起床吓一跳。”

林天阳双手比了个“rock”的手势，问代舒：“你不觉得这个看起来很摇滚吗？”

“不要，不喜欢。”代舒拿起自己车上的一个粉色收纳盒，“屋里放这种可爱的不好吗？”

“呃……”林天阳低头看手，不回答。

两人僵持了几秒钟，代舒忽然站起来，把购物车留在原地：“那你看着买吧，我不管了。”

林天阳忙拉住她胳膊：“怎么了？”

“不想逛了，累了，想回去歇着，反正我买的你又不喜欢。”

林天阳皱眉：“明明是我买的你不喜欢，我哪里说不喜欢了？”

“你没说，但你就是那个意思。”

“这是咱们俩的家，我也有发言权吧？”

“给你发言权，给你决定权，你爱买什么就买什么，爱装修成什么样就装成什么样。”代舒两手在胸前一交叉，一副不讲理的样子，“我看咱们俩不应该演《亲爱的，结婚吧》，应该演《讨厌鬼，离婚吧》！”

林天阳这次笑了：“怎么就讨厌鬼了？这个骷髅不喜欢？那不要了。”

他边说边在自己那一车里挑挑拣拣，把代舒看得过去的东西放进她的车里：“这个木头小人可以吧？跟你那个花瓶多搭！”

都挑完以后他主动推着代舒的车子，走在她身边，低头看她：“我这么讨厌吗？气成这样？”

代舒隔了好一会儿才看他：“嗯，讨厌鬼。”

“激情洋溢”地吵完架，结完账往停车场走的时候两人又都不说话了。林天阳一个人提着所有的袋子，装进后备厢以后开车载她找地方吃饭。

下着雨的街道冷冷清清的，林天阳问代舒想吃什么，她说要吃酸辣粉。

有摄像头的时候他还是会跟她开玩笑的，尽职尽责地逗她："这么上火还吃酸辣粉？"

代舒要捶他，手举起来没找到合适的攻击位置，最后又收了回去。

回家的路上就有个酸辣粉店铺，林天阳停好车，还没来得及下车帮代舒撑伞，她就戴上帽子跑进店里去了。

林天阳跟进去的时候听见她跟老板要了两碗粉，一碗变态辣，一碗微微辣。

"你唱歌不要吃太辣，伤嗓子。"她解释。

"嗯。"林天阳坐定，拿热水涮杯子，"你喜欢吃辣啊？"

"喜欢，吃特别辣的东西可以让头脑放空，那种感觉很爽。"

"刺激胃。"

"没关系，我胃好。"代舒又喊老板加了杯热奶茶，"这样中和一下就好了。"

她吃的时候大快朵颐，吃完了嘴唇红红的，眼睛晶晶亮。

林天阳看着这样的她有些走神，手拿杯子时没看准位置，水洒了一地，好在杯子没碎。慌张地清理地面，他懊恼自己的表现，看见一旁的摄像机又淡定了些，演节目嘛，怎么样都说得过去。

回家的时候代舒忽然难受起来，林天阳收拾完东西没见着她，进屋发现她坐在床上靠着床头捂着肚子，脸色苍白。

林天阳拿出手机来就打算叫救护车，被她制止："没那么严重，就是早上吃得有些少，中午吃得又晚，胃有些空，刺激到了。"

"以前有过类似情况吗？你有胃药吗？"

"不用，我包里有暖宝宝，你帮我拿一个吧，贴一会儿就好了。"

林天阳闻言立马去找她的包，找到暖宝宝以后撕开包装拿去洗手间用电吹风吹得发热了才送到屋里，他看着她贴到衣服里，手捂着肚子脸色苍白，还是担心："去医院看看吧。"

"真没事，要不你给我弄点儿热水喝吧。"

林天阳跟她对视了半分钟，她低下头不看他了，他才去客厅倒水。

回来的时候看见她似乎脸色好看了些，他坐在床边，半条腿搭在外面，等代舒喝水。

她喝完一杯水，把杯子给他，他没接，忽然说了一句：“我帮你揉揉肚子吧？”

“啊？”代舒吓了一跳，胃也跟着抽疼。

“我帮你揉揉。”他重复了一遍，手按在她肚子上，控制着力气揉了两圈。

代舒无措地看向床对面的摄像机，虽然卧室里只有他们两个，但是导演在隔壁房间的监控器里都能看到。

她肚子里好像有翻滚的气泡，他揉着揉着，那气泡向上升腾，肚子发出了“咕噜噜”的响声。

林天阳也听见了，停下手里的动作问她：“好些吗？”

“好多了，我，我想睡会儿。”

“好，”林天阳收回手，把床尾叠着的被子扯开盖到她身上，“睡吧。”

“你呢？”

“外面还乱着，我收拾一下。”

代舒闭上眼，梦呓似的：“不关酸辣粉的事，我还是喜欢吃酸辣粉。”

“……”林天阳拍拍被子，“快睡。”

“林天阳。”

“怎么了？”

“没什么，就想叫叫你。”代舒说完这话居然害羞地笑了笑。

林天阳沉默地看着她，她依旧闭着眼，似乎也不打算等他回话。

他看着她，她慢慢睡着，他也不知道自己看了多久。看了一眼时间已经不早了，林天阳去找导演商量提前收工。

工作人员收拾着器材，林天阳回到代舒床边，这么吵闹的声音她居然还睡得着，昨晚在酒店没休息好吧？

“代舒。”林天阳开口才发现自己嗓音有些哑，清了清嗓子又叫了声，“代舒，起来了，回家睡吧。”

代舒刚睡着就被叫醒，坐起来的时候头有些晕。她看到眼前的林天阳，没防备地问：“收工了吗？我再睡会儿，难受。”

“回去再睡。”林天阳看她脸色依旧不好，在她要躺下去的时候抓住她肩膀，“回去，我送你。”

他把代舒的行李拖到手边，把她的大衣从衣帽架上取下来放在她腿上，最后一次催促她：“走。”

看到林天阳拉着自己行李往门外走，代舒愣了一下，忙下床穿鞋披衣服，跟工作人员鞠躬道别后追了上去。

林天阳没等她一起坐电梯，代舒追到停车场的时候他已经在车上了。她犹豫了一下，选择坐在副驾驶位上，上车的时候林天阳在打电话，应该是跟他经纪人说情况。

林天阳最后说了一句“知道了”挂断电话，发动车子后把手机给代舒：“你家地址。”

“送我去工作室吧，今天要直播。”

“你不舒服，回去休息。”林天阳又问了一遍，“你家地址？”

代舒只得听话，在手机地图里输入小区地址，开了导航放在窗前的支架上。

车子行驶了一段距离，等红灯时林天阳忽然说：“找个助理，我不可能每次都送你回去。”

“在找了，工作室最近也在招人，还没找到合适的，要信得过还不多嘴最好专业也相关的，并不好找……”代舒说了一通，感觉自己话太多，林天阳好像对这些并不感兴趣，她中途闭了嘴。

林天阳却说：“继续。”

“继续……什么？”

“不好找，然后呢？”

“不好找，然后就慢慢找……”把天聊死了，代舒沮丧地皱了下鼻子。

以前林天阳就不太爱说话，可说话的时候很温和，现在的他怎么跟个冰块似的，是因为成了“大牌”所以脾气也不好了吗？

代舒可以理解作为明星的林天阳跟从前不同了，也能理解他对自己当年的不告而别可能带着些怨恨。她不怪谁，只是觉得命运是种很玄的东西。

代舒有些恍惚，肚子的疼意变成微弱的电流在脑袋里流窜，摇摆的雨刷像是催眠的钟摆。她没打一声招呼就解开安全带，拍着车门急呼：“停车停车，我想吐。”

车子紧急停靠在路边，代舒先跑了下去，林天阳从后座拿了伞赶到她身边给她挡雨。

代舒扶着棵大树，树身粗壮，湿漉漉的树皮透过掌心传着凉意。她没法顾及形象，干呕了几声把中午喝的奶茶吐了出来。

雨伞遮挡的小天地四周形成了一圈雨帘，她吐完，觉得好受了很多。

林天阳大半个身子都被淋湿了，伸手替她拍了拍后背：“还想吐吗？”

代舒摇头，摇了两下脑袋里的电流又开始流窜了，她甚至来不及转身，直直吐在了林天阳的裤子上。

“……”

“对，对不起。”

“先上车。”林天阳撑伞引她走到车前，替她开了车门，“慢点儿，别撞到头。”

林天阳弯腰探身找出水和纸巾递给代舒，怕她看见不干净的东西又想吐，自己抽了几张纸站在车外面把裤腿擦干净，然后一言不发地坐进车里送她回家。

进了小区代舒指挥着他往停车场走，看他衣服已经湿了大半，心里不落忍。

车子停好，林天阳看她解了安全带却没动弹，像是有话说。

代舒见他望过来，长长地“嗯”了一声：“你上去洗个澡吧，头发湿了容易感冒，衣服我帮你速洗烘干一下。”

林天阳歪头，沉默地打量着她。

“看什么？”代舒推开车门，“又不是真的只认识十几天，上去吧，我室友应该不在。”

林天阳熄了火，推门下车。

代舒的室友果然不在家，她把林天阳领到浴室门口，回屋给他找换洗衣服，找半天拿出来件宽松的吊带碎花裙，没腰没胯的像个大麻袋。她拿给林天阳看，问他能不能接受。

林天阳挑了下眉，摇头。

她抱着手臂看他，把裙子放在沙发上："那你直接去洗澡吧，我教你怎么用烘干机，你洗完等着烘干了穿上再出来。"

代舒领着他进浴室，告诉他门后的烘干机使用方法，又给他指了指哪是沐浴露哪是洗发水，说完了打算退出去，一转身却撞进他怀里。

浴室空间狭小，碰碰撞撞什么的也是常有的事，代舒立马道歉："对不起。"

"没关系。"林天阳把身上湿凉的卫衣兜头掀掉，"我故意的。"

"……"代舒没懂他什么意思，看见他的黑色背心仓皇跑了出去。

她没怎么淋到雨，换上软和的家居服，在厨房简单洗漱过，用微波炉煮蛋羹吃，吃完觉得胃舒服多了。

林天阳出来的时候已经只剩碗底，他看了一眼，觉得有些饿："我走了。"

"你头发还没干。"代舒起身要往浴室走，"你没找到吹风机吗？在柜子里。"

"我发质不好，造型师让我洗了头尽量自然风干。"

"哦，这样。"忽然有些尴尬，代舒没坐回去，转身往厨房去，"那你晾一会儿，我给你煮个蛋羹吃。"

正说着话，防盗门的锁扣忽然响了两声，室友的声音从外面传来："咦？阿代你回来了？我正好……"

室友还没换鞋就跑过玄关到客厅跟代舒要说什么，一眼看见了脖子上围着毛巾、头发湿淋淋的，明显是刚洗完澡的林天阳，话卡在半截，又生硬地接上："我正好要出去呢，你们继续，继续。"

说完原路跑回去，"嘭"的一声关上了防盗门。

"……"

"我去吹头发。"

林天阳再出来的时候看见代舒捧着个小瓷碗站在门前等着，举着勺哄小孩似的递到他面前："吃两口再走吧，我听见你肚子叫了。"

林天阳没拒绝，几口扒拉完，道了声谢就离开。

走进停车场的时候看见代舒那个室友正蹲在楼梯上听手机语音，冷得瑟瑟发抖。他从她身边经过，站住，低头跟她打招呼："你回去吧。"

"啊？啊！"室友手忙脚乱地站起来，"这就走啊？不吃个饭？"

“嗯，回去吧，代舒煮了鸡蛋羹。”林天阳不再跟她多话，往自己的车走去，走两步又回头告诉代舒的室友，“很好吃，都被我吃光了。”

“……”

【第二期小黑屋采访】

导演：对你们的新家满意吗？

林天阳：也得有让我们不满意的东西啊，什么东西都没有……

代舒：挺好的。

导演：真的挺好吗？

代舒：嗯，编导希望我们能对这个新房和未来生活充满向往和期待，她把电器的钱都给结了，我觉得我应该给她个面子。

导演：……

导演：代舒做饭好吃吗？

林天阳：粥有些淡，菜有点儿咸。

代舒：他全吃完了。

导演：林天阳做饭好吃吗？

林天阳：我们乐队全靠我的手艺养活着。

代舒：他们队员大概是觉得好死不如赖活着。

导演：看到林天阳那个采访，说那首歌是唱给初恋的，有没有吃醋？

代舒：还好吧，有初恋什么的也挺正常的。

导演：你有初恋吗？

代舒：有啊，刮着风下着雪他说“喜欢我”。

导演：哦……（笑）

导演：觉得他（她）的装修理念怎么样？

林天阳：她的想法给我们女儿屋子装修挺好的。

代舒：他还是一直跟乐队的人住在一起好了。

导演：给她揉肚子的时候什么感觉？

林天阳：软软的。

导演：他给你揉肚子的时候什么感觉？

代舒：硬硬的。

导演：啊？

代舒：他戒指没摘，硌得我肚子疼。

导演：哦……

第三期

○ ● ●

忙碌的温居日

录完第二期节目后，临时乐队飞去外地拍广告，一走就是六天，等到新的录制行程开始时，第一期《亲爱的，结婚吧》已经播出。

代舒在他们的新房里一边看电视一边做便当，拿竹帘卷寿司，最大号的保温盒一层又一层地堆满了各种口味的寿司。

手机闹钟响的时候电视上正在播酒店大厅里林天阳挠代舒下巴的镜头，代舒看见她鼻孔紧张地扩张，觉得一点儿都不优雅，郁闷的她关了电视，包好饭盒穿上衣服出门去接人。

她开着车往机场方向去，在停车场找到临时乐队的保姆车，跟司机换了车钥匙坐到驾驶座上，对着后视镜整理鸭舌帽和眼镜，然后开始研究车上的主操作盘。

没等她熟悉好，副驾驶的门被拉开，Mary坐上来，看了司机位置一眼愣住了。

代舒比了个“嘘”的手势，把那个饭盒递给Mary。

紧接着，乐队成员们也放好行李坐上了车。林天阳坐在中间一排的位置上，Mary把饭盒给他，让他们先吃点儿东西垫垫肚子。

唐哲最先注意到了车上安的摄像头，疑惑地问林天阳：“你今晚要录节目啊？”

“嗯，今晚要去新家。”林天阳已经打开饭盒拿了个寿司吃起来，把剩下的递给队员吃。

“啧啧，新家，听起来真甜蜜啊。”唐哲羡慕得不得了，“你不回家我们明早吃什么？”

“喝西北风去吧。”林天阳没人性地答道。

阿迟听了这话把饭盒盖子盖上，阻止明第拿第二个寿司的手：“别吃了，留着当早饭吧。”

阿迟边说边看那个粉色饭盒，忽然对盒子的来历产生了疑惑，纳闷地问

Mary：“姐，这是谁做的啊？”

他这么一问，林天阳也注意到了，打开车灯仔细研究了一下，把饭盒收回去：“这是新家的，上次去商场代舒买的。”

刚说完，感觉谁在看他似的，林天阳一抬头，从后视镜里看到眼镜框遮了半张脸的代舒。正巧等红灯，他扒着前排座椅伸头往前看过去，有些惊喜地笑了：“你来怎么没跟我说一声啊？”

后面的队员都抻着脖子看司机位，一个个有礼貌地打招呼：“嫂子好！”

代舒不好意思地把帽子摘下来：“你们好，辛苦啦。”

林天阳把弟弟们伸长的脑袋都按了回去：“坐好了，别跟司机聊天，不安全。”

几个人老老实实地吃东西，却忍不住悄悄打量代舒。

直到把车开到乐队公寓楼下，代舒下车后才面对面地跟他们说话：“这个是我做的，也不知道合不合你们口味。”

队员们小鸡啄米一样齐齐点头：“好吃，好吃。”

根据台本安排这期节目主题是温居，代舒便热情邀请队员们去新家做客：“一起坐坐，吃个家常便饭。”

队员们再次化身小鸡，高兴地点头答应。

林天阳一副客人的模样站在代舒一旁，朝队员们挥手：“回吧回吧，不用送了，我们要回家啦！”

代舒看向林天阳，温柔地朝着小叔子们微笑：“你们好好休息一下，明天下午再来玩吧。”

约定好了时间，几人告别，林天阳开车载代舒去往新家。

一进家门，代舒就叉着腰催林天阳干活：“家里好乱啊，我们得连夜收拾了。”

林天阳站在她身后，低头看着她瘦削的肩膀，脑袋一沉把额头压在她肩膀上，语气懒懒的：“我也很累，想好好休息。”

代舒有种泰山压顶的感觉，僵着身子不敢动。她知道这是在录节目，也非常理解林天阳尽职尽责的工作态度，可是刚才在路上都没跟她说几句话的人忽然这么亲密地靠着她，她有些不适应。

代舒稍微把肩膀放低了些："那你休息吧，我来弄。"

"不要。"林天阳改成把下巴垫在她肩上，"你不陪我休息的话怎么算好好休息？"

林天阳说是休息，也只是换了身居家的衣服倚靠在沙发上犯懒。他专注地盯着手机看，被要求"陪他"的代舒坐在一旁问："看什么呢？"

"看微博评论。"林天阳指指代舒，又指指自己，"树林夫妇。"

"啊？"代舒反应了一下，"是说我们这个组合的名字吗？"

"组合？好像是。"林天阳收起手机，"今晚的节目你看了吗？"

"看了一部分，把邱天婚礼的全看完了，超级酷，那个正好是联赛的颁奖礼，古桂队得了冠军，场上全是他们的球迷。然后颁完奖就开始举行婚礼，古桂的球员们穿着队服一人领着一个小朋友在场上站成两排，两排之间互相踢球传球，还有小朋友在颠球，超级可爱！邱天把他那个 MVP 的奖杯送给金多宝，就是他的新娘，看台上的球迷还做人浪唱什么歌来着……"

林天阳看代舒越说越兴奋，等她喝水歇神的时候打断她："你没看我们的？"

"啊，看了一点儿，我们在第二部分，还没看完就去接你了啊。"

林天阳抿了下嘴："哦。"

"等我去网上看重播。"

"随你。"林天阳虽然是这么说，可表情明显地愉悦了很多。

代舒没注意，拿出张纸来跟他商量明天要准备的东西："家里没有饮料，要买果汁和啤酒。"

"把你的朋友也叫来吧。"

"好，把静静和路路叫来，是我们工作室的设计师和摄影师。"

林天阳看代舒列菜单列得眉毛都要拧在一起了，替她出主意："市场里不是有卖八宝菜和卤煮的吗，两个菜了。"

代舒"唰唰"地写下来，小声吐槽他："真会偷懒。"

"不偷懒，明天我炖一大锅红烧排骨，一人分两块排骨浇点儿汤吃排骨米饭。你炒两个青菜，不就齐活了？"林天阳打了个哈欠，把代舒的笔抽走，"好了，睡觉，明天早点起来采购。”

“你先睡。”代舒把林天阳推进卧室，转头又对着说明书研究新买的吸尘器怎么用，然后把屋子里里外外全打扫了一遍。

要收工的时候，代舒才发现林天阳已经睡熟了，她对后面跟过来的Mary说了声：“他还在睡。”

“那就让他继续睡吧，行程挺赶的。”Mary 把卧室门关上，走到沙发边坐下，看样子是打算在这里凑合一晚。

“你也回宾馆睡吧，他一个大男人，自己在这边还会害怕吗？”

Mary 扭头看了她一眼，眼里有说不清的试探和疑虑。

代舒感觉林天阳的经纪人挺不友善的，也不劝了，穿好衣服离开，轻轻替他们把门关上。

林天阳一夜好眠，清早被外面杂乱的脚步声吵醒。他睁眼，迷瞪了有一分钟，没看出来自己躺在哪里。

“代老师，不好意思我来晚了，咱们开……”门外有化妆师清亮的打招呼声。

林天阳想起来自己在录节目了，他还穿着昨晚的那身家居服，开了卧室门探头看外面，一眼看见在沙发上坐着由化妆师化妆的代舒。

“明……咯，代舒。”

代舒看向他：“你起来啦？先洗漱吧，还有半小时开工。”

“嗯。”林天阳转身回屋，过了一会儿又探出头来，补了一句问候，“早上好。”

代舒正画着眼线，没法看他，颤动着睫毛回了一句：“早上好。”

化妆师温柔地替代舒描着眉，小声说道：“林老师对你好温柔啊，我以为他是那种特别冷淡不爱说话的人呢，可是看他跟你相处还挺好的。”

“有吗？不拍摄的时候我们也很少说话，他上节目话多是为了综艺效果吧。”

化妆师看代舒不想多谈，换了个话题，跟她聊起最近的流行元素来。

工作人员都就位后，林天阳跟代舒下楼吃早餐，开启采购之旅。

早餐吃的小馄饨，代舒想倒点儿辣椒粉的时候被林天阳伸手拦住，瞄了她一眼：“胃疼。”

这两个字没吓唬住代舒，她借力使力，握着他遮拦的手晃了晃，撒下一小撮辣椒粉，满足地搅匀了开始喝汤。

因为菜单是昨晚就定好的，他们采购的时候速度挺快，在早市上买了新鲜的肉和菜，又去熟食店逛了逛。

“快十点了，咱们回吧。”代舒看了看时间，催还在试吃人家果干的林天阳，“怎么咱们俩在一起整天就是吃吃吃、买买买呢？”

“过日子，都这样。老板每样给我来十块钱的吧。”林天阳捡了块水蜜桃干递到代舒嘴边，“甜的。”

代舒低头看了一眼，刚往前伸头要吃，水蜜桃干忽然就不见了，进了林天阳的嘴。

“……”

林天阳跟她对视：“真甜。”

代舒冷哼一声，接过老板称好的果干先一步走了。

她走得快，他腿长，他俩跟竞走似的用了来时一半的时间就走回了家，架还没吵起来，在门口看见了一群“不速之客”。

林天阳诧异地问他们：“不是说来吃晚饭吗？怎么这么早就过来了？”

“你不在家，没人做饭。”明第理直气壮地说。

代舒一边开门一边从刚提回来的袋子里找拖鞋给他们：“你们不会连早饭都没吃吧？”

“早饭吃了你昨天做的寿司，喝了牛奶。”阿迟换好鞋帮她把买来的菜提到厨房，“我们出去买礼物来着，没想到那么快就买好了，反正回去也没事，干脆早点儿过来了。”

林天阳看起来不太爽，但也不知道为什么不爽，他看着门边的盒子：“买的什么？”

“我们也没给人送过温居礼物，上网查说要送电风扇。”唐哲边拆箱子边把那个风扇拿出来，找到插座插上，风力开到最大，“说是寓意风生水起。”

大冬天的，难为他的低智商队员们能想出来送他个电风扇。

林天阳指着地上的另一个纸箱问：“那个是什么？”

“影碟机，老板还送了几盒动画片。”唐哲关了风扇跑回来继续显摆，抽出个 DVD 盒子来，“看，还有这个！”

代舒看到那盒子上写着“临时乐队”四个字，是他们刚出道的时候拍的自传电影，也是靠这部电影乐队才一炮而红。

“嫂子，你看过这个吗？”唐哲满是期待地看着她。

她当然看过，在影院刷了三遍。

“没有哎，我不怎么看电影。”只是导演安排了一起看片的情节，她只能假装没看过。

因为突然增加了做午饭的环节，代舒感觉工作量一下子多了好多，悄悄拽林天阳的袖子拉他进厨房商量中午做什么饭。

“没事，食材足够了，中午就做个鸡蛋饼，再给他们吃点八宝菜就行。”他指着桌面上的果干袋子，“还有那个呢，让他们都吃完估计就饱了。”

代舒看他要出去，又拽了一下：“你帮帮我啊……”

“我去拿杯子给他们倒茶喝，马上回来。”

听他这么说，代舒脸红了下，觉得自己露怯了。

她切了半根火腿，切成丁，打了五个鸡蛋在盆里，把火腿丁和面粉一股脑儿倒进去，加一撮盐，握着打蛋器开始搅拌。

林天阳倒完茶就回来了，接过她手里的活儿，更快速地搅拌起来。

有他做饼，代舒只需要把八宝菜切好装盘就行，她听着厨房里的风机声音，感觉特别安心。

两人把午饭端出去的时候，明第已经把机器安装好，正在播放电影。

片头曲结束，安静的场景里一道少女的声音传来：“林天阳，你怎么还在睡呢？”

代舒只听这声音就知道是演林天阳初恋的那个女演员。

她叹了口气，唉，她又要开始假装吃他“初恋”的醋了。

客厅的沙发不够大，唐哲被林天阳发配到茶几旁边坐小板凳。

他们一边吃午饭一边看电影，唐哲虽然坐的位置矮了一截，可说话的兴致依旧很高，不停地跟代舒解释哪些是真实的，哪些是编剧编的。

“队长和阿迟去日本之前也有个乐队的，那时候他们叫麦原林池，是不是听起来很中二？好像是他们每个人的名字里抽了个字组成的。”

代舒点点头，嗯，麦子和原平。

“反正后来解散了，他们俩来日本以后在酒吧抢我生意，我们也算不打不相识……”唐哲说到这里忽然意识到不太好，回头跟摄像嘱咐了一句，“打架这句剪掉啊，教坏小朋友。”

其他队员瞥了他一眼，林天阳拿了块饼塞到他嘴里，“求求你歇会儿吧。”

唐哲嘴被堵住了还要含混不清地耍贫：“既然你诚心诚意地求了，那我就勉为其难地歇会儿。”

代舒看他们相处得似乎比当年已经解散的那个乐队还要自在，不经意撞上了阿迟看过来的眼神，他对她笑了笑，又扭过头继续看电影。

电影里演到在东京大学读书的高才生明第在酒吧打工调酒的画面时，代舒佯装惊讶地问他：“你以前是调酒师啊？”

“不是，在酒吧做侍应生。”明第淡淡地解释，不太爱说话的样子。

饭吃完了，电影还没播完，他们休息了一会儿，代舒抽空跟导演提了提要求：“初恋这个事是不是不用提那么多次啊，多了我怕观众会反感。”

导演让她放心：“多拍一些素材，后面剪辑的时候会剪掉的。”

既然导演这么说了，她也没法再说什么，只是总这么装吃醋真的很精分啊。

她觉得她得找机会问问林天阳，她怎么就单方面被宣传成他的初恋了，他们明明都没正式交往过……

再次开工，林天阳让代舒坐着看电视，他去厨房料理排骨。

就在他离开的瞬间，客厅的气氛忽然变尴尬起来，连最爱说话的唐哲也安静了下来。代舒默默地吃着薯片看电影，最后是临时乐队的演唱会，等到屏幕黑屏开始滚动演职员表了，她立马放下薯片双手鼓掌：“哇，好棒好棒。”

这单薄的掌声在安静的屋子里尤为突兀，她跟几个队员对视了一下，都不知道说点儿什么。

“我，我去厨房做饭，你们先玩着。”她逃离尴尬的气氛，跑到厨房找林天阳。

林天阳已经把排骨炖上了，见她进来问了一句：“怎么不在外面多玩会儿？”

“不太熟，不知道该说什么。”代舒从墙上摘下围裙挂到脖子上，“过来看看你饭做得怎么样了。”

林天阳到她背后帮她系绳，灵巧地打了个好看的蝴蝶结：“你不是喜欢阿迟吗？”

代舒看了他一眼，挠挠头：“……那我出去跟阿迟哥聊天去。”

她转身往外走，围裙上的绳子被人揪住，林天阳淡淡地说：“留在这儿看我刷碗吧。”

“刷碗有什么好看的？”

“没让你看碗。”林天阳把碗放在沥干架上，湿冷的手在代舒脸上捏了下，“看我。”

脸上被沾了水，代舒用手背擦了擦脸，凉凉的，擦完却烫烫的。

代舒安静地靠着墙角看他刷碗。

林天阳忽然说：“说几句话。”

“说什么？”

“随便，我喜欢听你说话。”

代舒咬了下嘴唇，自己一个人要怎么说话？她想了一会儿，干脆小声唱歌：“你看那里它有小鸡哟……小鸡哔哔哔哟……”

林天阳把她声音当背景音，开始没仔细听，刷完最后一个碗才听清她在唱：“小狗汪汪汪汪……猫咪喵喵喵喵……鸽子噜噜噜噜噜……火鸡嘟嘟嘟嘟嘟……”

他皱眉，嘴角微扬：“你在念经吗？”

“啊，刷完了吗？”代舒立马不唱了，想把没什么用的围裙摘了出去跟队员们一起玩。

“穿着吧。”林天阳朝她手上瞄了一眼，对上她疑惑的表情，解释道，“我蝴蝶结系得很漂亮，穿着吧。”

虽然代舒没想明白这两者之间有什么关系，还是这么穿着出去接待来温居的客人了。

她的朋友也到了，代舒给其他人介绍，一个是那天林天阳见过的现在跟她一起住的室友静静，另一个是工作室的设计师路路。

“路路是准新娘，还有四天就要结婚啦，我跟静静给她当伴娘。”代舒虽然是给大家介绍，但说完话下意识地看向林天阳。

林天阳感受到她的视线，扭头看过去，说了一句：“你不能当伴娘吧？”

他说完这话，屋里安静下来，都看他。

林天阳刚才只是随口说的，看大家都在等他解释，尤其是代舒微张着嘴犯傻的样子，居然觉得自己要说的话也很傻。

他咳了一声，打算进厨房烧菜。

代舒拉了他袖子一下：“什么啊？”

林天阳站住，看着代舒：“伴娘不是要未婚的吗，我们结婚了，你不能当伴娘。”

满室静谧，几个人前前后后地发出“咦”的嫌弃声，都觉得他肉麻。

唐哲那家伙最烦人，一把上前抱住阿迟，模仿昨晚节目里的画面：“对不起，把你弄丢了。”

阿迟回抱住唐哲：“没关系，你让我去当伴娘吧！”

林天阳懒得理他们，丢下客人进厨房看锅里的排骨焖得怎么样了。代舒看看嘻嘻哈哈的小叔子们，再看向厨房林天阳的背影，跟过去打下手。

林天阳正在试排骨，夹起来一块吹了吹，送到代舒面前：“尝尝。”

代舒咬了一口，烫牙，但掩盖不了肉质的鲜嫩。她不停点头，竖起大拇指：“好吃！”

林天阳找了个小盘子捞了两块肉给代舒，应付小孩似的：“坐那边吃，吃完继续念刚才那个经。”

“不是念经，是唱歌……”代舒弱弱地反驳。

林天阳嗤笑一声：“那种也能算歌？”

代舒用力嚼着肉，咽下去才继续反驳：“就你懂歌，就你会唱歌，别人都不懂，哼。”

她说这话本来只是开玩笑，说完却看见林天阳的脸色不太好看，想起来最近乐队专辑评分很低的事，反应过来自己失言了。

厨房的沉默变得尴尬，林天阳切菜的声音越发清晰。代舒想说点儿什么来缓和气氛，却无从开口。

林天阳把刀放在案板上，转身，倚着橱柜，正面看着代舒。

“嗯……”代舒也看着他，想说天气这么好要不要喝点儿可乐开心一下。

他没给她说蠢话的机会，不知道说的是过去还是现在，也不知道是夸奖还是嘲笑，扔下一句话就继续切菜了。

他说：“跟你在一起的时候，我是懂歌的。”

代舒的朋友很快跟乐队成员聊熟了，吃完饭大家又打了会儿牌，等他们离开的时候已经快十点钟了。

林天阳和代舒站在电梯门口送走他们，回到家坐在沙发上，看着一室狼藉不约而同地叹了口气。

代舒坐了几秒钟，自告奋勇地站起来：“我来收拾。”

“不急。”林天阳伸长腿，挡着她出去的路，“休息一会儿。”

“盘子要先刷了，不然不好清洗，屋子可以明天再收拾。”

林天阳两条腿都伸直，仰头看站着的代舒：“休息会儿，好吗？”

他这次用了疑问句，代舒不知道如何拒绝，坐回去：“好。”

林天阳躺靠在沙发上，神态放松，拿出手机来放音乐，歌单里都是些经典老歌。

屋里只有音乐，代舒也像他那样倚靠着沙发，暖熏熏的，有些困倦的感觉，跟他肩并肩地听歌。

直到导演从小书房里出来喊了“收工”，她才从状态里抽离出来，往旁边挪了挪坐直身子。

林天阳还保持原来的姿势坐着，代舒几次看向他，终于开口：“收工了。”

“嗯。”

“下午在厨房里，我不是故意的。”

“嗯？”

“我真的觉得你懂歌，你唱歌好听，不是说反话。”代舒解释，“真的好听。”

林天阳不以为意地笑了下，没接这话茬，反倒提起另一件事：“助理找到了吗？”

“……没呢。”

“我们公司最近在招人，我让我经纪人帮忙留意，有合适的告诉你。”林天阳瞥了她一眼，“走吧，不早了。”

房间里的设备被工作人员一趟趟搬走，代舒看看他，再看看门口等着的他的经纪人，撸起袖子很认真地说：“你先走吧，我把厨房收拾完再走。”

她这么积极，林天阳先是想说有工作人员会收拾，又想说帮她一起收拾，最后看见Mary等得不耐烦了频频望过来，才把手机放进兜里站起来，道了声“再见”先离开了。

至于代舒是真的要留在那里收拾厨房，还是随便找个借口不跟他同行，林天阳不得而知。

刚上车，林天阳便跟Mary提助理的事情：“姐，前两天你说有个不错的助理是吧？”

“嗯，一个姑娘，心挺细的，明年毕业。”Mary业务繁忙，拿着手机跟不知道哪个老板在谈生意，还要分心回林天阳的问题，“小郑走了以后你们一直缺帮手，我也没空天天跟着，还是得再找个助理。我倒是想再找个会摄影的男孩，没合适的，姑娘也好，姑娘心细，照顾你们日常生活更贴心。”

“姐，你问问这姑娘愿不愿意给代舒当助理吧，愿意的话工资双倍，一份从代舒那里拿，我这边再补助她一份。如果以后代舒没什么活动通告了，那姑娘还可以回我这边干活。”

“去谁那儿？”Mary跟人发着语音，太震惊了把这话也给发出去，慌张地撤回消息，把手机放下，严肃地看着林天阳，“什么情况？话说清楚。”

“没什么情况，代舒在找助理，她没这方面的资源，我怕她找个乱七八糟的人。你看得过眼的人总归靠谱些，从我们公司这边过去的，以后说不定还得回来，应该不会乱说话。”林天阳为了打消Mary的疑虑，尽量说得很功利，“毕竟我跟她以前有些关系，她身边的人还是找我信得过的才好。”

Mary冷哼一声，识破他道貌岸然的理由：“得了吧，你什么心思真当我不知道呢？就是看她一个人孤零零地录节目怪可怜的是吧？还两倍工资，啧啧啧，款爷。”

她虽然这么说，却也觉得他的话有几分道理，应酬下来：“回头我问问那小孩吧。”

“谢谢姐。”

“你呀，把心思放在唱歌上，别让这些杂七杂八的破事儿浪费你脑细胞，我把你们从日本那小酒馆挖出来的时候，你们怎么说的，要在更大的舞台给更多人唱歌，还有三个多月就巡演了。”Mary 想到今天看到的收视报告，对乐队的人气还是很有信心的，“别跟他们掰扯什么真摇滚、伪摇滚的，又不是要去写理论书还得一字一句地下定义，我就是个听众，只要音乐好听就行。再说了，什么叫好音乐，什么是烂音乐？大街小巷都放的歌，再口水再难听，听的人多了，听的次数多了，都会唱了，就总有喜欢的人。”

她甚至还安慰了他一句：“放心吧，公司的这个宣发已经跟上千家理发店展开合作计划了，占领了理发店的大喇叭就等于占据了乐坛的半壁江山。”

“噗——”林天阳哭笑不得，跟经纪人道了声谢。

到家的时候其他队员已经睡了，前几年做夜场挺伤身的，这些家伙现在都不爱熬夜，没工作尽量早睡。

他放轻了步子，洗澡，换衣服，坐在餐厅的小桌子上喝酒。

明第上厕所的时候路过客厅，看到他没说什么，只是过了一会儿从自己卧室里拿了袋苏打饼干扔给他：“别光喝酒，伤胃。”

他道了声谢，其实只有一罐啤酒，喝完了就没再喝了。

他不是个爱喝酒的人，只是有时候心烦意乱，总想着暂时麻痹自己一会儿，放空一会儿。

大概就像代舒爱吃辣一样。

林天阳以前很少去关注粉丝的评论，也不怎么和他们互动，他认为这些人喜欢他或者讨厌他都没什么道理，他们听他的歌、听他的演唱会他会感谢人家掏钱了，至于其他和音乐无关的个人生活，他觉得自己不需要跟他们报备。

可是听了 Mary 的话，想到自己现在有一半的衣食父母可能是在发廊洗剪吹的时候和他一起摇滚的，他忽然觉得应该看看那些骂他们新专辑不好的声音里，会不会有一种可能是把对理发师的怨念也加在乐队身上的。

他好多天没发微博了，最上面那条还是转发的节目开播预告，一万多条评论，很多带着“树林夫妇”的话题，点进话题页，第一条精选帖子是几个节目的截图：“‘树林夫妇’真的完美诠释了什么叫‘与君初相识，犹如故人归’啊！林天阳给代舒披衣服、挠下巴那里，还有最后穿过马路的那个拥抱！超级酥啊！这就是恋爱初期那种尬甜的感觉呀！”

犹如故人归？这句倒是用得挺贴切的。

夜深得已经有些发凉，暖气都盖不住的那种冷意。

林天阳从茶几的抽屉里拿出纸笔，在昏黄的射灯下想写点东西。

笔尖点在纸上，半天写不出一句话。

林天阳按了按太阳穴，把纸笔塞回抽屉，扔掉桌子上的垃圾，回卧室扑倒在床上。

手机“叮”的一声，林天阳摸到手机拿到眼前，是条信息，代舒发的。她问：“阿迟哥，你能把林天阳的手机号给我一下吗？”

“……”她别是脑子不好使吧？

林天阳回忆了一番，好像确实没有给过她自己的号码，所以她就真以为这是阿迟的手机号？

他觉得好笑，用阿迟的语气回她：“你找他有什么事？”

代舒隔了一会儿才答：“也没什么事，阿迟哥你下周有空没，一起吃饭呀？”

什么玩意儿，不是要他手机号吗，怎么又跟阿迟约上饭了？！

“我下周很忙。”

“好吧，阿迟哥也要注意身体啊！还有最后一个问题，别嫌我烦，林天阳现在有没有女朋友啊？”

嗯嗯？

林天阳看着最后这句话，编辑好的那条“没有”半天没发出去，然后删除，重新输入：“他电话 187××××××××，我也不清楚，你问他吧。”

“晚安阿迟哥！”

“晚安。”

林天阳盯着手机，看另一个卡有没有信息，等了半天没见有什么反应，只好把手机放回枕边。

他有了些困意，甚至自己都不知道什么时候哼起歌来，把自己哼得快睡着了才发现哼的是代舒下午唱的歌，这歌果然跟念经似的，不只洗脑，还催眠。

【第三期小黑屋采访】

导演：网上现在有两个称呼，一个是“树（舒）林 CP”，另一个是“林黛（代）玉 CP”，你更喜欢哪个？

代舒：树林吧，一般前面的那个是攻。

林天阳：都不喜欢。

导演：为什么啊？

林天阳：因为听起来都很绿。

导演：有观众问为什么你们总喜欢怼我，是因为我年纪小好欺负吗？

代舒：不是，因为你很帅，我想用这种方式引起你的注意。

林天阳：我也想引起你的注意。

导演：……

导演：林天阳现在似乎开始做一些身体接触了？

林天阳：嗯，碰到的感觉比较踏实。

代舒：可能，比较喜欢撒娇？

导演：啊，摇滚歌手喜欢撒娇？

代舒：摇滚歌手现在不都流行保温杯枸杞水吗，反差萌。

导演：喜欢和他（她）的朋友一起玩吗？

代舒：挺有趣的，开始还有些尴尬，熟了就觉得很好玩。

林天阳：还是喜欢跟她单独玩。

导演：为什么呢？

林天阳：因为这是个谈恋爱的节目，不是狼人杀节目，不用那么多人。

第四期

婚礼上的意外客人 & 打扰了，小叔子们

路路的婚礼，节目组策划的台本是让临时乐队突然出现在婚礼现场为他们演奏婚礼祝歌。台本事先发给林天阳和代舒，新郎新娘也都通知了，只是瞒着宾客，怕风声透露出去会引来粉丝围观。

作为伴娘的代舒，早上六点多就在酒店陪新娘忙活。

接亲团八点到的，她们闹过伴郎闹新郎，一对新人手拉着手上车的时候已经感慨婚姻不易了，代舒给他们关车门时差点笑出声。

拍新娘走红毯的时候，代舒忽然听见身后一个婚庆公司的人在训她的跟拍摄像："你一直对着伴娘拍什么啊？新娘是那个！别认错人！"

摄像被训得一愣一愣的，拍了一会儿新娘意识到不对，又把镜头对准代舒。

代舒分了摄像师两块巧克力，让他补补糖分，扭头去休息室陪路路等婚宴开始。

"阿代，戒指是在你那里吧？"路路一见到她就慌张地问，确认着婚礼流程和每个人的任务，顺便拿着手卡背了会儿要对新郎说的话。

"在呢。"代舒拿出来戒指盒给她看了一眼，见她那么认真地背誓词，有些想笑。

大概所有人结婚的时候都会大脑一片空白，不知道说什么吧，婚庆公司的服务真到位。

婚礼开始之前，四对伴郎伴娘要在T台走个秀算是拉开序幕，代舒拍拍路路的肩给她加油，跟静静一起去后台准备走秀。

音乐响起，舞台左右两端各走出一男一女，跟代舒一起走的是新郎的表弟，挺高的一个男孩子，拉着她的手旋转了两圈揽着她的后背做了个下腰的动作。

从舞台上走下去的时候，代舒左右看了看，不知道林天阳他们现在在哪里，准备得怎么样了。

她四处乱看的样子林天阳全看见了，他觉得休息室闷，想出来透透气，顺便找找代舒，没想到还真看见了，她正跟别的男人拉着手转圈圈。

摄像师拍到他沉默的表情，神补刀地问了一句：“生气哦？”

“没，回去吧，要上台了。”他说着转身就往回走，遇到一帮进门的客人，他立刻把鸭舌帽的帽檐压低了些加快脚步。

婚礼顺利地进行，代舒把戒指送到台上，新郎新娘交换了戒指深情拥吻。司仪等他们吻照拍得差不多了才跟现场宾客说：“为了庆祝这一对新人的结合，新娘的朋友特意准备了一份礼物！哎？是什么礼物呢？请大家掌声欢迎临时乐队！”

工作人员飞快地把架子鼓摆上台，乐队四个人从后台走出来，集体先跟宾客们鞠了个躬，然后林天阳拿着话筒面朝着新人说：“为你们送上一首祝歌，希望路路跟王先生能够白头到老，成为彼此最美好的《故事》。”

代舒站在帘子后面，她都没注意到他们什么时候过来的，但是刚才乐队从她这边上台的时候，林天阳戳了一下她挽起来的发髻。

她握着手站在离他们不太远的地方听现场演奏，明第的鼓声一起来，下面宴席原本乱哄哄的声音都静默了下去。

林天阳唱了首小清新的慢摇，她情不自禁地跟着一起哼唱。

你是第一次见面就让人沦陷的女人 / 你是最美好的故事

你是最温暖的风最柔软的云 / 你是我挂在嘴边千万句的恳求……

如果我现在就要对你说 / 你是我的小糖人我已上瘾 / 你会说什么

如果我现在就要对你说……

这首歌是带着些淡淡忧伤感觉的，代舒以为林天阳选这首歌是为了营造感动的氛围，没想到才唱到第二段，音乐忽然变调，接到了《Sugar》上：

“I’m hurting baby, I’m broken down /I need your loving, loving/ I need it now.（宝贝，我此刻一蹶不振，迫不及待需要你的爱。）

When I’m without you/I’ m something weak /You got me begging, begging /I’m on my knees.（没有你我脆弱无力，我屈膝跪地向你请求。）”

代舒很久没见到林天阳这样带着俏皮放松的感觉唱歌了，记得以前他跟麦子很喜欢互相飙歌，平时温柔寡言的人唱嗨了就会像换了个人似的。

他后半段的歌把气氛带动得热烈起来，代舒悄悄探头看向台下，好多年轻的男女站在前面拍照录像。

不知道是不是她动作太大，林天阳往她这边看了一眼，她对他笑笑，他正唱在副歌部分，一句“Sugar Yes please”唱破了音。

代舒这次真的笑了，幸灾乐祸地笑。

林天阳也闭眼自嘲地笑了下，可还是挺高兴地把歌给唱完了。

唱到最后一句的时候又不自觉地去看代舒。

“Won't you come and put it down on me？（我能否得到你那甜蜜的爱？）”

听现场演唱会是会让人激情澎湃的事情，代舒仿佛回到五年前，在酒吧后台抱着队员们的外套和书包看演出的情景，不管谁看过来她都会朝他们傻嗨着摇手送飞吻。

就像现在，林天阳看过来了，她傻了吧唧地双手朝他抛了个飞吻。

抛完看见他皱了下眉，然后笑着转过头。

乐队唱完歌就撤了，路路下台的时候还在擦眼泪：“林天阳好帅呀，我要嫁给他！”

旁边的新郎一边给她递纸巾一边让她清醒一些：“你老公在这里呢！”

代舒乐得不行，坐回自己的酒桌，没一会儿乐队的人也过来了。司仪叫伴郎伴娘上台做游戏，唐哲自告奋勇地代替代舒上台，跟他搭档的表弟伴郎不知道是高兴还是郁闷，眉毛弯成了波浪线。

吃饭的时候隔壁桌一直有朝这边观望的，也有几个大胆的跑过来求合照签名，节目组的两个摄像在一旁跟拍。

不管怎么看，他们都有些格格不入。

代舒不想因为自己录节目抢了新娘的风头，小声催阿迟和明第：“你们吃饱了吗？我们走吧。”

阿迟抬头看看林天阳，又看看台上的唐哲：“那我们换个地方吃吧。”

婚礼已经进行到最后的环节，新娘背对着人群扔捧花。

冲在最前面的静静和唐哲同时握住了捧花，台下的人都在起哄。最后静静把花让给了唐哲，他兴高采烈地走到队员身边炫耀：“看来我很快就要脱单了。”

阿迟开玩笑：“跟谁？和你同时抢到花的姑娘？”

明第一本正经地点头：“挺好的，一个静静，一个闹闹。”

唐哲不理会他们的吐槽，拉了张椅子坐下来打算吃东西，被阿迟给拽住：“人家都回来了，没地方坐，咱们要走了。”

唐哲依依不舍地从盘子里拿了个鲍鱼往嘴里塞：“吃一口，补补。”

虽然是一起退场，但队员们先开车回去了，林天阳等代舒换衣服回新房。

她从更衣间出来的时候他就站在洗手台那里等着，双手插在裤袋里，嘴里叼了根棒棒糖。

摄像没跟进来，只有他们两个人。

林天阳看她洗手，问了一句：“没吃饱吧？”

“嗯……”

“想吃什么，带你去吃。”

代舒想了半天：“煎饼果子。”

林天阳记得很多年前她就喜欢吃煎饼果子，有次她去路边摊买，城管来撵人的时候她已经付了钱，于是跟着卖煎饼果子的三轮车跑了两公里，追到一个不知道什么地方停下来，等人家给她做好了吃完了，给他打电话让他去接她。

代舒也想起来那次了，可她只是单纯地想吃煎饼果子，没想跟他回忆似水年华。

她咳了一声，抚了抚头发：“那我们先回去吧，下午还要和邱天他们家一起录呢。”

林天阳“嗯”了一声，走在前面，突然看见摄像师，于是回头默默朝她伸手。

代舒看着他宽大的手掌，修长的手指有细小的茧。她把手里提着的装有伴娘服的大袋子挂到他手上，有礼貌地说了声“谢谢”。

“……”林天阳接过袋子，小幅度撇了下嘴。

还没走出酒店，迎面赶来的编导告诉他们出了些小状况，他们楼上的住户出去玩没关水龙头，水漏到了他们家，现在没法住人了。

代舒嘴巴惊讶地张成O形："你们做个节目玩这么大？"

"不是节目组安排的，还是楼上那家主动联系物业找到我们，让我们查看房屋情况的。我们刚才开了个紧急会议，已经改好台本了，这期先不约邱天家了，你们回去收拾房屋，然后搬到临时乐队的公寓去住。"

"搬哪儿？"

"搬去跟乐队成员一起住。"

林天阳看代舒一副震惊到没法思考的样子，安慰她："你可以睡沙发，很大很软。"

"……谢谢。"

再怎么匪夷所思，既然节目组已经安排好了，代舒只能去执行。

他们在车上录了一段吃煎饼果子，然后接到电话告知家里被水淹了，飞速赶回家里面对一室狼藉目瞪口呆。

这个倒没有太装，因为这个场面真的很让人震惊：屋顶的颜色一块白一块黄，墙皮鼓起来有些脱落，漏水最严重的那片木地板都涨起来了。

代舒抓着头发问林天阳怎么办，他按着她的肩让她不要着急。

楼上的住户已经找好了施工队来整修房屋，林天阳跟施工队电话联系过之后，条理分明地跟代舒说："我们先把沙发、电器这些用防水布盖好，能装进柜子里和箱子里的小物件都装起来，床褥被铺该洗的洗该晒的晒，然后把贵重物品和近期要洗的衣物装到行李箱里。"

代舒一直点头，听到最后一句问道："我们搬去哪里住啊？"

"回我娘家。"

代舒挠头："女方家才叫娘家……"

"哦，回我弟弟们的家。"

楼上住户得知他们回来的消息后特意到他们家来道歉，还带来了防水布。

代舒客气地谢绝了他留在这里帮忙收拾的好意，把人送走以后拿着防水布对着一屋子的陈列叹气。

林天阳已经开始动手了，把沙发和茶几搬到干燥的角落，留出空地来给工人师傅干活。

代舒追过去帮忙，两人抬电视机的时候要从沙发与箱子之间的小过道走，林天阳倒退着走路看不见身后的情况，一不小心踢在沙发脚上，整个人后倾倒在沙发上。

“喂！呀呀呀呀喂！”合力抬电视机的代舒不可避免地跟着他一起倒下去，隔着电视机压在他身上。

“你唱戏呢？”林天阳使劲推着电视机，痛苦地呻吟了声，“嗯……快，快起来。”

代舒吓了一跳，忽然如有神力，一把搬开电视机放到地上，蹲在沙发旁问他情况。

林天阳捂着胸口闷声道：“可能骨折了。”

“真的假的啊？你别吓我啊！”代舒想去按一按，又怕给他按得伤势加重，握着他手腕要带他去医院，“我们去拍个片看一看。”

林天阳反手握住她的手：“可能没那么严重，先观察一下再说。”

“让医生观察吧，走啦。”代舒执拗地拉他。

她的手柔软温暖，掌心带着微微的汗，林天阳握了一会儿不想松开。

“家里怎么办？”

“反正已经这样了，也不会更糟糕了，先去医院。”

“好吧。”他坐起来，肋骨隐隐作痛。

导演去了另一组拍摄，小屋里的编导们都着急地站在门口，询问需不需要救护车。

一向冷淡的林天阳朝他们笑了笑：“不用。”

代舒怕自己情绪不好开车容易出事故，让编导开车去医院，她跟林天阳坐在后排。

林天阳看她紧张得额角冒汗了，手抬起来想帮她擦掉，却胸口疼得又把手落下去：“别怕，没事。”

代舒听他说话，忽然怀疑地看着他：“你不是装的吧？”

林天阳问了一句：“装的话要怎么样？”

"装的话我就一拳给你打断，不能白跑一趟医院。"

"……"

没等林天阳开口，代舒忽然认怂："我开玩笑的。"

林天阳笑了，一笑扯到伤处，咳嗽起来。

到了医院拍片检查，肋骨有轻微骨裂，医生开了些止疼的药，让他回去静养一个月。

代舒问能不能住院疗养，医生表示床位紧张，林天阳没有住院的必要："伤得不算重，好好养着就行。"

虽然伤势不严重，可是也不能干重活了。

林天阳打电话把队员们全叫到新房去干活，正在家里打游戏的唐哲不开心地嘀咕："大哥，你结个婚为什么要这么麻烦我们这些可怜的单身狗啊？"

林天阳倚靠着车后座问他："我搬家的时候你送了台电风扇，怎么说的你记得吗？"

唐哲努力回忆："好像是寓意'风生水起'？"

"嗯，水起了，你，全责。"

"……行呗，哥你这碰瓷水准真的可以，为你鼓掌。"唐哲嘟囔了好几句，还是认命地换上衣服跟队员们一起往林天阳新家去了。

林天阳挂了电话让编导把车直接开去乐队公寓，说完又想起什么，问代舒："你的行李带来了吗？"

代舒摇头，刚才急着送他去医院，哪有空管行李的事："不过我箱子还没打开，东西都没拿出来。"

"好。"他又给阿迟打了个电话，"卧室有个粉色的行李箱一起拿过来，嗯，代舒的，让他们别乱动。"

代舒听着他跟阿迟的嘱咐，有些类似于感动的鼻酸的感觉，他都骨折了还惦记着不让别人动她行李呢。

到乐队公寓时天已经完全黑了，代舒是第一次来这里，进了门有些局促，不知道看哪里。

林天阳从鞋柜里把他的拖鞋拿出来给代舒穿，自己则赤着脚进了卧室：“胸口疼，不带你参观了。”

代舒“哦”了一声，跟进屋里看了看，有一点点乱，但她觉得可以接受。

林天阳大大咧咧地躺在床上，没脱衣服，也没盖被，枕着自己的胳膊看向代舒：“你要在这儿看我睡觉吗？”

代舒摇摇头，可也没走：“我不放心你。”

林天阳不知道在想什么，叹了口气，手撑着床依靠床头坐起来，从旁边的架子上抽出张碟片：“看电影吧。”

“嗯。”代舒走到床边接过碟片，在林天阳的指挥下放进播放机里，打开投影仪，光影投放到正对着床的白墙上。

“坐那儿吧，我平时在那里看，视角很舒服。”林天阳指指床边的沙发椅，告诉代舒，“在日本的时候看到的片子，叫《寻找小糖人》，在一个录像厅看的，当时很有灵感，在封面上写了谱子回家填的词。”

“《故事》吗？”

“嗯。”

代舒坐在沙发椅上，感受到一种说不出来、有些压迫感的属于林天阳的气息。

她安静地看墙上的影像，是部纪录片，讲的是一个音乐人的专辑在南非万人传唱，可这个生活在美国的音乐人一生却过得贫困潦倒，不知道自己的音乐产生了巨大的意义。

片子挺励志的，可是在黑暗环境中看一部温吞的纪录片实在催眠。

林天阳一歪头，就看到坐在沙发椅上的代舒垮下去的肩膀，还有她耷拉着的脑袋。

睡着了。

从前住地下室的时候，他写歌，她也是这样，一开始还能在旁边陪着，或者自己看看书，但过不了多少时间必定开始打瞌睡。

而且她睡眠质量极好，给她递个枕头或是盖件大衣，她立马就能躺下睡着。

她唯一能集中注意力做的事情好像就是听他唱歌了，不管他唱多久，她从来不会不耐烦，托着腮全程盯着他看，眨巴眨巴的眼睛里散落着星光。

让人满足。

胜过如今看到千万双手臂挥动的满足。

他没有再看电影,盯着她的侧脸看了许久,这个姿势睡,脖子应该会不舒服吧?

“代舒。”他低声唤她。

屋里关着灯，只有墙壁上的光影闪烁，像是在梦境之中。

“代舒。”他又唤她。

代舒脑袋用力一点，把自己磕醒了，迷糊着看向林天阳：“嗯？叫我吗？”

“困了就到床上睡会儿吧，他们还得一个小时才能回来。”

这句话把代舒吓清醒了，睁大眼睛强打精神看向墙壁：“不困不困，这电影很好看，很……有深度！”

蓝白色光束里，代舒好像看见林天阳笑了，她一时忘形，仗着摄像师已经去客厅了屋里没人，轻声问他：“林天阳，你为什么很不愿意理我啊？”

这算什么，恶人先告状？林天阳觉得这说辞不太贴切，可也不知道怎么形容这种倒打一耙，对，倒打一耙的感觉。

他把电影声音调小，反问道：“那你又很愿意理我了吗？”

“我，我愿意呀。”

林天阳的眉头紧锁，代舒不自觉地跟着一起皱眉，然后食指按着自己的眉心揉了揉：“你不要总皱眉，都有皱纹了。”

“代舒，到底是谁先装作陌生人的？”

“你现在是明星啊，我不装陌生人难道还要跟你看起来很熟吗？怎么解释？真解释了节目也不可能让我参加了啊，工作室欠了很多钱，我需要这份工作。”

“就……”

“哥！代舒！我们回来了！”半闭的卧室门忽然被推开，唐哲探进脑袋来喊他们，“从你们家带回来一台烧烤炉，出来吃东西吧！”

林天阳抿着嘴唇，冷冷地看唐哲：“进门前不知道敲门吗？”

唐哲缩了缩脖子，退出去，敲敲门，再进来问了一遍：“吃烧烤吗？”

林天阳转问代舒：“你想吃吗？”

代舒其实没什么胃口，但也知道还得录节目，点头说：“好。”

阿迟他们已经把能吃的火腿、土豆、洋葱、培根都翻了出来，代舒洗了手刚打算切菜，林天阳喊她："让明第切吧，你过来陪我坐会儿。"

代舒从善如流地拿了几头大蒜，坐到他旁边认真地剥，听到他呼吸声重了几分时停下看他。

他刚才胸口疼得大脑都失去意识了，过去那阵疼劲儿就看见代舒正盯着他看，手里的蒜瓣送到他面前："你要不要吃两瓣蒜啊？杀菌止痛。"

"不了，谢谢。"

"哥，吃梨，止咳的。"唐哲跑到他旁边献殷勤。

林天阳接过梨，看他手里举着的刀方向朝着代舒，喊他把刀套好了放在茶几上："不要毛毛躁躁的。"

代舒感觉林天阳虽然总训唐哲，但对他其实很亲近，比对阿迟都像亲兄弟。

她悄悄问他："你很喜欢唐哲啊？"

林天阳仿佛听见什么笑话似的，把还没吃过的那颗削了皮的梨塞到代舒嘴里，让她闭嘴。

他们闹腾着边烤边吃，一顿夜宵吃了快两个小时，吃完已经过十二点了。小叔子们一哄而散各自回屋，林天阳去了趟洗手间出来就看见代舒正独自整理烤炉和餐具。

他挨门挨户地喊人，把穿着睡衣的三个弟弟都揪出来陪代舒一起收尾。

代舒看他捂着胸口训队员们的样子觉得他有点儿帅，当然，可能也是因为他说的话比较帅，他跟他们说："不准欺负代舒。"

都收拾好的时候，几个人不约而同地打哈欠，编导问代舒晚上要不要就住在这里，因为这附近没有合适的酒店，工作人员要去很远的地方入住。

公寓已经没房间了，代舒并不想真睡沙发，犹豫了一会儿，还是决定跟节目组一起走。

"你睡我屋吧，我跟明第一个屋睡。"林天阳加入他们的谈话，"来回跑太累了，明天早上还有拍摄，休息不好拍出来的脸也不好看。"

编导小昭也要留宿在这边，她跟 Mary 睡在客厅的 L 形大沙发上。代舒看这边住了挺多人，也不太想深更半夜折腾了，点头同意住下。

人群离开，Mary 双手抱臂坐在沙发上，像个女王一样指使林天阳：“再给我拿床被子。”

林天阳回他卧室拉开橱门找被子给经纪人，小昭去洗漱了，他不避讳地问 Mary：“上次说的助理，那姑娘愿意吗？”

“谈过了，可以。”

“那让她尽快去代舒那边报到吧，她现在太不方便了，住在这儿还要麻烦节目组的人陪着。”

Mary 随手拿起个坐垫扔向他：“有助理了也不是方便她随时住在这里的！”

林天阳躲开，弯腰捡起坐垫放到沙发上：“我知道，你别生气，总生气对身体不好。”

“……”Mary 沉默，因为看到代舒洗漱完站在林天阳身后，也不知道听到了多少。

“那个，卧室的地暖温度能调吗，有点儿热。”

“没法单个屋子调，热吗？少穿点。”林天阳转身，去厨房把温度调低了两度，调好看见代舒跟着自己，“还是热吗？”

刚调完哪里感觉得到，但代舒点了点头：“好一些了。你刚才跟你经纪人说什么啊，是关于我的吗？”

“嗯，帮你找到一个助理，让她尽快上岗。”

“哦。”代舒没想到更合适的话说，只能简单地道谢，“谢谢，我会好好对她的！”

“去睡吧，明天还要早起。”林天阳想起来什么，“我窗帘有点儿问题，一直没修，你得把环扣举高一些拉，不然拉不严实早上透光。”

他怕她听不懂，干脆直接送她回屋，把窗帘拉好。

扫视了一圈卧室，林天阳从抽屉里拿出贴蒸汽眼罩给代舒：“热敷一下。”

“好，谢谢。”

“不用一直跟我说谢谢。”

“那怎么说……”

林天阳记得以前她道谢很爱说“么么哒”，那时候这个词刚流行起来没多久，他知道是“亲亲”的拟声词，听她说的时候总会有些不好意思。

林天阳抬手，放在她头顶，迟疑地摸了下：“晚安。”

没有摄像机也没有编导，他的亲近让代舒觉得惊讶，惊讶完了回了个礼，踮着脚在他头上也摸了下：“晚安。”

虽然晚上睡得还算安稳，可最近经常熬夜挺伤身体，代舒清早起床摸下巴摸到一颗痘痘。她对着手机看了半天，前置摄像头自带美颜功能，磨皮效果使得痘痘看起来并不明显。

床边还散落着昨晚她看了一半的那个碟片盒，盒子上的文字是日语，她看不懂，里面有张剧情简介，空白背面果然如林天阳所说写着谱子，她看了一会儿，把简介塞回盒子里，打开行李箱拿了换洗衣物出去洗漱。

房子里静悄悄的，Mary 正坐在沙发上打电话，语气特别凶，看见代舒的时候把电话挂了：“怎么起这么早？我吵到你了吗？”

“没有，在外面睡不踏实。”代舒看了一眼时间，“他们应该也快来了吧？”

“约的七点，你困的话还可以再睡个回笼觉，他们都没醒呢。”

代舒对着林天阳的经纪人感觉像对着他的家里人，不好意思犯懒。她懂事地问 Mary：“我去做早饭吧，姐，你想吃什么？”

“冬瓜汤。”

“……”她就随口客气一下，还真点菜啊。

“或者喝个粥，这边有新鲜的小米。”

代舒记得昨晚看到过冬瓜，时间还早，与其跟Mary尬聊，还不如躲进厨房呢。

她调整了一下厨房里摄像机的位置，确认拍到的自己是好看的角度，这才拉开冰箱准备食材。

摄制组来的时候代舒已经把冬瓜虾丸汤煮上了，正拿着平底锅烙饼。她揉了个湿湿的面团，在锅上转一圈就是一张薄饼。

摄像师看得出神，镜头盖都忘了摘。

林天阳洗漱完进厨房帮忙的时候，就看见码得整整齐齐的葱丝、黄瓜条和煎火腿片，还有一锅水煮蛋和一盆冬瓜虾丸汤。

“几点起来的啊？做了这么多。”

“总不能只做我们的，不管他们吧。”

嗯，我们，他们，划分精确。

队员们来帮忙端菜，等代舒坐下立马开动，非常给面子地连吃几个饼都不歇一会儿的。

代舒跟林天阳坐在一起，关心他的胸口：“今天疼得厉害吗？吃了药会好点儿吗？”

“疼。”他回答简略，忽然把筷子放下，扭头对着她张嘴，“啊——”

“啊？”代舒包了个饼自己吃，看傻瓜似的看他，“你是肋骨折了，又不是手折了。”

“浑身都疼，四肢无力。”林天阳板着脸，“啊——”

镜头就在他身后，代舒刚想吃完自己的给他卷一个饼时，唐哲越过她肩膀，把自己吃了一半的饼伸到林天阳面前：“哥，给，啊——”

林天阳黑着脸推开他，哼了一声：“幼稚。”

饭还没吃多少，导演让林天阳跟代舒坐到沙发上录采访。从前都是分开录，这次让他们一起录，代舒觉得有些怪怪的。

毕竟那些问题的回答都是有关键词的，要表现得很喜欢林天阳什么的，让她当着这么多人的面表现感觉挺羞耻的。

她一紧张，回答问题时就有些不自然。导演不太满意，觉得她情绪不到位，想再录一遍。

没想到林天阳拒绝了：“这边太吵了，不然抽空单独录吧，而且这个状态我觉得挺好的，家都被水淹了，人肯定没精神。”

林天阳跟代舒咖位不一样，他录烦了导演当然不会强求，想着有几个问题剪一剪还是可以用的，于是安排编导去布置下一个环节。

为了拍嘉宾之间的互动，编导让唐哲提议玩真心话大冒险来“增进彼此的了解”。

唐哲说完了自己觉得尴尬，大白天的，又没喝酒，玩什么真心话大冒险啊，太假了吧。他从酒柜里拿了瓶甜白葡萄酒，围坐在地毯上以后一人给倒了半杯，剩下的空瓶子当道具，转一圈后头和尾指着的分别是国王和侍卫，国王指定侍卫进行大冒险游戏或者问他真心话。

第一轮转到了唐哲和林天阳，林天阳知道唐哲想的游戏都不靠谱，选了真心话。

唐哲问得很直白："你最喜欢的人是谁？"

林天阳食指和拇指摩擦，看着唐哲说："在这个屋里。"

他话音刚落，坐在他左手边的阿迟忽然捂住了脸："都不说一声就公开，讨厌！"

"……"林天阳撑着地板踹了他一脚，把人踹得在地毯上滚了一圈。

第二轮转到了阿迟和代舒，阿迟选择真心话，代舒似乎没什么想问的，随便问了一句："你喜欢年龄比自己大的还是比自己小的女生？"

"喜欢小姐姐。"

代舒比阿迟小，林天阳满意地点了点头。

后面他们玩了几轮大冒险，驮着人做俯卧撑或者打电话跟朋友说自己最近肾虚怎么办之类的。

又转了一轮，依旧指向代舒跟阿迟。

阿迟觉得他跟代舒互动够多了，主动往旁边靠了靠，瓶尾变得更趋近于明第。

代舒依旧选择大冒险，明第也不为难她："唱首歌吧。"

"好啊。"代舒不扭捏地从地毯上站起来，两手交握放在腹前，运了口气，"浮云散……"

代舒一开口唐哲就惊呆了，她的唱腔有些像早些年的留声机的歌手，声调很高，还不是假声。

"明月照人来 / 团圆美满今朝醉 / 清浅池塘鸳鸯戏水 / 红裳翠盖并蒂莲开……"

阿迟托着腮看她，不时地看两眼林天阳。

当年的明薇跟他们熟起来以后也常常唱歌给他们听，老上海的流行音乐她全会唱，说是她外婆小时候教她的。

最开始的时候阿迟其实也挺喜欢明薇的，尤其是她一口一个“阿迟哥”喊他的时候，笑得甜甜的。可阿迟后来才发现，她更喜欢单独跟林天阳待着。

林天阳写歌的时候她就在旁边看书，林天阳看书的时候她就在旁边睡觉，林天阳休息的时候她就坐在床边玩手机。

林天阳在哪里，她一定离他不超过一米。

阿迟想着林天阳是不是反应迟钝，看不出来明薇喜欢他，直到有一天，他发现林天阳会在没人注意的时候，像现在这样看着明薇出神。

然后他就知道自己没戏了。

可是后来……

“柔情蜜意满人间。”代舒唱完一段像模像样地鞠了个躬，“请各位老师批评指正。”

刚还在出神的林天阳只问了一句：“是唱给谁的？”

“咦——”其他几个人嫌弃地起哄。

“这是真心话还是大冒险？”代舒笑着问他。

林天阳摸了摸下巴：“真心话说得不好，可能就变成大冒险了。”

代舒指指他：“给你的可以吗？”

林天阳把酒瓶立起来，不打算继续玩了：“可以，满分。”

【第四期 双人采访】

导演：看见婚礼上别的男人跟她一起走秀，还做了很亲密的动作，什么感觉？

林天阳：没感觉。

导演：真的哦？

林天阳：假的。

导演：说说嘛，什么感觉？

林天阳：嗯……不喜欢看。

导演：听他唱歌的时候为什么会给他抛飞吻呢？

代舒：（冷漠脸）……

导演：是觉得他很帅很喜欢他吗？

代舒：（有些尴尬的冷漠脸）……

导演：恋爱的感觉对不对？！

林天阳：嗯。

代舒：（扭头看林天阳）……

导演：看到他被电视压到的时候，有没有觉得他伤得很重？

代舒：他自己说骨折了。

导演：担心吗？

代舒：嗯。

林天阳：是不是担心被观众说你太胖？

代舒：才没有！

导演：才搬进新家就遇到这种事，会不会很沮丧？

代舒：嗯，感觉这段婚姻一开始就充满波折。

林天阳：别这么丧，明天转发锦鲤试试。

导演：住进小叔子们的家别扭吗？

林天阳：挺别扭的，想把他们都赶出去，好吵。

代舒：挺……热闹的。

导演：对未来的集体生活期待吗？

代舒：感觉他们更期待。

（镜头扫过埋头在餐桌大口吃饭的队员们。）

第五期

○ ● ●

跨年晚会上的合唱

临近年底，临时乐队有三台跨年晚会，其中两台是录播的，一台是现场直播，现场直播的正是在播放《亲爱的，结婚吧》节目的电视台。

节目组上次录代舒搬进乐队公寓，这次录代舒去临时乐队公司。傍晚时分，代舒开车去快餐店订了三盒比萨、三份烤鸡肉沙拉，还有瓶瓶罐罐的饮料、啤酒。

她进店的时候用餐人数不多，可她身后跟着摄制组，很难不引起路人的关注。

收银的小姑娘兴奋地数着找给代舒的零钱，叽叽喳喳地说着自己是临时乐队的迷妹，问代舒能不能给她弄个林天阳的签名。

代舒始终安静地听着，听到最后一句把墨镜摘了，看着学生模样的收银员，从柜台上拿了张厚厚的纸巾，用自己包里的眼线笔写下“林天阳”三个大字：“给你。”

小姑娘似乎想笑，但是拿着“赝品”纸巾又笑不出来，只好连说了三句“谢谢”。

等到食物打包完毕，代舒一只手拿三个袋子，快速出门上车，一路奔驰到乐队的演艺公司。

到园区附近的时候，代舒掏出手机翻通信录，翻到林天阳的电话清了清嗓子才打过去。

“喂，我是代舒。”

“嗯。”

“我到你们公司门口了，要怎么走啊？”

“原地等着，我来接你。”

代舒熄了火，透过车窗看林天阳的公司。一会儿，就看见从楼内跑下来的林天阳，快到她车前时又放慢了脚步，还抬手捋了捋额前的碎发，很注意形象。

他敲代舒那边的车窗，拉开车门让她坐到副驾驶位上，然后坐到主驾把车开到地下停车场停好。

“老板今天在。”林天阳提着盒子下车的时候忽然告诉代舒，“一会儿可能要看我们排练，你打个招呼吧。”

“啊，陆影帝吗？”代舒紧张地把衬衣领子整理了一下，“早知道我应该穿那件枣红色的裙子的。”

林天阳扫视她的衣服，觉得挺好看的，拿起后座放着的外卖，对着照小镜子补口红的代舒说：“走吧。”

代舒到练习室门口的时候还没准备好，门上有小窗，她贴着门想看看里面都有谁，结果猛然对上了里面往外看的一双好看的眼睛，两个人同时后退拍着胸口叹气：“吓我一跳。”

林天阳无语地看着代舒，拉她进了屋子，给她介绍刚才那个男人：“陆昀哥。”

“啊！我也可以叫哥吗？！我好喜欢你的电影！”代舒的手在衣服上蹭了又蹭才伸出去跟陆昀握手，脸红得要命。

林天阳皱了皱眉，把她带来的食物放到桌子上招呼队员们过来吃。

吃完饭老板要检验成果，三台晚会五首歌，乐队一首首地演唱给陆昀听，演奏完了陆昀问代舒的感觉：“好听吗？”

“好听。”代舒点头。

“我也觉得很好听。”陆昀手插进裤袋，摸到了什么，“啊，我差点忘了，节目组让我给你们的任务卡。”

代舒双手接过还带着影帝体温的任务卡，连连道谢。

“出息。”林天阳已经走到她身边，低声嘲讽了她一句，跟着一起看任务卡的内容。

任务卡上写着：“邀请代舒与临时乐队一起参加××台跨年晚会的演出。”

“……只有一周了，来得及吗？”

陆昀摸了摸下巴，问代舒：“你会唱歌吗？”

唐哲举手抢答：“哥，她唱得很好！”

“你唱最后那首我听一下好吗？”陆影帝温声细语，眼睛能勾人似的，代舒也不知道自己怎么就站到台阶上去对着麦克风唱起来。

“还是喜欢你 / 像海风疾驰几千里……”

等她唱完一段，陆昀拍了几下手掌，跟林天阳交代：“重新编个曲，没问题的。”

“好。”林天阳在代舒唱的时候已经拿着白纸打点记代舒擅长的段落了，思考着要如何改变。

影帝很忙，没待多久就走了，代舒依依不舍地跟他告别，视线追着背影看了好远。

林天阳在她面前打了个响指：“收。”

代舒用力眨眼，收回神，跟着乐队一起合练。她专业是播音，唱歌并不专业，跟林天阳一起唱的时候就像在 KTV 嗨歌。

代舒看得出来林天阳是不满意的，她不想拖乐队后腿：“还是跟节目组说一下，不要合唱了吧。”

林天阳停下来，拍拍她肩：“今天先这样，晚上回去想想怎么改。”

天色已晚，他们还要回家一起看今晚播出的第二期节目呢。

路上有些堵车，到家的时候节目已经开始了。阿迟刚打开电视机就看见镜头前贴过来一个硕大的小男孩的脸，吓了一跳：“这谁家的啊？怎么还有孩子了？”

“邱天家的，不对，别人家的孩子，邱天他们养着，两个呢。”代舒解释。

“太惨了吧，养两个孩子累死了。”

林天阳手撑着下巴笑：“我养了三个孩子也没累死啊。”

代舒扭头看他。

他补充了一句：“三个半。”

中途唐哲回房间了一趟，出来的时候手里拿着演唱会那种灯棍和闪着爱心的灯牌。

代舒不解地问：“这是干吗？”

“为千兮小姐姐应援！”阿迟展示了一下他那个五光十色还会发出类似警

报声的彩色灯棍，“她是第三部分吧？”

“是……”代舒没想到他们是演员千兮的迷弟，思考了一下自己刚才见到陆昀的时候是不是也这么傻。

球星带娃记部分结束，林天阳和代舒布置新家的场面出现。

自己看自己演谈恋爱实在奇怪，代舒尴尬地东张西望，看见林天阳目光专注，小声问他：“你看得下去？”

“还行。”

她又去跟别人聊天，希望分散他们的注意力：“明第，你在干吗啊？”

“手机有直播，还可以发弹幕。”明第给她展示了一下屏幕。

“呃……你发什么了？”

节目正在播出他们去吃面的场景，林天阳对代舒说：“你吧唧嘴也可爱。”

唐哲掐着自己脖子做无法呼吸状：“哥，你什么时候变这么肉麻了！”

林天阳的脚越过代舒身前踹到唐哲肚子上。

被踹倒的唐哲瞥了一眼明第的手机大声告状：“他刚才发了一句‘哈哈哈辣眼睛’！哥！踹他！踹他！”

林天阳收回脚，当什么都没发生过，独留唐哲一个人委屈。

终于演完了对代舒来讲分外尴尬的部分，画面一转出现了千兮坐在吧台上托着腮看镜头的近景。

代舒就觉得塌陷的沙发弹了一下，这几个小叔子拿着他们的应援物开始晃动手臂：“千兮！千兮！”

太夸张了吧？难怪林天阳说自己在养孩子呢。

她刚要跟林天阳吐槽，就见他也很有节奏地跟着一起摇晃起来。

“……”这个乐队好像一个正常人都没有。

快十二点的时候节目才播完，阿迟摸着肚子提出了发人深省的问题：“我们晚上是不是没吃饭啊？好饿。”

“回来的路上吃了汤面啊，你是金鱼吗？”

“嗯，好饿。”阿迟行动力超强地跑去厨房，翻腾了一会儿找出来些食材问代舒，“你会用烤箱吗？”

“会，这么晚了还要吃东西吗？脸会肿的。”

“明天没有行程，不怕。”阿迟看向另外几人，“你们吃吗？”

“不了，吃一口要跑十分钟，不划算。”明第伸了个懒腰，往卧室走，“睡了。”

唐哲左右看了看，也回屋去了。

代舒跟阿迟进厨房做夜宵，林天阳在外面沙发上坐着看手机，看见乐队的粉丝后援团发了条今晚节目的截屏，就是被明第说“辣眼睛”的那个片段，配文是：“为了放送量坚持尬甜的‘树林夫妇’，我们看到了你们的努力！”

尬甜？尬吗？

代舒出来找水果刀，腮帮子鼓鼓的，在嚼黄瓜。

“看我干吗？”代舒拿着刀奇怪地看他，“你也要吃夜宵吗？”

“嗯。”林天阳无意识地应了一声，想的还是后援团的评价。

为什么是尬甜？

她吧唧嘴的样子是挺可爱的啊。

阿迟的夜宵很简单，就是在面包片上放了些水果和火腿肠再盖上芝士片烤一烤。

口味酸酸甜甜还带着咸味，他几口吃掉两片，心满意足地摸着肚子回去睡觉了。

代舒也跟着吃了一些，看了一眼时间，对林天阳说：“你们明天下午还要坐飞机呢，早点休息吧。”

节目组今天依旧安排小昭留在这边陪代舒过夜，摄像师已经离开，卧室和客厅都加了两个摄像头。

林天阳拉开茶几的抽屉，拿出纸笔打算修改他们要合唱的歌。除了纸笔，还有平板电脑和耳机，他操作得很娴熟，她看不懂，但是他编了一段旋律把耳机给她试听的时候，她一个劲儿点头说“好听”。

“合唱的部分没问题，你的那部分换成你喜欢的那些老歌吧，想想，唱哪首？《花好月圆》？《永远的微笑》？”

“《永远的微笑》吧，不过会不会不搭啊？”

“那个我来考虑就行，你去睡吧，把嗓子养好。”

“我陪你吧，你改好了跟我说。”代舒坐在沙发上，表情坚毅，“不然我心里有事，睡不着的。”

林天阳不再劝她，戴上耳机调音，用平板电脑上的音乐软件改曲。

偶尔编完一段，扭头看一眼代舒，她托着腮困得眼睛都睁不开了，听到动静立马又打起精神朝他笑。

林天阳把耳机摘下来挂到脖子上，轻声跟她说：“你还是去睡吧。”

“我，我是有点儿困，我休息一会儿，你改完了叫我给我听，一定叫我啊。”她把拖鞋脱掉，倚靠着沙发，两手交叉放在小腹上，呼吸很快就平稳绵长。

林天阳笑笑，加快速度改歌。

老上海的歌声在耳边重复，有种岁月的沧桑：“心上的人儿，有笑的脸庞，她曾在深秋，给我春光……”

《还是喜欢你》也是写给恋人的，可更多的是追忆，带着爱而不得的怨与伤。

林天阳改着这两首歌，忽然有些感悟，关于爱人，关于音乐。

他把耳机放在一旁，伴着代舒的呼吸声把音调改得更平和，即使写的是分别的恋人，可那个“心上人”依旧温暖可爱。

终于改好，他兴奋地喊代舒来听，发现她不知道什么时候已经躺平了。

“……”林天阳轻轻拍她脸，“代舒，进屋睡。”

代舒翻了个身，睡得更香了。

不是说心里有事是睡不着的吗？

一直在角落里窝着玩手机的编导凑过来：“林老师，你写好了？”

林天阳才想起来还有个编导在陪着，抱歉地说：“对不起，让你也跟着熬夜了。”

“没事没事，平时也这么晚睡的。啊，代舒睡着了，代……”

林天阳食指在嘴唇上比了个“嘘”，弯腰抱起代舒送她回卧室。

小昭捂着嘴，懊悔自己不应该出现在镜头里，慌忙退到角落待着，希望后面几个摄像头能拍到角度好看的画面。

林天阳把代舒放在床上，她身子沾着床，自己主动打了两个滚，从他胳膊上滚到床上躺好了。

他看了她几秒，把被子扯过来盖在她身上，关了灯退出去。

代舒这晚睡得不踏实，总觉得心里有个什么事还没办完，半夜被热醒，发现自己居然穿着衣服裹着被子，闭着眼把衣服脱了扔到床尾又继续睡。

晚上睡得晚，早上自然起不早。

化妆师到的时候代舒还没起，小昭只好去叫门，既怕打扰代舒又怕她听不见。

“你声音那么小她哪能听见啊？”阿迟从门前经过，帮小昭用力拍门，嗓门大得能掀翻屋顶，“起床啦小花花！”

跟在阿迟身后去洗漱的林天阳立马用手肘勒着他的脖子把人带走。

可即便是这样，代舒还是被吵醒了。她看了一眼时间，发现是自己起晚了，赶忙起床换好衣服，出门之前搓了搓眼角。

乐队的人都起来了，见到她点点头打招呼，只有林天阳跟她说了一句：“昨晚没睡好？”

“有点儿认床，很明显吗？”

“嗯，这里，”他食指肚在她眼睛下面飞快地划拉了下，“有些黑。”

代舒捂着眼睛，朝着厨房的方向移动：“我煮个鸡蛋敷一敷。”

她煮蛋的时候林天阳在旁边准备早饭，简单地下了一锅挂面，切了一盘酱牛肉。

代舒陪着他，等饭做好了才一起出厨房，出来的时候还拿着鸡蛋在眼睛下面滚。

唐哲看见了皱着鼻子问她是不是在 COS 咸蛋超人。

“明明是迪迦·奥特曼。”代舒双手做了个经典的奥特曼动作，“代表月亮消灭你！”

“那是水冰月！”唐哲无语地看着她，眼神里透露出对她的无知的批判。

林天阳不知道从哪里拿出个水煮蛋，“咚”的一声敲在唐哲的脑袋上，蛋壳破碎，唐哲捂着头叫唤。林天阳贴心地把蛋壳剥了，将整颗鸡蛋塞到唐哲嘴里：“乖，吃蛋，闭嘴。”

闹闹哄哄地吃完饭，他们就在家里排练跨年晚会的歌曲。

林天阳把编好的小样放了一遍给他们听，明第坐在板凳上，听完拿鼓槌敲了下鼓面：“可以，开始吧。”

队员们迅速地进入了状态，只有站在林天阳身边的代舒很紧张，听着林天阳的歌声想自己应该在什么地方加进去。

“还是喜欢你 / 像海风疾驰几千里

还是喜欢你 / 像冬天雪花落满地

如果不是你 / 这样的生活多么无趣

想要听到你 / 对我说你愿意

你是深秋的春光 / 你是黑夜的太阳 / 你是醒来的忧伤梦里的欢唱”

他唱到这里顿了一下，看向代舒点头示意。

代舒握着话筒，就像当年艺考时面对老师表演才艺一样郑重：

“心上的人儿 / 有笑的脸庞 / 他曾在深秋给我春光

心上的人儿 / 有多少宝藏 / 他能在黑夜给我太阳

心上的人儿 / 你不要悲伤 / 愿你的笑容永远那样……”

“感觉还不够。”等她唱完，林天阳没有继续。他看着队员们思考了几秒，指着阿迟说：“这一段你改弹三弦吧。”

“啥？”阿迟努力回忆今天有没有得罪林天阳，思来想去，只记得他早上用力拍门把代舒吵醒的错误。

他认命地叹气，弹拨着贝斯的弦发出低沉悲伤的声音。

上午又排练了好多遍，乐队下午要赶去机场飞外地的行程，午饭直接叫了外卖随便吃了些，就各自回屋打包行李。

林天阳还处于脆弱的伤患期，代舒不让他乱动，主动帮他整理行李箱，根据他的指挥把要带的衣服叠得井井有条，连剃须刀和一些零碎的小东西也放得很整齐。

她从箱子里的夹层抽出来两盒药，仔细叮嘱他："加快骨生长的药，还有止疼药，记得按时吃。唱歌的时候悠着点，别用力吼，也别蹦蹦跳跳的，身体不舒服了立马去医院。"

林天阳认真地听着，不时点点头，听她碎碎念的时候胸口好像都不那么疼了。

他现在在代舒眼里脆弱得很，拉杆箱都不让他拿，亲自送到楼下车里的后备厢里，看他坐上车系好安全带。

"回去吧，外面冷。"

"等你们走了就回去。"

"嗯。"林天阳把车门拉上，又落下车窗，"明天回来陪你过圣诞节。"

代舒点头，缩着脖子抽鼻子，朝他们挥挥手："拜拜。"

车子发动，林天阳却没把车窗升上去，飞快地又叮嘱了一句："好好练歌，不然没有圣诞礼物。"

"我能自己选礼物吗？"司机没看见后面还在说话，车子已经开动，代舒追着车跑了两步，"给我买小龙虾生煎，那个超好吃的！"

"……"林天阳深感丢脸地把车窗升上去了。

短暂匆忙的录播，活动结束时已经十点了。

队员们跟着林天阳一起连夜赶回家，温暖的灯光下代舒坐在餐桌前等着他们，招呼大家洗手吃饭。

大家行动力满分，分别跑向厨房、洗手间，洗完手回到桌前坐好的时候没见到林天阳，也不等他了，自顾自地开吃。

代舒见林天阳拖行李回了卧室，有些好奇地跟了进去："不饿吗？吃点东西吧。"

他从箱子里拿出来两个礼盒，递给她："小龙虾生煎，拿平底锅热一下就能吃了。"

代舒接过去刚要出门，又转回身，小声跟林天阳嘀咕："等他们睡了再煎吧，我们自己吃。”

她狡黠的模样看得林天阳手痒，想捏她脸。

还没付诸行动，就有不速之客跑过来。唐哲拿着一个粉嫩嫩的复古梳妆盒给代舒：“圣诞快乐！”

代舒没想到唐哲会给她准备礼物，满心欢喜地收下，道完谢又道歉：“我也有准备礼物，是我们店里卖的零食礼盒，好像太单薄了……”

她去拿零食的时候，明第已经在客厅桌子上摆了四个大药瓶，等她回来告诉她怎么吃，都是调理身体的。

阿迟拿出来一只红色的圣诞袜：“这个要到新年那天才能拆开。”

“队长准备的什么啊？今天上午不是还一个人出去了吗？”队员们送完自己的礼物，目光转向林天阳。

代舒想起来那两盒他们打算私吞的小龙虾生煎，不等林天阳开口就替他说：“我们说好要去约会吃大餐！”

林天阳安静地听她说，却是看了阿迟一眼。

他的礼物，也要等新年再给她。

长途跋涉让人疲惫，没吃多少东西，队员们就带着零食礼盒回房间休息了。

换了睡衣斜靠在沙发上的林天阳安静地等着代舒做他们的“独食”。

香喷喷的生煎包端到茶几上时已经有些破皮流汤了，代舒夹了一个不停地吹着热气，迫不及待地往嘴里送。

“那么好吃吗？”林天阳看她烫到舌头都不松口的馋样儿，笑话她。

“咔嗒——”阿迟房间的门忽然打开。

“‘大餐’哦？”阿迟抱着手臂谴责地看着他们。

“我说什么来着，我都看见天阳哥装包子的纸盒了！”唐哲也起来了。

代舒把剩下的半个生煎一口吞了，快速咀嚼着。眼看着阿迟和唐哲步步逼近，她又夹了一个送到林天阳嘴边：“快吃快吃！”

又是“咔嗒”一声门响，明第戴着副无框眼镜，凑到茶几旁边，不客气地跟其他几个兄弟分食代舒的小龙虾生煎。

代舒抢不过他们，绝望地向林天阳求救：“你管管他们啊，能不能有点儿偶像包袱？”

林天阳摊手耸肩，安抚代舒：“别哭，我明天带你去吃大餐。”

第二天一早林天阳就要和代舒出门了，走的时候其他人才起床，非常希望这两人随便哪个做了饭再走。

林天阳充耳不闻地穿鞋子，代舒还解释了几句：“上午人还能少一些，下午和晚上会有很多人的，拍摄不方便。”

“那你们不用排练了吗？”

“我跟她一对一辅导，你就不用挂心了。”林天阳绝情地对唐哲挥手，“你们接着睡吧，睡着了就不饿了。”

他说完拉着慢吞吞的代舒往外走，代舒回头看了可怜兮兮的队员们一眼，好心说道：“冰箱里还有一盒生煎，你们热热吃了吧。”

林天阳看她，用鼻音笑了声：“这么大方？”

“反正我们要出去吃大餐，就让给他们吧。”代舒想到节目组安排的高级餐厅就开心，“我们一会儿吃完早饭干吗啊？”

“去体验馆玩。”

“玩什么啊？”

“去了就知道了。”

林天阳把车开到一家购物中心的地下停车场，从侧门的观光直梯直接上到六楼，看到一家灯光很炫酷的展馆，是体感游戏体验馆。

节目组已经把这里包场了，除了场馆的员工和工作人员在里面扮作普通顾客，不会有外人打扰。

代舒感觉这里就像是游戏厅，赛车、冲浪、打球，都是男生更喜欢玩的游戏。

她问林天阳：“为什么没有体感抓娃娃机呢？我的手感觉抓到娃娃了就真的能抓出娃娃来！”

林天阳被问住了，扭头准备找体验馆的老板：“你跟老板说。”

代舒立马怂了，不让他问，推着他去玩别的。

两人坐在球形椅里看 7D 电影，魔法世界的场景，坐在大鸟身上四处飞，又是喷火又是喷水，吓得代舒尖叫着抓住林天阳的胳膊，抓疼了他也跟着叫。

五分钟的电影看下来，代舒的嗓子和林天阳的胳膊都疼得很。

她羞愧地看着他，敷衍地在他胳膊上摸了两下，提出自己的需求："我们能不能去看正常的电影啊？"

商场的这一层就有电影院，林天阳忽然发现，他从来没跟代舒去看过电影。

一次都没有。

代舒说完就后悔了，这不是台本上的内容，他们这么大阵仗进电影院，肯定要事先联系的。

她刚要说去玩枪战游戏，林天阳已经决定了："去看电影吧。"

"可……以吗？"代舒这话是看着摄像师说的。

摄像师耸耸肩，跟他们一起找编导。

一番商谈，编导找了场人数比较少的喜剧，好在上午这个时间段出来看电影的人不多，他们选了最后一排的中间位置，又在前面两排给工作人员买了票。

工作人员都在窃喜，忙里偷闲还能看场电影。

电影开场后林天阳和代舒才悄悄进场，也不算悄悄，进场前林天阳还去前台买了爆米花和可乐。

虽然代舒很感恩剧组能够按照她的心愿来看电影，但是被摄像师一直"偷拍"还是怪怪的，她都没法专心看电影了。

她偷偷地看林天阳，他正在认真地看电影，他干什么事情都这么认真。

林天阳忽然看过来，代舒一惊，"嗝"的一声。

然后又是一声，一声又一声。

电影已经接近尾声，代舒捂着嘴也停止不了打嗝，郁闷地捶着胸口离场。

林天阳紧跟其后，摄像师也快步跟上。

他们从安全通道出去，站在楼梯里面面相觑。

代舒还在打嗝，林天阳帮她拍了拍后背，没用。

代舒已经窘迫得脸红了，直往外面走："我去买瓶水。"

"我去吧，你慢慢走，顺顺气。"林天阳从口袋里拿出口罩戴上，到前台买了两瓶水，往回走的时候迎面对上了摄制组的人，还有代舒。

她从他手里拿过水，拧开盖子灌了好几口，眼睛向上看，憋着气。

挺好，不打嗝了。

有看完电影离场的情侣从他们身边经过，女生依偎着男生晃着手里的饮料：“拧不开。”

男生轻巧地把饮料盖拧开，两人甜甜蜜蜜地走远。

代舒眼珠转下来，看林天阳望着那对情侣，问了一句：“拧不开吗？”

她豪迈地把他手里那瓶矿泉水抽走，一把拧开：“给。”

“……”林天阳一手拿着瓶子一手拿着瓶盖，说了声，“谢谢。”

中午的那顿大餐代舒吃得有些拘束，在要穿正装才能进门的高档餐厅里吃饭，身边还有台摄像机记录你的一举一动，代舒很怕自己哪里出错成为全国观众的笑柄。

等到最后一道菜吃完，她居然有种松了口气的感觉。

坐在车上时，林天阳才问她：“是不是没吃好？”

“蛮好吃的。”她说完又小声嘀咕，“不过那道淋汁的鸡肉还没有我们工作室附近的钵钵鸡好吃呢。”

林天阳哼笑一声，这次的录制已经结束，没有摄像头的时候她也不那么端着了。

收工以后各回各家，到公寓的时候那三个人正在玩斗地主，看见林天阳自己回来的，唐哲问了一句：“代舒今天不来了吗？”

“嗯，回家了，年底彩排的时候再录。”

“啊，她要是一直住在这里也挺好的，热闹，还给我们做好吃的。”

林天阳瞥他一眼：“我短着你吃了？”

唐哲掰着指头数代舒的优点：“代舒说话好玩，是个可爱的女孩子！我喜欢她！”

阿迟扔了一个“王炸”：“再多嘴多舌，明天你就得改拉二胡了。”

林天阳绕过他们，冲了个澡回自己卧室躺着。外面的吵闹声渐渐变小，他们应该收摊不玩了，好像在讨论晚饭要吃什么。

他伸手摸了摸被子，仿佛还能摸到代舒头发的味道。

手机震了一下，是代舒发的，问他明天要不要去公司排练一遍。

他回了一句：“好。”

然后不知道怎么想的，又发了一句：“胸口疼。”

收到这条信息的代舒抓耳挠腮，不知道该怎么回，为什么有种他在撒娇的感觉？

她斟酌了一下语气，回复道：“明天带你去吃钵钵鸡，我今天说好吃的那家。”

他还是那句：“好。”

没有摄制组的人跟着，代舒在队员面前显得更安静了些，能不说话就不说话，只在唱歌停下的时候交流自己的问题。

唐哲跟阿迟小声地嘟囔：“她怎么跟变了个人似的？”

阿迟没回答，叮嘱代舒：“差不多就行，别一直练把嗓子练伤了。”

“嗯。”代舒小口喝水。

“一会儿想吃什么？炸鸡好不好？”阿迟继续和她聊。

代舒听到这个话，不自觉地眼神飘向林天阳。

林天阳拨着吉他的弦，对阿迟说：“你带他们去吃炸鸡，她跟我单独吃。”

“为什么啊？”唐哲嘴欠地问了一句，问完觉得自己这问题很蠢，低头玩阿迟的三弦去了。

排练直到天黑才散，代舒磨蹭着背上书包，最后一个走出练习室。

她跟在林天阳身后，两人越走越慢，跟前面的人拉开距离。

就像许多年前他们也喜欢这样装着不经意地跟队员们分开，然后去吃一碗牛肉面。

“你能在外面吃吗？不会被拍到吗？”

“没关系。”林天阳朝着代舒那辆红色小车走去，自觉坐在副驾驶位上，扭头问她，“你不喜欢被拍到？”

“有点儿。”

代舒开车开到一条小路上，里面那条窄窄的胡同里有家钵钵鸡饭店，代舒跟静静常来吃，香味弥漫整条胡同。

店里总共就六张桌子，他们坐在最角落的地方，坐在同一侧，面朝着小厨房，背对着正门。

代舒照着平常吃惯的那些菜下了单，去门口冷串串那里挑了一大把拿回来，小声地跟林天阳说："一会儿要是被认出来了你就跑，前面有个拐角通向大马路的。"

林天阳咬着竹签上腌制的鸭肠，觉得两人像是被朝廷通缉的江洋大盗。

或许是这里的饭菜太美味，吃饭的客人没谁注意到这两个背影，他们安稳地吃完了整顿饭。

要结账的时候有等位的客人认出了他们，不确定地跟同伴小声议论。林天阳把掏出来的钱包塞到代舒手里，自己戴上口罩先离开了。

代舒不跟他客气，打开钱包抽了两张大钞去埋单，拿着找回的零钱往包里塞的时候才注意到钱夹里的一张照片。

有些褪色的画面，被蜡烛的火焰挡住一半的她的脸，傻气地大笑。

好像是麦子生日那天拍的吧。估计是她玩的时候他偷拍的，她抬头发现了他，他手一抖，没对好焦。

没想到这样一张照片他居然一直留着。

代舒把刚才塞进去的零钱拿出来，从自己包里找了二百放进去。

上车的时候林天阳表情似乎有些懊恼，她不等他开口就抢先说道："最近店里搞活动，手机支付随机立减，我用手机减了十块钱呢，下一顿你再请吧。"

林天阳一愣，点点头："嗯。"

代舒积极努力地练习了许多天，结果还是在跨年晚会第一遍彩排的时候搞砸了。

她第一次站在这么大的舞台上，看不清观众席，也听不清自己唱得怎么样，心里慌慌的。因为发挥得不好，到后台休息时她一句话都不想说。

摄影师不想招她烦，离她一米远。

一向不爱说话的明第忽然问她："你想听一个关于小明的笑话吗？我知道

很多。”

“啊？”代舒愣了下，意识到自己影响到了他们的心情。

“别听他的，那些笑话都不好笑。”唐哲打断明第，“隔壁有个民乐队，我让他们吹唢呐的那个朋友过来跟阿迟的三弦合奏，给你表演一段，嗯……表演一段《春江花月夜》好不好？”

“噗——”代舒笑了，很抱歉地看着队员们，“我怕我给你们拖后腿。”

“没关系，林天阳第一次登台演出的时候还忘词了呢。”阿迟揭他老底，虽然他揭的这些代舒可能也知道，“他忘词以后半分钟没唱，傻愣愣地站在那里，跟观众鞠了个躬说自己忘词了就跑下去了，留下我们在后面也都傻眼了，鞠了个躬跟着跑下台，还要帮着把架子鼓给抬下去。”

林天阳始终没说话，等到代舒情绪稍好了出门去洗手间，他才跟着出去。

代舒一回头就看到他跟在后面，小声嘀咕：“我就是头一次面对这么大阵仗，有点儿怂。”

“嗯，正常。”林天阳手插在裤兜晃晃悠悠地跟着。

洗完脸，她对着镜子涂了润唇膏，长叹一口气：“回去吧，还有直播要做。”

代舒所在的直播平台与节目组有合作，这一期要直播后台排练场景。

节目组官微先发了直播预告，代舒和林天阳分别转发，然后用节目组的房间号开始直播，微博发出去没多久直播间里就挤爆了。

代舒和林天阳坐在休息室的沙发上，两人都没上妆，不过直播自带的美颜模式让他们看起来还是形象很不错的。

先是跟粉丝打招呼，林天阳简单地招手说了一句“嗨”，就有粉丝疯狂地开始刷礼物，看得代舒目瞪口呆。

等大家都跟粉丝说完新年祝福语之后，代舒开始讲述他们正在录《亲爱的，结婚吧》，晚上的跨年晚会要跟乐队一起演奏一首歌。

粉丝疯狂刷屏，她都看不清他们说了什么。

有人问林天阳的伤好了没。

林天阳受伤的事没有对外宣布，不过他们录节目、进医院都没有封锁消息，那些密切关注他的粉丝应该是知道的。他摸了摸自己的胸口，告诉粉丝：“还行，起码不太疼了。”

又是一波狂刷礼物。

代舒觉得林天阳可以开个直播号发家致富了。

手机屏幕小，林天阳看不清上面的字，凑近了念粉丝刷的礼物：“有人送了你一个海陆空……”

正在走神的代舒突然听见耳边有人说话，吓了一跳，惊慌地扭头，嘴唇擦着林天阳的脸滑过。

“……”

仿佛原子弹升空炸开的蘑菇云，时间停留了一秒，看直播的粉丝炸了窝，正在直播的两个人也都不说话了。

代舒没心情理会粉丝的评论了，把手机像烫手山芋一样扔在沙发上，走到角落拿着印有歌词的白纸背词。

林天阳也绕到对面的沙发上，拿起唐哲的吉他无意识地弹拨。

近距离目睹了事件发生发展状况的唐哲把被扔掉的手机捡起来，摆了个最显瘦的角度自拍，顺便给大家报告两人现在的状态：“不好意思各位，出现直播事故了，我们的直播要先暂停了……他们在干吗？啊，他们正在假装害羞。”

粉丝问，两人平时是不是真的这么甜。

唐哲和吃瓜群众统一战线：“对呀，平时也特别好！”

仿佛有千里眼的Mary及时赶到，先让唐哲说要去彩排了把直播关了，接着就举着手机屏幕上两人刚才亲到脸的那个画面质问节目组：“这个之前台本上没商量吧？”

小昭手里拿着一卷纸，不敢看Mary，只好看向林天阳：“这……这是个美丽的意外……”

“意外个鬼啊！你们的台本不就是为了减少这种意外吗！”Mary气冲冲地看着节目，直播的截图都已经在网上传开了，“节目播出的时候把这一段剪掉！”

她忽然觉得代舒这个女人不简单，这一环一环的，全是死扣。

代舒也觉得自己闯祸了，如果今天是林天阳不小心碰到她，那歌迷们最多羡慕嫉妒恨，可角色对调一下，大家肯定就觉得是她故意亲过去的。

天地良心，她只是脑袋晃动幅度比较大而已，根本没想过亲他啊！

这“美丽的意外”让代舒反倒沉下心来了，她已经不害怕一会儿唱不好了，反正她唱得再好也阻挡不了林天阳粉丝的语言攻击了。

晚会正式开始，所有嘉宾都带妆待机。

林天阳从他包里拿出个蓝盒子给化妆师，让她把里面的饰品给代舒戴上。

一顶王冠模样的发饰，那上面的钻石闪闪发光，看样子价值不菲。

“这一段别拍了。”林天阳跟编导商量，“冷一冷。”

他这句话的意思编导明白，那个吻已经让他粉丝炸了，这种时候是得降降温。

没有人跟代舒说发饰是哪里来的，她以为是节目服化组准备的，自己左右转头看镜子：“这个真好看。”

化妆老师笑着夸她：“您长得好看。”。

代舒害羞地笑，摸出手机自拍了几张，看起来很开心。

他们的节目排在第六个，没等多久就到升降台就位了。

林天阳拉着她的手出现在舞台中央时，代舒依旧看不清台下的情景，也听不见那些欢呼与尖叫。

她看见林天阳开始唱歌，那声音从他嘴里，从音响里，从广场的回声里向她压来，让她分不清哪个是准确的演唱声音。

正紧张的时候，手被捏了一下，林天阳扭头看她：“唱。”

她扯出个微笑：“心上的人儿 / 有笑的脸庞……”

真的开口以后，耳朵的压力似乎小了很多，她听见了自己的声音，也听见了观众的笑声。

他们在笑什么啊？她唱走调了吗？

她按照彩排时的走位转了个身，知道观众在笑什么了，她身后的阿迟正在深情地弹三弦。

代舒也不确定自己唱得好不好，这比当年艺考时被三个老师盯着可要吓人多了。

等到一曲唱完，下台时代舒腿肚子都是软的。她下意识地握住林天阳的手腕，虚弱地说：“快扶我一下。”

“行不行啊？”林天阳扶着她，他记不清自己第一次登台演出有没有这么害怕了。

代舒仿佛能听见他心里的话，恼怒地看着他：“我没害怕！我……我是怕一会儿离开的时候被你粉丝围攻，都怪你……”

“你不要颠倒是非好不好？是谁亲的谁？”

代舒被噎得说不出话，沮丧地垂下脑袋：“所以他们肯定要骂死我了。”

她推开他的手，自己走回休息室去坐着，其他队员去别的屋串门了，休息室只有她跟林天阳。

电视上正在播着前台的表演，看了一会儿，编导忽然送来一样东西，是阿迟送代舒的那只圣诞袜，跟圣诞袜一起送过来的是张任务卡，让他们回去整理行装，明天上午机场出发，享受阿迟赠送的新年礼物。

代舒充满期待地伸手进袜子里，掏出来一张小纸条，上头写着：马尔代夫双人半日游。

代舒揉揉眼睛，又看了一遍，没错，半日游。

她问林天阳：“阿迟是不是疯了？”

林天阳抽过那张纸，看清那行字，想起来五年前的圣诞夜，喝醉酒的阿迟对代舒吹的牛皮。

他笑了笑，把纸塞进口袋里，点点头：“估计是。”

【第五期小黑屋采访】

导演：听到要跟乐队一起演出的时候紧张吗？

代舒：不紧张，见到陆影帝太激动了，根本没听清他说什么。

导演：陆昀和林天阳比的话，更喜欢谁呢？

代舒：陆！昀！

导演：可是你跟千兮比的话，林天阳会更喜欢你啊。

代舒：这跟你问我的问题有什么关系？

导演：……林天阳好可怜哦。

导演：你们整个乐队都喜欢千兮吗？喜欢她什么啊？

林天阳：（沉默地看着导演）难道你不喜欢千兮吗？

导演：（结巴）喜……喜欢。咯，千兮和代舒比，你更喜欢谁？

林天阳：千兮。

导演：认真地？

林天阳：对呀，千兮那么漂亮。

导演：……好怕你们录不到最后一期就“离婚”了。

导演：下午彩排的时候状态不好，大家都逗你笑，是不是觉得自己被团宠了？

代舒：嗯，他们都很好。

导演：觉得他们也没那么吵？

代舒：我没说过他们吵啊，是林天阳说的，这个锅我可不背。

导演：被她亲到的时候开心吗？

林天阳：你知道猪八戒吃人参果的感觉吗？

导演：啊？

林天阳：还没尝着味就已经吃完了，没什么感觉。如果能再来一次仔细体验一下就好了。

导演：再……再见。

导演：第一次在这么大的舞台演唱，什么感觉？

代舒：大脑一片空白，还好林天阳一直给我提示，不然说不定会忘记什么时候要唱的。

导演：是不是安心的感觉？

代舒：嗯，他还说以后巡演要让我去做嘉宾，多练几次就不紧张了。

导演：是……认真的吗？

代舒：是吧，我都不要出场费，多么划算的嘉宾。

导演：好开心你们这么相亲相爱……巡演什么时候啊，最后一期前能录到你当嘉宾的画面吗？

代舒：（突然正经）明年三月，临时乐队《还是喜欢你》全国巡回演唱会，敬请期待……

第六期

马尔代夫双人半日游

回家收拾行李的时候，代舒刷着网上的评论，她果然上热搜了。

一个是“还是喜欢你的微笑”，另一个是“树林夫妇偷袭”。

偷袭……

什么玩意儿啊就偷袭。

代舒苦着脸给林天阳看：“胡扯。”

林天阳点开热搜里的动图，看了好几遍她亲过来的那个瞬间，憋笑。

代舒黑着脸把手机夺回来，无力地辩解：“我真不是故意的。”

“嗯。”

“你怎么那么不在意啊，你没看你经纪人都急得上火了，你不怕影响你的事业啊？”

他宽慰她：“他们可能会觉得这是节目效果，过几天有了新鲜事他们就忘了。”

代舒看热门评论，有夸他们有爱的，也有骂她戏精想红想疯了的，还有替林天阳心疼的。有什么好心疼的啊，她以前还亲过林天阳的嘴呢！

嗯？她为什么会突然想起来这件事？

她小心翼翼地看向林天阳，林天阳却以为她还在为网上的那些言论郁闷，于是建议道：“我让节目组把手机没收吧？”

代舒居然觉得这主意不错，可以光明正大地度一个失联状态的假。

“可是走丢了的话，没手机怎么办？”

“我跟着你，丢不了。”

代舒天马行空地想象：“我上厕所、换衣服、洗澡你总不能跟着吧？”

“你以为自己是玛丽苏小说里的公主吗？浴室大到会迷路？”

“……”代舒把林天阳赶出房间，“本公主要睡觉了，你走吧。”

所谓的半日游当然不可能真的只待半天，毕竟旺季机票贵得很，节目组再烧钱也不会干这种傻事。

半日游是阿迟在旅行社买的岛上服务项目，属于给两人的放松休闲时间，剩下的行程安排则是工作——他们要完成某时尚杂志要拍的新年特辑。

乘坐水上飞机飞到岛上酒店，都没时间吃口饭，杂志的摄影师和造型师就到房间来商讨拍摄的计划。林天阳平面拍摄经验不算多，代舒做网店的模特儿倒是经常拍照，商讨的时候更容易抓到摄影师想表达的重点。

挑完服装，商量完拍摄内容的时候，天都已经黑了，下飞机以后只吃了个三明治的代舒肚子不给面子地“咕噜噜”叫起来。

林天阳托腮看着造型师：“我饿了。”

造型师把册子收好，跟摄影师一起站起来，提醒了一次早上化妆的时间就离开了。

林天阳靠在沙发上懒散地问代舒：“你平时照相也这么麻烦吗？”

“不一样啊，大片嘛，又是新年特辑，能选上我们就要烧高香了，你还挑三拣四的。”代舒踢了他鞋子一下，“我们出去找点吃的吧。”

林天阳嫌弃地拍拍鞋面，警告她：“下次要踢我，记得先脱鞋。”

夜晚的海是黑色的，白天那么静谧安详的蓝色此刻变得有些神秘可怕。

他俩提着鞋子赤足走在沙滩上，寻了个没人的地方坐下，听着海水扑过来又退回去的声音。

谁都没说话，大脑也都放空。

海水慢慢涨上岸，林天阳的脚感受到一丝凉意。

他站起来，拉住代舒的手把她也拉起来：“脚受凉了不好，回去吧。”

摄制组没有跟上，站在原地拍他们渐行渐远的背影，今天的份额就算录制完成了。

没有人，林天阳说话少了很多顾忌。他问代舒：“你累吗？”

代舒摇头，又点头，反问林天阳：“你知道我为什么参加这个节目吗？”

“为什么？”

“我也不知道为什么。一开始我觉得是为了钱，后来又觉得不只是钱那么单纯。”

前几期录制都穿的冬装，此刻穿着不太厚的针织衫的代舒显得略微单薄，单薄得让人心疼。

林天阳不知道自己为什么会有这种感觉，就觉得代舒似乎过得并不好，哪怕她是所谓的“网红”，有很多粉丝，有自己还算成功的小工作室。

可他就觉得代舒过得不好。

“代舒，不要总是硬撑着。”林天阳攥了下她的手，干燥的手掌透着热意，“你又不是雨伞。”

“噗，那我是什么？”

“你是黑夜绽放的明亮玫瑰。”

她停住脚，抬头看他。

他说的是《小玫瑰》里的一句歌词，也是唯一一句不是她写的词。

当初她写的是“你是地下室里冒出的新芽”，可她后来听到的版本全是他改了的这句。

“林天阳，”她赤着脚踢他小腿，“你追一个女孩就写一首歌吗？”

“我到目前为止只为你写过歌。”

“我不喜欢别人再叫我明薇了。”

林天阳耸肩：“那我明天写一首《小袋鼠》。”

“……”代舒像被点中笑穴一样哈哈大笑，笑得眼泪都出来了，“什么鬼东西啊！”

副导演在监控器前大骂摄像：“搞什么飞机啊？那边笑那么开心你不跟上去拍？”

摄像师委屈地争辩：“林老师不让我们跟着啊。”

“那你这个月工资找林老师领去吧！”

摄像师扛着机器飞快地追过去，朝着好说话的代舒大喊：“老师，再拍五分钟的吧！”

在异国他乡的房间里躺着，疲惫却难以入睡。

别人说新年第一天是新的开始，充满希望。可林天阳最讨厌的就是这天，或者可以连带着讨厌上一年的最后一天。

五年前的跨年夜，他约明薇去摩天轮广场看烟花，想要在新年第一天跟她表白，给她唱自己已经完成的《小玫瑰》。

她答应得好好的，年末那天早上忽然跟他说家里有点儿事要回去一趟，晚上一定回来，让他先去广场等着。

那天晚上他在广场等到凌晨，等到日出，等到广场上一个人都没有，只留着清洁工阿姨对满地垃圾的抱怨。

也没等来明薇。

他打了无数个电话，都没人接。

林天阳由沮丧变为担心，担心明薇出了什么意外。

他去她学校宿舍楼下等，等到一个明薇的室友，告诉他明薇昨天回家了，大概是回去过年了。

他在新年第一天像只无头苍蝇一样给她打电话、发短信，一度想要报警。

他买了车票去她家乡，只有一个小时的车程，可他不知道她家的具体地址，只能在火车站广场的椅子上干等，从白天等到另一个白天，晚上睡意全无。

然后终于收到了明薇一条信息："你回去吧，我不想见你。我不喜欢你，别再骚扰我了。"

四十多个小时没合眼，换来一句"我不喜欢你"，他甚至都没来得及跟她表白。

林天阳觉得胸口阵阵发疼，下床找止疼药吃，行李还是代舒给他收拾的，他找不到药盒了。

林天阳打算给代舒发信息问药放在哪里，刚摸出手机来，药也找到了。

他咽了两粒药，压下心里的烦闷，依旧给代舒发了条信息，用"阿迟"的那个号码发的。

"五年前你为什么忽然离开了，林天阳当时很难过。"

代舒回他："阿迟哥？"

林天阳想起来带上阿迟的常用表情："马代好玩吗？想起来以前的事情，觉得那时候的林天阳很可怜。"

代舒很长时间没回，就在林天阳以为她睡着的时候，她忽然回了一句："你是林天阳吧？阿迟哥在给我发微信……"

"为什么这么晚你们还在发微信？"

"重点难道不是为什么你要假装阿迟哥吗？！"

林天阳胸口又疼了，他不知道怎么回复代舒的指责，干脆装死："睡了，晚安。"

第二天的录制在林天阳想来应该无比尴尬，他已经打算好装傻了，不管代舒问他什么他都不承认。

结果要下楼吃早餐的时候在电梯口听见编导要找代舒的助理，说她电话没打通，要助理刷卡进去看看情况。

电梯门开了，林天阳没进去，转身跟着编导一同去代舒房间看情况。

门一打开他就看见代舒坐在床上神情呆呆的，抢先一步进门还把门关上了。

编导诧异地看着代舒的助理，助理挠了挠头："林老师是不是有事跟代姐说啊，我们等一会儿再进去？"

屋内床上的代舒看见林天阳用力皱了皱眉头："我是不是起晚了？"

林天阳一眼就看见床头柜上的药瓶，拿起来看功效："你吃安眠药了？"

代舒按着太阳穴，头皮发麻："昨晚睡不着，吃了两粒，是起晚了吧？快走吧。"

门外的编导迟疑地敲门："林老师，代老师，我们进来了。"

声音刚落，门就开了。

林天阳抬手摸了摸代舒汗涔涔的额头，装模作样地问："除了恶心、头晕、拉肚子，还有别的症状吗？"

"啊？"

"没事，估计是水土不服，昨天又没按时吃饭，你再歇会儿吧，等舒服了再起来。”林天阳替她做了主。然后他转过头对站在两步开外的编导说：“代舒昨天没吃好，晚上吹风有些感冒。先安排我那部分拍摄吧，等她舒服些再拍。”

突然“被生病”的代舒还没反应过来，助理先懂事地拉着编导跑出去通知了。

林天阳不方便久留，站起来把她的安眠药放进口袋里：“这个我没收了，以后少吃。哦，还有，不要跟别人说你吃安眠药的事，最近网上议论纷纷的，一点儿小事都可能被夸大。”

代舒点头，干脆又躺下：“那我再睡一会儿，你别让他们找医生来，我不吃药。”

“嗯，睡吧。”他说完摸了摸她的头，仿佛她真的是个病号。

“哎，我跟你说个事。”

“说。”

“昨晚我没跟阿迟哥发信息，诈你的。”她声音越来越小，明明是正义的一方，却在骗子面前窘迫地拿被子把自己脸盖住了。

“……”林天阳很想拧开药瓶自己也吃两片安眠药，一睡了之。

代舒在房间里又待了半个小时才出门，喝了几口蜂蜜水就换上泳装披着外套去找林天阳了。

林天阳老远就看见了她，等她走到身边的时候碰了下她的额头：“头不疼了？”

代舒立马躲开，两人都有片刻尴尬。

中午水温适宜，摄影师怕代舒的身体情况不稳定，决定先把两人在海水里的主题拍了。

冲浪板，游泳圈，甜蜜戏水的恋人。

拍了几十张，摄影师看回放，不太满意。

“天阳，不要这么酷，笑一笑，看着自己喜欢的人那种高兴的感觉。”

林天阳看代舒，代舒看她腰上挂着的小鸭子游泳圈。

摄影师也不要他们硬拗造型了，让代舒骑在林天阳脖子上，两人亲密接触一下。

代舒穿着小泳裙露着白大腿，林天阳只穿着泳裤。

……

“郑老师，林天阳胸口肋骨断了，没法架着我，太危险了，我重。”代舒提出异议。

“不是在沙滩上架着，在水里，有浮力，没什么重量的。”

听说是在水里，代舒觉得这个难度更大了。

说什么靠浮力，如果她能碰着水，那水位不就到林天阳脖子了？他呛死怎么办啊？

其他人开始做准备，林天阳也按着摄影师的指导在水里站好。

代舒看着站得直直的林天阳不知道怎么能爬到他脖子上，眉头拧在一起，只能跟林天阳商量：“你要不要跟他们说一下别拍这个了？”

林天阳看着她，不服气地说：“我能架动。”

摄影助理走过来扶着她把她架到林天阳肩膀上，等林天阳直起腰来站稳了才退开。

为了保持平衡，林天阳的手腕压在她膝盖上，非常绅士地把手握成拳，不碰到她。

可代舒依旧觉得难为情，手都不知道该放在哪里。

一直冷着脸的林天阳笑了，笑得还特别开心，摄影师夸他表情好，手下不停地按快门。

摄影师大概觉得这样的互动更能调动情绪，下一组安排林天阳抱着代舒在海边转圈。

又是骑大马又是公主抱，代舒真有些担心林天阳的肋骨，再三确认：“你真的能受得了吗？”

“你不重。”林天阳说这话的时候正让造型师调整发型，没有看她。

再次开拍，林天阳一手托着代舒的后背，一手托着代舒的腿，一把将她抱起来，往海边走了几步，侧着身子晃了一下。

吓得代舒立马抱住他脖子，慌乱地看向摄影师：“你是不是肋骨疼了？”

“有点儿，没事。”林天阳往上掂了掂代舒，“抱紧了。”

代舒义正词严地指责他："不要占我便宜！"

林天阳闻言下意识地低头看了一眼，她被泳衣半裹的曼妙曲线。他抽了抽鼻子，视线转向让人平静的蓝天白云。

"轻轻地转一下，代舒抬高一条腿。"摄影师边说边绕着他们拍，"好，很好，转快一点儿，再快，笑，开心点。"

林天阳转得越快代舒抱得越紧，他能感觉到胸腔被她的柔软的胸贴着，脑袋有些放空，脚下失去平衡，抱着代舒一起摔倒在水里。

代舒毫无防备就被连累了，还好他们站的位置水位不深，可代舒还是重重地摔了个屁股蹲儿，顺带着呛了口水。

代舒自己扑腾着坐起来，愤怒地望着他："林天阳！你个蠢蛋！"

在场的工作人员都震惊了，纠结了两秒才拿着浴巾上前帮代舒披上擦水。

林天阳也在擦耳朵里进的水，被骂了也没生气："对不起啊。"

代舒瞪了他好一会儿，感觉自己屁股疼得要死。

午间休息，代舒完全没有胃口，自己回房间里待着。

"咚咚"门响，代舒不出声，不想跟谁应酬。

"我，开门。"林天阳继续敲。

是他就更不想开了。

他执拗地敲门："给你送饭。"

她不情愿地开了门，眼睛红红的。

林天阳把饭盒拿进屋里放在她桌子上，坐在旁边的椅子上等她吃饭，观察了一会儿才问："躲屋里哭鼻子呢？"

代舒把盒盖打开，拿勺子挖了一大口米饭："没有。"

"可是你眼睛肿了。"林天阳指着她的眼皮。

"我屁股疼我还不能哭吗？"代舒闷闷地吃饭，闷闷地抱怨。

"很疼吗？需不需要拍个片子？"林天阳又道了一次歉，"对不起，我真不是故意，你看我也摔倒了。"

"你摔倒在我身上了！我垫底！"代舒说完想起来在水里的时候胸口还疼

了下，继续控诉，“如果不是水里有浮力，你就把我的肋骨也按断了……喂，你脸红什……”

代舒反应过来胸口为什么疼了，拿着勺子在米饭上戳。

林天阳摸了摸自己的耳垂：“我给你唱《小袋鼠》吧。”

这家伙还真的写了吗？代舒把勺子放下，看着他：“你唱一下。”

“袋鼠呆又呆，袋鼠跑不快，袋鼠吃饭吃一半，袋鼠不会系鞋带。”

“我会系鞋带！”

林天阳笑：“我说袋鼠，又没说你。”

代舒看着他的笑有片刻失神，感叹了一句：“妈呀，林天阳你笑起来真好看。”

林天阳的笑容僵在脸上，他咳了一声，把代舒的饭盒收了：“休息一会儿吧，我走了。”

“你走吧，饭留下，我没吃饱呢。”

“你不是没胃口吗？”

“是没胃口啊，不然我得吃两份。”

“……”看来歌词得改改，这只袋鼠吃饭可不只吃一半。

不知道是不是白天呛的那口海水引起了发炎，傍晚收工的时候代舒发起低烧来。

随队医生给她吃了退烧的药，感觉她问题不算大，暂时不必去医院。

代舒在房间里休息，林天阳提着粥和小菜去她屋里照顾她。

屋里加了两台摄像机，哪怕是生病也不能停止录制。

林天阳把阳台的门打开，室外的暖风带着海水的味道，让人不至于特别燥热。他坐到床边，替代舒支起枕头让她靠着，打开一个碗，喂她喝粥。

粥里有甜甜的椰汁，还有细嫩的鸡丝。

他一天来她屋里三趟，全是送饭和探病，只不过早上那次是假生病，晚上这次是真病了。

代舒觉得抽空要跟林天阳说一声，不要随便撒谎，会应验的。

两人无言地一个喂，一个喝，喝完一碗粥，代舒才问他："你吃饭了吗？"

"还没。"林天阳从袋子里拿出来另一个碗，打开也是粥，他嫌用勺子舀着喝麻烦，直接对着碗边喝了大半。

代舒靠着床头，眼巴巴地瞧着那个碗："你的粥和我一样吗？"

"不一样，我的是海鲜粥，你发烧不能吃海鲜。"

"我不吃海鲜，我喝粥，你把海鲜挑走。"

"……"林天阳给她看了看自己的粥，拿勺舀了送到她嘴边，"发烧了胃口还这么好？"

代舒推开勺子，也像他那样捧着碗直接喝，"咕咚咕咚"喝完以后歉疚地问："还有别的吃的吗？你再去吃点儿吧，我饱了，睡一会儿。"

"睡吧，我等你睡着了再走。"

代舒躺下，被子堆到脖子，仰头看了一眼林天阳。

林天阳也看着她，这样的气氛让人忘记所有的烦扰。

"你在这边我就睡不着了。"

林天阳上了床，隔着被子坐在她身边："我给你唱歌吧。"

代舒点点头。

他声音低低地，没有任何技巧地哼唱，像是在和她呢喃：

"怎么会迷上你 / 我在问自己 / 我什么都能放弃 / 居然今天难离去……

你如此美丽 / 而且你可爱至极 / 哎呀灰姑娘 / 我的灰姑娘……"

他的体温，他的气息，还有他的声音，都令人觉得安稳。

她昏昏沉沉，连摄像师在场也没防备了，听着林天阳的声音合上了眼皮，翻身的时候鼻息喷在他的手背上，温热缠绵。

林天阳抬手把她耳边的头发挽到耳后，露出她有些红的耳朵，歌声越发地低。

"如果这是梦，我愿长醉不愿醒……"

林天阳听她呼吸变沉，扭头看向摄像师，比了个手势表示收工。

摄像师听到耳机里导演说了一句“收了吧”，这才扛着机器轻轻退出门外。

海风还在吹，夜里的风变凉。

林天阳看着代舒的睡颜心跳如雷，声音大得自己都能听见。

他问自己：如果这不是演戏，如果这是真的呢？

过去，离开，分别，这些都不计较。

如果他重新跟她在一起呢？

他们已经分开了五年，五年前他们都太年轻，也都有些任性。她没说清楚就把他甩了，他因着可笑的自尊心也不曾再去挽回什么，背上吉他就去了日本。

那时候他一无所有，她曾经给过他更胜阳光的温暖和希望，又无情地把他推入深渊。

可是再见到她，他居然并不如想象中那么怨恨她。

他还是想亲近她，如同飞蛾扑火，完全是身体的本能。

他不敢再待下去，怕当着摄像机做出什么奇怪的事情。他轻轻地下床关好阳台门，离开了代舒屋子。

回自己房间时跟导演和小昭打了个照面，聊了几句导演便客气地让他早点休息。

等林天阳回了房间，小昭悄悄地问导演：“我怎么觉得他们这个样子会出事啊？”

“出什么事？”导演跟小昭是校友，关系比较好，说话也很随意。

“就是假戏真做了怎么办？”小昭压低声音，想起来在乐队公寓时看到的林天阳跟代舒相处的情景，“林天阳啊表面对谁都冷冷的，但是我看见过他偷偷看代舒呢，特别温柔的那种！”

“这种吗？”导演深深看了小昭一眼。

小昭打了个哆嗦：“什么啦，我跟你说正经的！”

导演也正经起来，捂住小昭的嘴说：“如果你能管住自己的嘴，那他们分喜糖的时候说不定能分你一盒。”

代舒的烧退得快，但感冒的症状还是有一些。

好在工作已经“结束”，她不用再拗造型拍杂志了，可以享受阿迟给他们订的半日游行程。

一大早就体验了滑翔伞，双人的。

代舒原本有些恐高，可当汽艇拉着滑翔伞飞起来的时候，她发现自己根本喊不出来，只能木然地看着远方的天空、脚下的海，还有从身后抱着她的林天阳。

林天阳手里拿着台小摄像机，代舒这时候还惦记着镜头感这种东西，跟他说举高点，别照出她的双下巴来。

落到地面，拆锁扣的时候，林天阳不时摸摸她的额头试温度，以确认这些游戏项目不会加重她的病情。

代舒有些不自在，没人跟着的时候小声跟林天阳说：“你不要总是动手动脚的，好不好？”

林天阳一脸问号，好像代舒是个变态似的。

天上飞完了就是下海，他们到一家水下餐厅吃饭，四周都是透明墙壁，幽蓝的海水中有成群的鱼来来往往。

林天阳看着菜单上的价格，比对了一下他们套餐里的食物，告诉代舒：“我错怪阿迟了，半日游就花了他这半年的工资，如果真订个两日游，明年就喝西北风去了。”

“今年。”代舒纠正他，“已经是新的一年了。”

“哦，新年。新年有什么计划吗？”

“回国以后我想回家看看我妈，想她了。”

“要我陪你吗？”

代舒切鱼肉的刀失手划了下盘子，她看着他，他好像不应该这么说吧？

签约前节目组跟她沟通的时候，她已经明确表示不让家人出镜了，林天阳跟着干吗？

代舒喝了口水，拒绝道：“你一月份行程很赶的，哪有时间啊？”

“是哦。”他闷闷地应了一声，居然很懊恼的样子，“那我要好多天见不到你了。”

“我给你带我妈腌的小菜，她做的腌豆干和萝卜条可好吃了。”代舒也不知道自己为什么要安慰他，大概是他现在看起来有些可怜吧。

林天阳把刀叉放下：“突然觉得吃不下了。”

“嗯？”

“我要等你的豆干和萝卜条。”

“你要绝食啊？”

“嗯，这样你想着我没饭吃会回来得早一些。”林天阳的话忽然变得多起来，一脸的求关注求抚摸。

代舒把他盘里的肉叉走，边吃边说：“那你饿着吧，这个，这个什么鱼，好好吃。”

林天阳看她吃得那么香，把刀叉又拿起来：“那我吃完这顿再开始绝食。”

八小时的航程对正在生病的代舒来说格外漫长，这个时间段睡又睡不着，只好戴着U形枕看平板电脑里自带的电影。

她跟林天阳是在头等舱中间的那一排，两个人的座椅紧挨着。

她看电影，林天阳好奇地也探头去看。

她瞥他一眼，把中间的挡板升上去，隔断了他的视线。

林天阳笑了下，戴上耳机，听他录音笔里这两天的录音。

有风声、海浪声，不知道哪国的语言，还有代舒的笑声、尖叫声。

她笑起来不是清脆如银铃，而是那种很魔性的要笑抽过去的感觉，让听得人也忍不住想跟着笑。

其间有一些声音是让自己的宣发人员录的，不太清楚，但能听清代舒那一句“林天阳！你个蠢蛋”。

是他抱着她摔在水里那一下。

林天阳暂停，倒退，播放。

“林天阳！你个蠢蛋！”

重复暂停，倒退，播放。

“林天阳！你个蠢蛋！”

他像个受虐狂似的不停回放这一句，按着眉头笑个不停。

代舒看电影看累了，降下挡板，看见他笑得那么高兴，摘下他一侧耳机问："你在听什么啊？"

林天阳把耳机拿过去，学她把挡板升上去，朗声说："相声。"

他脑海里闪过几句词："窗边吹过的风，天上飘过的雨，拍在岸上的海浪，落在枝头的鸟，你的吵闹和大笑。"

林天阳掏出手机记下这几句，把风和浪的节奏写成谱子。

飞机降落的时候已是深夜，节目组安排了专车送嘉宾回家。林天阳替代舒拿行李到她车上，看着没什么精神的她问："明天中午的飞机？"

"嗯，十二点的。"

"早睡，别误了飞机。"

"好。"没有摄像机，代舒整个人状态都懒散得很，说了两句就挥手再见。

司机应声开车，车子一启动音响就流泻出熟悉的音乐，让代舒忍不住趴在车窗上往后看。

"如果这是梦 / 我愿长醉不愿醒

我曾经忍耐 / 我如此等待 / 也许在等你到来

也许在等你到来……"

代舒觉得奇怪，为什么刚才跟他分开的时候还觉得烦躁想快点睡觉，现在却有点儿想他了？

她鼓了鼓腮帮子，犹豫着掏出手机来，给林天阳发了条信息："我后天上午的飞机，你来接我吗？"

林天阳回她："应该会跟摄制组一起去。"

"摄制组不去的话你就不去了……"

"你是想让我回答'摄制组不去我也会去接你'吗？"

林天阳发完这句，又发了一条："你在撩我吗？"

"噗——"代舒看见这句话猛烈地咳嗽起来，不知道该回什么了。

这家伙非要把天聊死吗？这还怎么愉快地玩耍……

就在代舒打算硬拗一句"晚安"的时候，林天阳再次发来信息："摄制组不去我也会去接你的。”

代舒开心地晃腿，在“晚安”后面加了个笑脸。

原本她以为林天阳现在是大明星了，和她已经是两个世界的人，也努力跟他保持距离，不把从前的暧昧让人知道以免给他添麻烦。

可是最近他不只在节目上对她好，私下里也常常对她笑，她真的有些抵抗不了他的温柔。

代舒也想过那些拍一部戏就传一次绯闻的男女主演们，她觉得很正常，入戏了嘛，等时间长了发现眼前人和剧中人完全不同时就分开了。她觉得拍真人秀也是这样，假装情侣，对着剧本亲密互动，说些甜蜜的话，怎么可能不动心。

何况林天阳还是她长这么大第一次也是唯一一次喜欢的那个人。

代舒心里乱乱的，她不清楚林天阳怎么想的，也怕他们贸然展开一段恋情后又分手，当然，林天阳可能还没打算跟她展开恋情呢，他前阵子还一副唯恐避之不及的样子躲着她，最近才跟她稍微亲近了些。

代舒摇摇头，头晕，不想了。

她宁愿她永远是他心里的那朵小玫瑰。

短短几天内连续坐飞机，代舒这次往家飞却格外惬意，大概是生病的时候就会格外恋家吧。

这里并不是她长大的地方，五年前父母离婚后她就跟着妈妈回到了有外公外婆的家乡，没多久又回学校去上学，只有寒暑假会回来。

代舒妈妈来机场接她，开车的是代舒的继父赵叔。代舒刚坐上车就从后排搂住代妈的脖子在她脸上亲了一口：“妈妈，我好想你啊。”

代妈摸着她的脑袋慈爱地笑：“妈妈也想你。”

母女两个说了一路，直到回了家，代舒把行李拖到客房换好衣服，才想起来她的继兄：“赵裴飞不回来啊？”

代妈在厨房做饭，赵叔进去帮忙，不确定地说：“说是下了班就过来，你打个电话问问，也该回来了。”

他话音刚落，大门就被打开，穿着粉色毛呢大衣的赵裴飞进门，打了声招呼低头换鞋。

代舒凑过去，摸了摸他的外套，瞪大了眼睛："赵裴飞，你现在走位这么风骚的？"

赵裴飞把外套脱下来挂在衣架上，里面的黑毛衣和黑裤子更像代舒印象中的那个男人。他去洗了手，出来才回答她："大师说这个颜色招桃花，我试试看今年能不能脱单，阿姨已经给我介绍三个相亲对象了。"

"啧啧，我妈对你可真好，她都没给我找过呢！"

"你？"赵裴飞摘下眼镜来用清水冲洗，抽了两张纸巾慢慢擦拭，"你缺吗？"

"你这说的什么话？！"代舒看了一眼厨房半合的门，小声跟赵裴飞说，"你帮我做个测试吧，我最近状态不好，很容易焦虑、暴躁，还失眠。"

"你要不要跟我一起去寺里拜拜佛，大师说话很有禅意。"

"……赵裴飞，你是不是看破红尘要出家啊？"

"你知道，干我们这行的，比谁都需要信仰加持，不然早晚得疯。"

"我不想找大师，我就相信你。"

赵裴飞食指卷着刘海儿玩，心不在焉地说："行吧，什么程度，说说。"

让代舒说，她又不知道从何说起，想了一会儿："我最近还有点儿健忘，不知道是不是吃安眠药的副作用。"她说着给他展示自己的胳膊肘，"你看，青了，可我根本没印象是什么时候在哪里撞的，我觉得我的生活又一团糟了。"

赵裴飞拉过她手臂看了一会儿，用力搓了搓她的手肘，告诉她："这不是青了，是你这件黑色的帽衫掉色，你不是赚挺多钱吗，就不能买件质量好点儿的衣服？"

"你们俩聊什么呢这么热闹，吃饭了啊。"赵叔端着盘子放到餐桌上，看着儿子炫耀，"代舒给我买了条羊绒围巾，名牌的呢。"

"哦。"赵裴飞扔开她的手臂，"我的礼物呢？我爸都有礼物我没有？"

"有有有，在箱子里，一会儿吃了饭给你。"

"代舒，其实我到现在都怀疑阿姨当年跟我爸结婚是不是为了逃掉我巨额的咨询费。"

代舒点头：“母爱好伟大。”

“……还能贫嘴，状态挺好的。”

“我在强颜欢笑，为了不让家人担心而已，其实我现在心如死灰，心如止水，心乱如麻！”

“到底是静还是动？”赵裴飞盯着她看了一会儿，“代舒，我看你是恋爱了吧？”

【第六期小黑屋采访】

导演：听到半日游的时候有什么想法？

代舒：想着大概是去海里游个泳就飞回来了。

林天阳：阿迟好穷，我要跟公司反映给他加工钱。

导演：喜欢海岛的风景吗？

代舒：很美，全是蓝色，在大自然里能忘记很多烦恼。

林天阳：没有弟弟们的地方就是天堂。

导演：拍照的时候有很多亲密动作，而且穿得比较少，会害羞吗？

代舒：就……工作嘛。

林天阳：不害羞，挺高兴的。

导演：平时也是容易生病的体质吗？

代舒：不算很频繁，一般是换季的时候会不适应，最近可能工作有些多，休息得不够，回去多锻炼就好啦。

林天阳：像那种小动物的幼崽，又弱又爱逞强。

导演：看到她生病会心疼吗？

林天阳：能吃能睡的，有什么好心疼的？

导演：如果林天阳生病了你会心疼吗？

代舒：我心疼他病也好不了啊。

导演：就……假设一下。

代舒：不用假设啊，他肋骨还断着呢。

导演：对哦……你们夫妇两个都好绝情……

导演：代舒回娘家了，你有什么想对她说的吗？

林天阳：早去早回，一路平安。

导演：会想她吧？

林天阳：（皱眉）我们搞摇滚的都很酷，你不要总是引导我装可怜。

导演：可是她会想你的。

林天阳：她说的？

导演：（假装点头）你会想她吗？

林天阳：（笑）少来，我不信。

导演：回娘家会想林天阳吗？

代舒：会的。

第七期

曾给我深远影响的那个人

代舒的这个重组家庭老的慈祥，小的懂事，虽然偶尔她会跟继兄赵裴飞斗几句嘴，总的来说也算和谐，这几年没闹过什么不愉快。

一顿其乐融融的饭吃完，代舒收拾盘子要拿去洗，被赵叔赶走，转而递给她一盘水果："在外面那么累，回家就玩，不用你干活。"

代舒闻言抱着果盘回了卧室，不是说不客气，反倒是有种自己在别人家做客要尊重主人的感觉，还有些刻意地想表现得跟继父关系融洽，不想妈妈担心。

赵裴飞跟着她一起进了卧室，坐在躺椅上啃苹果："说吧，我听听你是怎么个了无生机法。"

"我最近没法集中注意力，也经常完不成自己的计划，这让我有些焦虑。"

赵裴飞静静地听："继续。"

"这种焦虑很多来自林天阳，之前远远地看着他，我会觉得他走了以后过得很好，很成功，可是现在跟他这么近距离接触，还因为节目的原因要表现得很亲密……我知道我们不可能的，可是他之前对我特别冷淡，最近又对我挺好的，我就很犹豫很害怕，感觉自己想多了，可是他忽冷忽热，我也不懂他怎么想的。"

赵裴飞咬了口苹果："我觉得你可以把林天阳介绍到我这里治病，咨询费我给打个折。"

代舒揪了个抱枕砸在他怀里："他才没有病！"

"行吧，他没病，我有病。"赵裴飞吃苹果是从中间吃，只吃中间那一圈果肉最多的部分，吃完了留下一个像哑铃似的对称的果核放在桌子上，"代舒，咱们不说治不治病的事，单纯聊聊天，我其实特疑惑，你说你孤独无依的时候，他远走高飞追求梦想去了，我陪着你度过漫长岁月，结果我都移情了你怎么会没移情呢？我以为我好歹是个男二，男主下落不明我就该上位了，结果你没爱上我，你妈爱上我爸了，这算什么事啊？"

“你不是男二。”代舒摇摇头，看着他说，“我跟林天阳的故事里没有男二。”

赵裴飞盯着她看了半晌，认输地叹气：“行吧，咱俩现在也是法律上的兄妹了，基于人道主义关怀我再讨厌那家伙也得安慰一下我妹妹。你继续，他怎么扰乱你正常的计划了？”

“我有时候会思考他对我说的一句话或是一个什么动作，然后会浪费很长时间，我计划表上的事情就完成不了了。我甚至还会因为他的一些举动失眠，要吃安眠药才能睡着。还有就是我控制不了自己的情绪，会因为网上的一些言论很开心，然后也会因为有些粉丝的话特别伤心甚至生气。”

赵裴飞抠了抠耳朵：“你不就是在跟我叙述一个怀春少女的恋爱状态吗？”

“是……吗？”代舒不太相信的样子，“你觉得会不会是我的认知系统又出问题了？”

“得了吧，别给自己整那么多高级词汇。”

“那我怎么办啊？”

“我怎么知道怎么办啊，难道还要我教你怎么泡我前情敌？太残忍了好不好？要不要我给你唱首《婚礼的祝福》，告诉你我的心还隐隐作痛？”

“你还喜欢我？”

赵裴飞摇头：“从你妈嫁给我爸那天开始就不喜欢了。”

代舒“哦”了一声，也摇头：“你别唱了，你唱歌不好听，比林天阳差远了。”

赵裴飞抱拳：“舒姐，赶紧把我礼物拿出来，我这就麻溜儿地离开，你爱听谁唱歌就听谁去。”

代舒把行李箱放倒打开，从里面翻出来六七个巴掌大的小盒子，颜色各不相同，上面写着赵裴飞看不懂的文字。

“这是什么？”

“好吃的，机场买的，很贵的。”

赵裴飞撕开一盒蓝色的，确实是吃的，泡面。

“给我爸买名牌围巾，给我买泡面？”

“钱没带够，给他们买完就没什么钱了……”代舒指着盒子上的商标，“这个也是名牌！国宝级泡面，而且这么袖珍携带很方便，你可以早上来一碗，就不用做早饭了。”

“早饭吃泡面？真是我亲妹妹。”赵裴飞对她比了个大拇指，“那个免税店袋子给我腾出来，装上，我带走。”

代舒一边找袋子一边孜孜不倦地问：“所以你的建议是让我去泡林天阳？”

“我什么建议都没有，”赵裴飞拎着袋子往外走，把那盒拆了包装的泡面放在她面前，“你爱泡谁泡谁，实在不行就泡这个，起码能充饥。”

赵裴飞离开以后，代舒更迷茫了。

她的心理医生果然从五年前到现在都没什么用，还得她自己想办法解决。

代舒躺在床上玩游戏，代妈敲房门，问她睡了没。

她坐起来，手机放到枕头边，回了一句：“没呢。”

代妈进屋，端了杯热牛奶来：“怕你睡不好，喝点儿牛奶吧。”

“谢谢妈。”

“谢什么啊。哎，好不容易回来一趟，明天又要走。”代妈摸着她的头发，“妈妈都没好好看看你。”

代舒把牛奶放到床头柜上，往旁边挪了挪，小孩子一样看着代妈：“妈，那你今晚跟我一起睡好不好？委屈赵叔独守空房。”

“说什么呢！”代妈打了她肩膀一下，在她喝奶的工夫出去抱了床被子回来，铺好以后跟代舒面对面躺着，“在外面受什么委屈了？”

“没有。”代舒摇头，“一切都好。”

“之前工作室不是有些问题吗？给你的那些钱还够用吗？我把理财产品卖了，手头现在有些钱，需要的话你就拿去用。”

“……”代舒想起来之前借她妈的钱还没还呢，“那个已经好了，节目播出以后网店销量很好，工作室还招了新员工呢。”

“那挺好的，挺好的……不是工作上的事，就是感情上的事？我们的小花花真的恋爱了？”

“没有，别听赵裴飞乱讲，我要当女强人呢！哪有空恋爱！”代舒笑着拱进代妈的怀抱。

代妈轻轻拍着她的背："当女强人也不耽误谈恋爱啊。你不用那么累，家里又不是缺钱，妈妈在家一切都好，你赵叔和裴飞对我也都很好，你在外面好好照顾自己，不要担心家里。"

"看出来了，赵叔虽然话不多，但是对你简直就像对女儿一样宠着，羡慕死我了。"代舒说的是心里话，她妈跟赵叔在一起的日子看起来年轻了好多岁，"赵叔比明熙成好多了。"

她说完就后悔了，咬着嘴唇想把那话咽回去。

提起代舒的生父，两个人都沉默了一会儿。

"其实我们三个上大学的时候就是一个班的。"代妈忽然跟她提起了以前的事情，"那时候你赵叔话就不多，我甚至以为他是不是讨厌我，还为此难过了一阵子，因为当初他挺有魅力的，班里好多女生都喜欢他，我也是。后来你爸追求我，你赵叔跟你爸是一个寝室的，我们在一起后他就更不跟我说话了。哎，你爸，你爸以前就有过跟别的女生暧昧的事，你赵叔还因为这个跟你爸打了一架，绝交了。我那时候傻，被你爸花言巧语迷昏了头，原谅了他。直到我跟你爸离婚，你赵叔来找我，我才知道他那时候是喜欢我的，只是不知道怎么表达……这些年他一直喜欢我。"

代舒看着代妈露出的少女情态，吃惊地张大嘴，觉得她妈也太好骗了："妈，赵叔如果一直喜欢你，赵裴飞哪来的？他可是比我大六岁呢！"

代妈皱着眉，似乎在犹豫。

良久，她凑到代舒耳边悄悄说："赵裴飞是过继给你赵叔的，他是你赵叔哥哥的儿子，亲爸妈都在一次工厂事故中去世了。"

代舒的嘴再次张大，她从来不知道自己身边居然有这么多故事。

代妈感慨道："虽说这都是命，可妈妈现在过得幸福，只盼着你能比我更幸福。过去因为我的婚姻给你造成那么多伤害，我一直很难受。"

"没有啦妈，跟你在一起我就很幸福。"代舒忙安慰她妈，揽着她的腰撒娇，"再跟我说说你跟赵叔年轻时候的事吧，你以前都没跟我说过。"

"哎，也没什么好讲的，如果不是后来的那些事，我可能都不知道有个人曾经喜欢我这么多年，这辈子也就那么过去了。"代妈顿了下，"我那时候也害羞，如果我跟他表白了，说不定就是另外一个故事了。”

“如果你表白了，那就没有我了。”代舒皱眉。

代妈笑起来，捏捏她的脸：“我知道你这几年一直过得一板一眼的，还列计划什么的。可是很多事不是我们能预料到的，我更希望你还是以前那个总闯祸的小家伙，起码那时候你过得那么快乐。”

代舒沉默了一会儿，闷声跟代妈说：“我困了……”

“睡吧。”代妈帮她把被角掖好。

代舒闭着眼，幻想着爸妈还有赵叔年轻时的恩怨情仇，越想越清醒，完全没有睡意。也不知道过了多久，她听见妈妈已经睡熟了，悄悄地翻身，摸出来手机。

她感觉自己被她妈撺掇得总想“闯祸”。

盯着林天阳的最后一条信息“摄制组不去我也会去接你的”看了半天，想起来林天阳曾经假扮阿迟跟她说，让她自己去问林天阳有没有女朋友。

于是代舒就真的问了：“你交过几个女朋友啊？”

还不太晚，林天阳没有睡，没一会儿就回了：“一个。”

代舒看了心跳得有点儿快，这一个和她想的那一个是不是一样的？

没等她再问，林天阳补充了一句：“如果你算的话。”

代舒捧着手机笑了半天，脚一蹬一蹬地把被子都蹬掉了。

代妈迷糊着睁开眼，把被子往上扯了扯，问了一句：“怎么还不睡呢？”

“发工资了高兴呢。”代舒拍拍她妈的肩，哄她，“你接着睡。”

代妈嘀咕了几句，很快又睡着了。

代舒如同所有害羞的小姑娘，嗔怪地回了一条：“我什么时候答应过当你女朋友啊！”

收到这条信息的林天阳心里却并不好受。

以前是这样，让他误以为她喜欢自己的时候说一句“别再骚扰我了”，现在又这样，逗他玩有意思吗？

他冷笑一声，把手机倒扣，不回了。

心里却不痛快。

那时候他不知道代舒父母离婚了，现在知道以后大概可以理解她，理解她没能赴约，理解她当时心情烦躁不想理他，甚至说出很伤人的话。

年轻时一无所有，只有可怜的自尊，所以会在那样不愉快的交流之后远走他乡。

现在呢？

如果他对她始终是这样可有可无的存在，他有没有必要还怀揣着什么可笑的对“初恋”的执着？

睡不着，他走到窗边，从抽屉里摸出盒烟，抽了一支在指间把玩，但是没点火。

代舒，她到底在想什么？

一句话把林天阳搞不痛快的代舒其实什么都没想，她在连着给林天阳发了几条短信都没收到回复后就睡着了，睡前还有礼貌地说了声“晚安”。

代舒拉着行李箱从机场出口出来的时候，一眼就看到了被警戒线圈出来的那片空地上，手捧鲜花的林天阳。

一捧粉色的玫瑰，不太夸张，但很漂亮。

代舒心情格外愉快，小跑着跑向林天阳，快到他身边时刹不住脚，被林天阳推着脑袋给按住了。

机场好多来围观录节目的粉丝，很不给面子地笑了起来。

代舒捂着脸，跟在林天阳身后快步离开。

有安保人员在前面隔离粉丝，但依然有好多粉丝伸着手不知道是要签名还是要握手，代舒感觉到好多人拍她肩了，还挺疼。

原本走在前面的林天阳放慢脚步，跟代舒并排走，半抱着她的肩把她圈在身边。

人潮拥堵，代舒都没工夫害羞，直到上了车才缓过气来：“他们要摸的是你吧，你一挡我被摸得更多了。”

林天阳神色淡淡的，不太想说话的样子。

代舒有些纳闷，不知道他生什么气，勾着手指头悄悄看他。

林天阳感觉到她的目光了，只好跟她说话：“乐队之前出去演出，从表演场地出来的时候也是好多人这么围着，当时唐哲一直跟他们拍手打招呼什么的，结果那里面有个人手里拿着刀片，把唐哲的手割破了。”

“天哪！谁啊？”

“一个女粉丝，说想在唐哲身上留下记号，让唐哲看见这个疤就想起她。”

代舒这么一想，觉得后怕，喜欢林天阳的人那么多，说不定就藏着特别恨她的呢。

林天阳说完这句，似乎有些累，靠着座椅闭上眼睛休息了。

代舒心里惴惴不安，也不知道他怎么了，只好安静地陪着，不打扰他休息。

车子开到了他们的新家，家具已经都摆好了，墙壁不只被修复粉刷，还刷成了橘粉色系。

她欣喜地看向林天阳：“你让他们刷成这样的吗？”

“不是。”林天阳摇头，“昨晚我来收拾的时候就这样了，是楼上那位先生找人刷的，早知道可以刷漆我应该跟他商量把卧室刷成黑白相间的颜色。”

“……”代舒握拳捶在他背上，“我带回来的好吃的都给阿迟哥！你不要吃了！”

林天阳咳了下，代舒想起来他还是个病号，连忙道歉：“没事吧？我给你吃，给你吃。”

“吃什么？”

“你想吃什么吃什么……”代舒怕怕的，她说不清这种感觉哪来的，就觉得这个林天阳和那天在机场分别时的林天阳不是一个人了。

她去厨房，看见电饭煲里已经焖好了饭，把从家里带的她妈做的小菜都端出来。

豆干、萝卜条、海螺肉、辣章鱼。

都是下饭的好东西。

吃饭的时候，林天阳的表情似乎开心了一些，果然美食能治愈一切坏情绪。

饭吃到一半，摄像师递过来一张任务卡，要求他们去探望生命中对自己影响最大的一个人，带着新年礼物送去新年祝福。

林天阳放下卡片，跟代舒说：“我带你去看看我大学老师吧，他是我音乐道路的启蒙人，是学校音乐社团的老师。”

“哦，是教音乐的老师？”

“不是，计算机系的老师。”

“你音乐是计算机老师教的啊？”

林天阳拿乐评人攻击他的话自嘲：“所以不专业嘛。”

他给老师打电话约了一下，老师那边早就收到了节目组的录制邀请，很开心地让他下午就过去。

出门的时候天阴阴的，到了学校时飘起了小雪。

林天阳撑着伞给代舒挡雪，代舒现在心里已经有些委屈了。她纠结着挽上了他的手臂，小声解释了一句：“路上滑。”

林天阳“嗯”了一声，步伐慢了些。

或许是期末复习周的缘故，校园里的学生并不太多。代舒还挺好奇的，东看看西看看。当初认识林天阳的时候他刚刚大学毕业，阿迟还在学校读大四，他来看林天阳的时候总带着学校食堂的包子，可这个学校代舒却是没来过的。

机房里有不少在上机练习的学生，林天阳走向熟悉的三号房，透过玻璃门看坐在讲台上的老师，朝他挥了挥手。

不仅是李老师看见了他，还有正在上机的学生也看见了，安静的白色房子立马躁动起来，李老师维持了两次秩序都没管住。

林天阳伸手，食指指向楼上，在学生们没冲出来围观他之前拉着代舒上了二楼的办公室。

没一会儿李老师也上来了，笑容和蔼地先伸手跟代舒握了握，夸赞她：“我在电视上看过你们的节目，天阳真是好福气，找了个这么漂亮、优秀的女孩子。”

代舒不好意思地笑，往林天阳身后站了站，留出位置让他们师生聊。

“老师，耽误您讲课了吧？”

“没事，这节课本来就是答疑课，都在上自习呢。”

林天阳正式地给代舒介绍了一下这位老师：“我大学读的是计算机系，李老师是我的班主任，也是学校音乐社团的负责人，当时我们乐队能组起来就是他指导的。”

“嗯，我知道，你们那个电影里面有讲到李老师。”

李老师呵呵地笑，请他们坐下，跟代舒说以前的事：“那时候天阳的专业课其实很好的，我也没想到他们几个毕业生居然真的要玩音乐，工作都不找了，一门心思地写歌卖歌、参加比赛、去酒吧演出，天阳住的那个地下室，我也去过，哪里是人住的地方啊，又潮又湿，我都害怕过不了冬。”

代舒扭头看向林天阳，不知道是不是记忆经过美化出现了偏差，她倒觉得他那个地下室也没那么糟，起码他收拾得很整洁。当时她躺在椅子上睡觉，看吊灯四周飘着的大概是灰尘一类的小颗粒，觉得它们被灯光照得闪闪发光。

林天阳知道老师对着镜头不自在，主动地接过了话题：“当时李老师怕伤我们几个年轻人的自尊，不敢直接给我们钱，就给我些散活儿，一些编程的小活儿，其实很简单，我都不知道是不是真的有这么个活儿，还是老师自己出个考试题让我来做，薪酬还很高，干一次活儿能撑过好几个星期的那种。”

“哈哈，你还好，知识能力都够，原平跟麦子那两人上学的时候就次次在挂科边缘游走，我给他们找活儿都没法找，只能让他们给我整理课件、批批作业，意思意思给点工资。”李老师手机响了，他看了一眼屏幕，按下接通，“嘿，说曹操，曹操到。喂，在二楼办公室呢，来吧来吧，天阳已经到了。”

“谁呀？”林天阳装作不知情。

“中午你跟我说你要来，我就给原平和麦子打电话把他们都叫来了。”

办公室外面响起了两声敲门声，随着李老师的一声“请进”，那两人从外面探进头来，不约而同“哟”了一声。

林天阳站起来迎上去和两人拥抱，然后拍拍麦子的背：“怎么又胖了？”

“开饭店嘛，老板不胖那饭菜肯定不好吃啊。”麦子开玩笑道，扭头盯着代舒看了几秒，手在裤子上擦了擦汗才伸出来，“哎哟，这不是著名的女主播代老师吗，您好您好。”

代舒原本知道要见老朋友了还很高兴，被他这么一说，哭笑不得地跟他握了握手，等摄像师转身去拍原平的时候，她狠狠瞪了他一眼，对方朝她呵呵地笑。

几人重新落座，麦子问起阿迟来，林天阳回答：“他在公司有点事，很快就来。”

他们聊得热热闹闹，阿迟忙完公事姗姗来迟，一见到李老师就做了个摇滚的手势：“老师你怎么不穿皮衣皮裤了？一点都不摇滚！”

“你师母不让我穿，我这不是老寒腿吗，得保暖。”李老师拽了拽自己的裤子，露出里面的蓝色秋裤，“再摇滚也得向秋裤势力低头。”

聊起当年乐团的趣事，原平忽然说了一句：“咱们去阶梯教室合奏一首吧，我好多年没碰过吉他了。”

阿迟沉默了片刻，他从来不觉得当年乐队解散要怪原平和麦子，他们比他高一级，毕了业还当“无业歌手”，不论是从生活条件还是心理压力上都挺难的。他算是运气好，跟着林天阳去日本，在那里组建新乐队，被Mary发现以后很快就把他们捧红了。

不是所有的梦想都能有机会实现，原平和麦子差了一点点运气，也差了一点点坚持。

“好啊！”李老师穿上羽绒服站了起来，乐器室的钥匙他时刻挂在腰带上，“我也体会一下跟大明星同台演出的感觉。”

“不如去操场吧。”阿迟提议，当年的毕业晚会，他们就是在夜色中的操场主席台上表演的，那一晚舞台、灯光、观众的叫喊、离别的惆怅……所有的一切都是那么美好。

这样临时加演的项目是台本里没设计的，外面还飘着雪，导演安排场工们迅速地布置机位，人手不够，架子鼓等乐器是林天阳他们抬上主席台的。

代舒也想帮忙搬乐器，被阿迟赶走了，让她去跑道边上当观众。

代舒只得听话，揣着手仰着头看向主席台上忙碌的几人。一会儿，看见林天阳走了过来，手里拿着什么东西。

他走近，她看清他手里拿了片撕开包装的暖宝宝，他正在用手搓热表面，走到她旁边把已经温热的暖宝宝递给她：“外面冷，贴肚子上。”

“哦。”代舒接过去，看他要走，一把拉住他手，抽着鼻子问，“我怎么了啊？”

林天阳皱眉：“什么怎么了？”

“我怎么惹你了，你为什么不理我啊？”

林天阳指指她手里的暖宝宝：“我没不理你。”

代舒没松手，固执地瞪着他。

林天阳被瞪了一会儿，有点儿想笑，他问助理要了把雨伞，撑开："别淋湿头发，我要上台了。"

代舒这才放开他。

原平和麦子正在试音，几个人还是决定唱毕业晚会上唱过的歌，那首谱子练过那么多次，最熟悉。

第一段是李老师唱的。

"常常责怪自己当初不应该 / 常常后悔没有把你留下来……"

代舒没想到老师的嗓音这么好听，和平时说话不太一样，好像换了个人似的。

第二段换成了林天阳唱，他的声音还是她熟悉的那样，可不知道为什么一听到他的声音代舒就想哭。

"谁知道又和你相遇在人海 / 命运如此安排总叫人无奈 / 这些年过得不好不坏 / 只是好像少了一个人存在 / 而我渐渐明白 / 你仍然是我不变的关怀……"

操场上不知不觉聚集了很多闻讯而来的学生，他们有的戴着帽子，有的打着伞，看不清楚表情，可他们都聚集在代舒的身后，跟着林天阳一起合唱。

代舒努力把眼泪憋回去，抽了抽鼻子，也唱起来。

"有多少爱可以重来 / 有多少人愿意等待 / 当懂得珍惜以后回来 / 却不知那份爱会不会还在 / 当爱情已经桑田沧海 / 是否还有勇气去爱……"

他们录完节目的时候，操场里已经聚了很多学生，林天阳跟阿迟只好从主席台直接走下来，转过一个办公室从别的出口离开。

下台之前林天阳朝代舒招了招手，不知道她是不是没看见，傻愣愣地站在原地没动弹。

过了将近半个小时，她才跟工作人员一起出现，学校部分拍完了，麦子豪气地请全摄制组的人在他的饭店吃饭。

聚餐的画面没有录，包间里只剩"自己人"，大家说话也都放开了许多。

原平是当年最早离开的，并不清楚林天阳跟代舒的事，还以为他们早就在一起了，问代舒："你们这是好事将近了，所以上个节目给粉丝打打预防针？"

“没有没有。”代舒不知道怎么解释，“我们碰巧都参加这个节目而已。”

原平不相信，以为他们是想保密，朝她抬抬下巴，敬了杯酒：“行，碰巧。”

这顿饭吃到了晚上十点多，林天阳跟代舒第二天还有录制任务，都没喝酒，怕上镜不好看。其他几个哥们儿则喝得酩酊大醉，阿迟最夸张，喝到最后还哭起来了：“你说你们怎么就退出了嘛，不然现在还是咱们几个，咱们就红了。”

代舒就坐在他旁边，看他哭也有些慌乱，不停拍阿迟的后背安慰他，让他别哭了，顺便用阿迟手机给 Mary 打电话让她快过来。

Mary 正在附近的咖啡馆跟人谈事，接到电话过来以后把阿迟带走，再看看清醒的林天阳，问他要不要回公寓，明早再去新房录制。

林天阳摇头：“麻烦，去新房那边酒店住。”

Mary 不太放心地看了一眼代舒，把林天阳酒店房间的房卡给他：“你最好是在你自己的房间里乖乖睡觉。”

代舒感受到了林天阳经纪人的敌意，但也无可奈何，毕竟 Mary 的感觉还是挺对的，她对林天阳是有些“心怀不轨”的……

车子开到他们住的酒店停下，林天阳熄火，代舒却不肯下车。

林天阳疑惑地看她。

代舒指指前面：“去新家吧。”

“今晚不录制，没喝酒也醉了？”

“没醉……林天阳，我们谈谈吧。”

“谈什么？”

“谈你为什么不回我信息……”代舒声音小了下去，“我怎么惹你不高兴了吗，说说。”

“我没有不高兴。”林天阳把车子启动起来，开暖风，“我高不高兴很重要吗？”

“是啊。”代舒挠挠头，“我们现在不是一起做节目呢？就算没有节目，我们，我们也算朋友吧……”

“不是朋友。”

“啊？”

“五年前的跨年夜，你没来，我们就不是朋友了。”

“跨年夜？”代舒思索了一下，“哦，好像有印象，你约我去摩天轮广场看烟花是吧？”

他那么刻骨铭心的悲惨记忆，在她那里居然只是“有印象”？

林天阳有些气愤，话赶话地把那些不愿意提起的事说了出来：“我等了你一整夜。”

代舒惊讶地看着他，看了几秒钟，伸手想摸摸他头，觉得不合适，在他手臂上蹭了两下：“你傻呀，我不去你干吗不回去？”

“我给你打电话，你不接，发信息也不回，我怕你出事又怕你找不到我，只能站在那里等着。”林天阳觉得自己说得太卑微了，他不想这样的。

“那你等到第二天才回去的啊？你……”

“我没回去，我去你家找你了，在火车站又待了一天。”

代舒的眼睛瞪大，这一段她真的不知道。

林天阳被她那看起来很无辜的表情气得牙痒，冷笑一声：“你不会把你给我发了什么信息也忘了吧？”

“我发了什么信息？”

“你说你不喜欢我，让我别再骚扰你了。”

“啊？”代舒摇头，“我没说过。”

“那是谁说的？你手机被偷了吗？小偷这么闲？”林天阳攥着代舒的手腕，“你知道我当时多难受吗，两天两夜没睡觉，等来的却是这种话，你甚至连见我一面都不愿意，有必要做那么绝吗？”

“你弄疼我了……”

林天阳松开她的手腕，转而又握紧，生气地问她：“你弄疼我的时候我说什么了吗？”

“我没弄疼你，那不是我说的，我手机被我爸拿走了，大概是他发给你的。”

“什么？”林天阳难以置信地看着她。

代舒趁他发呆，把手抽回来，揉着自己的手腕，闷闷地说着从前的事：“那天我爸给我打电话，哭着说我妈要跟他离婚，我就回了一趟家，知道是我爸出轨被我妈抓了现行，我就说支持他们离婚，结果我爸怕我撺掇我妈，就把我关屋里了，手机也拿走了。”

“就这样？”

“对，就这样。”

“可是你两个月没有出现，面都不跟我见一次。”

“放寒假啊！过年啊！我爸妈离婚我在家待着啊！”代舒委屈地朝他吼，“你才比较过分吧！开学以后你就不见了，我也找了你很久啊，不止两天两夜，你都没跟我交代一声就去日本了！”

林天阳被她吼得暂时忘记思考，只觉得荒诞可笑，他们之间这么多年的恩、怨、情、仇，最后得到这样一个解释？

代舒没给他太多时间，解开安全带，推开车门要下车：“不只是你需要我的时候我不在，我需要你的时候你也没在啊，你有什么理由对我这么爱搭不理的？你说不是朋友，那就不是朋友吧，演完这个节目咱们就江湖再见，老死不相往来吧！”

林天阳慢了两步，猛地反应过来，要追过去，却在下车的瞬间感觉到了有人在跟踪。他停住脚步，往回看了两眼，把外套的帽子戴上，慢慢走进酒店。

他想起Mary警告的那句让他待在自己房间里的话，只怕是她收到了什么风声，让他谨慎行事。

林天阳没有追去代舒房间，而是回了自己屋，躺在床上望着天花板思考代舒说的那些话，越想越觉得不对劲，她话里还是有些说不通的地方。

不过自己当时确实年少气盛，少了些耐心。

林天阳忽然有些茫然，如果那些狠心的短信不是代舒发的，如果真是自己错怪了她这么多年，那她还怪可怜的……

他一颗心如同烈火烹油，是不符合黑夜气质的热烈与喧嚣。

手机震了一下，代舒发的短信，就两个字：“道歉。”

林天阳回了一句：“没关系。”

代舒发来满屏感叹号：“我说让你道歉！”

“哦，对不起。”他十分顺从。

“为什么？”

什么为什么？为什么道歉？不是她让自己道歉的吗……

林天阳摸着脖子，犹豫着回了条：“因为喜欢你。”

再见是在第二天清早的新房。

早餐是林天阳做的，快吃完的时候节目组安排让代舒帮林天阳刮胡子。

两个人穿得像是拍广告似的，白色衬衣，深灰色家居裤。代舒坐在洗手台上，林天阳站在她面前，扬着下巴。

代舒拿着剃须刀比画半天，说了一句：“我不会啊。”

“没事，命给你了，随心刮。”他闭着眼睛由她摆布。

代舒小心翼翼地用刮胡刀一下下把泡沫跟胡茬刮掉，能感觉到硬硬的颗粒感变得顺滑，怎么形容呢，反正比她修眉的时候还带劲。

林天阳睁开眼，看见她那么兴奋地刮胡子，忍不住问：“怎么感觉你在给要宰杀的猪剃毛？”

他忽然开口吓得她手一抖，瞬间在他下巴上划了道口子，血立马流了出来。

“咝——”代舒看得肉疼，手忙脚乱地拿纸给他捂着伤口，“疼不疼？你干吗忽然说话啊？”

“不疼，我自己也会刮破。”林天阳安慰她，抬手打开上面的柜子，拿了片创可贴撕开给自己贴上，“还有点儿没刮完呢，继续吧。”

代舒有些后怕，把刮胡刀递给林天阳：“还是你自己来吧，我手生。”

“一回生，二回熟。”

“……”代舒全神贯注地把剩下的部分刮完了，然后用温水泡的毛巾仔细帮他把脸擦干净。

刮完胡子格外清爽的林天阳打算带代舒下楼，去小区的健身区那里锻炼一会儿。

通常周末的社区比往常热闹些，会有不少爷爷奶奶领着小朋友在楼下玩，然而今天他们下了楼才发现外面几乎没人，偶尔有匆匆经过的人也都戴着口罩。

健身区离他们不过几十米，看起来却像是隔着千山万水，朦朦胧胧难以看清。

两人观察了一会儿雾霾天，最后决定在家运动。

代舒从阳台拖出来一张瑜伽垫，用抹布擦干净，站在上面做各种瑜伽姿势，完成一套吐纳以后舒了口气，让出垫子，指挥刚榨完果汁的林天阳过去做运动。

林天阳让她把梨子百香果汁先喝掉，缓一缓刚才吸霾造成的身体伤害。

她边喝，边用脚把垫子踢到他脚下："你也做一套动作，很舒服的。"

"好。"林天阳今天似乎格外好说话，"怎么做？"

代舒放下果汁，从手机软件里选了一首柔缓的音乐，声音开到最大。

"你先做一个半莲花盘吧，对，坐下，盘腿。"她把林天阳的一只腿往上盘，看林天阳左摇右晃地坐不稳，又松开他，"你不会盘腿吗？算了，你怎么稳怎么坐吧。"

林天阳十分配合，半盘着腿，手结印搭在膝盖上，跟着代舒的指示"控制"他的气息。

"感受你的气流从你的胸腔经过，缓缓流入腹部……"

"我感受不到。"

"练功的时候不要说话，会分神。"

"代老师，我只是提出我的疑问。"

代舒背着手，还真有几分老师的风范。面对不配合学习的"坏学生"，她格外耐心，手触到他喉头，对他讲解："吸气。"

她手跟着气流方向往下移："流到胸口、小腹，在丹田处被温暖。"

"噗——"林天阳抓住她的手，"痒。"

"不教了，不教了，自己玩去吧。"

"别别别，代老师，我觉得我还可以挽救一下，别练吐气了行吗，做点动作。"林天阳拉住代舒，爬起来侧身伸腿，"这样做的是不是？"

他学着代舒刚才做过的姿势，一条腿后伸，一条腿屈到胸前，头往后仰。

"这是骑马式。"代舒帮他纠正动作，"身体尽量下沉，腿伸直，两条大腿成一线……"

"谁家骑马这么骑啊？"林天阳做了一会儿身子又开始摇晃，"我觉得设计动作的人对骑马有什么误会。”

“练瑜伽要心平气和，你不要总抱怨。”代舒伸出食指把他额角的一滴汗抹掉，“那你还要不要练了？”

“可以选择不吗？”

“不可以。下一个，猛虎下山式。”

“我想学跪地磕头式……”林天阳收回酸痛的腿，耍赖地躺在垫子上，不起来了。

代舒用脚尖轻轻踢他的腰背：“那做个简单的，树式，站着就行。”

“不站，累，我要躺着。”

代舒说不动他，干脆坐在沙发上，舒服地倚靠着：“那你躺着吧。”

两人一个在地上，一个在沙发上休息，代舒的脚随意放着，轻搭在林天阳的小腿上。

“给你念首诗吧，是我当初艺考时的自备项目。”

“好。”

“如果有来生，要做一棵树，站成永恒，没有悲欢的姿势。一半在土里安详，一半在风里飞扬……”

她的声音成熟又悠扬，在这天气不好的日子里也让人心情愉悦。

他禁不住轻声应和：“……如果有来生，希望每次相遇，都能化作永恒。”

【第七期小黑屋采访】

导演：看到家里变成粉色是不是很感动？

代舒：对呀，以为是他送我的礼物。

导演：那知道是楼上先生的主意后有没有失望？

代舒：还好吧，起码林天阳没要求人家真的去刷黑白相间色。

导演：……怎么感觉你突然对他包容了很多？

代舒：放低自己的要求才能过得开心，我最近信佛。

导演：见到林天阳以前的老师和朋友，有什么感觉？

代舒：知道了很多不知道的事情，原来他以前是那样的性格，原来他以前还过了那么惨的生活，觉得挺心疼的。

导演：喜欢带她见朋友吗？

林天阳：嗯，感觉她挺开心的。有种奇怪的感觉，仿佛这样的场景在梦里出现过，记不清什么时候的梦，就觉得我们在唱歌，她在看着我们，就像真的发生过一样。

导演：你们穿秋裤吗？

代舒：这是什么性格测试题吗？为什么问这么奇怪的问题？

林天阳：穿，之前在地下室待久了，有风湿性关节炎，阴天下雨膝盖会疼。

代舒：穿秋裤没法穿裙子。

林天阳：我会说服代舒也穿秋裤的。

导演：喜欢代舒帮你刮胡子吗？

林天阳：喜欢。

导演：刮破脸也喜欢？

林天阳：没事，我可以不要脸。

导演：呵呵。

导演：一起锻炼身体什么感觉？

代舒：他太硬了。

林天阳：她真软。

导演：……我只是想问问你们有没有老夫老妻的感觉，你们在说什么乱七八糟的事情！

代舒：他筋骨就是很硬啊，都趴不下去。

林天阳：（皱眉看导演）你在想什么乱七八糟的事情？

第八期

○ ● ●

两个家庭的聚会

岁月静好也没静多久，临近中午，接到另一组嘉宾的电话，邀请他们去吃午饭，顺便帮忙带孩子。

两人出发了才商量着带点什么礼物给小朋友合适。

“买糖吧？”林天阳提议。

“别送吃的了，小朋友身体弱，很多东西不能随便吃的。”

“那就送洋娃娃？小女孩不是都喜欢那种吗，他们家大的那个五岁，小的……小的是男孩吧？送小汽车得了。”

“太敷衍了吧……小的不是才两岁？两岁会玩小汽车吗？”

又被否定，林天阳好脾气地问：“那你觉得送什么好？”

“我不知道，我本来想送他们新衣服的，可是也不知道他们身高体重。”

“那就送衣服，问问售货员他们穿什么码合适，买大点没关系，以后还能穿。”林天阳依旧想帮她做广告，“你卖童装吗？”

“不卖。林天阳你抠门死了，就不能花钱买点东西吗？干吗总想从我工作室拿啊。”代舒抓狂。

林天阳笑起来：“我要攒钱给你买大钻戒。”

代舒拒绝了这个话题，低头抠指甲：“我的指甲油没涂好，掉色了。”

“嗯？不是有那种烤的机器，烤一烤就能定型，不会掉色的。”

“也会掉的，我这个就烤的，自己烤的，我买了一个机器。”代舒逗他，“回家我给你涂一个吧？我涂得很好的。”

“吹牛，你自己的都没涂好。”林天阳侧头看了她一眼，又改口，“好吧，给我画个机器猫，会吗？”

“行吧，我研究一下。”代舒满口答应。

两人都快到邱天家了也没商量好买什么，最后在路边一家玩具店买了最稳妥的毛绒玩具，还是毛不太长的那种。

站在门口按了门铃，里面的男人喊了声“稍等”，不一会儿门就被打开。

林天阳跟邱天见过两次，但是不熟，正要握手打招呼的时候，迎面跑过来一团蓝蓝的肉球，一头撞在了林天阳腿上。

他赤着脚，跑过来的时候像只小鸭子似的嘎嘎笑，撞到林天阳以后抬头看了看，这一看，发现是自己不认识的人，立马蒙了，然后几乎是一瞬间，眼泪充满了眼眶，撇着嘴去找邱天，委屈地哭了起来。

代舒偷笑：“你把小朋友吓哭了，不要那么严肃啊。”

林天阳很尴尬地站着，扯出个笑来，跟小男孩摆摆手，说了声：“嗨。”

小孩哭得更厉害了，张着手扒拉着邱天要抱抱，邱天虽然不耐烦，还是把他拎起来，让他坐在自己胳膊上，招呼林天阳两人去沙发上坐。

林天阳把带来的礼物放在了玄关，往客厅走了几步，看见卧室里走出来穿着同款裙子的“母女”。林天阳还没说话，就见邱天的妻子拉着小孩子雀跃地跑去邱天身后，一副害羞的样子。

邱天无语地告诉林天阳：“她是你的歌迷。”

林天阳想起来了：“你们去听过我演唱会是不是？KISS TIME 的时候还拍到你们了。”

“对。喂，金多宝，你别揪我毛衣。”他把妻子拉到前面，似乎很不满她为了别的男人这么激动，把怀里的小男孩递给她，“我去弄喝的，他刚才好像又拉臭臭了，你给他换个纸尿裤。”

“邱爸爸我要喝草莓牛奶。”开朗的小女孩追着邱天进厨房。

“没有草莓，只有牛奶。”邱天挥挥手，“找你妈玩去，别进厨房，厨房危险。”

代舒之前在电视上看见这一家子，觉得特别吵闹，可是亲眼看见那些摄像机没能捕捉到的场景又觉得很有意思。

邱天端了大麦茶出来，坐在茶几对面的矮凳上长长地舒了一口气：“当初接这个节目的时候说是给我个机会让我陪太太谈恋爱，真是上当了，这两个小魔头太可怕了，真希望赛季赶紧开始，我想回去踢球。”

代舒乐不可支，看着坐在她身边乖巧地喝蜂蜜牛奶的小女孩，安慰邱天："楚楚很乖啊。"

邱天捂着下巴，看向小女孩："楚楚，你觉得这个阿姨怎么样？要不要去他们家玩？"

"金妈妈说不能随便跟陌生人走。"

"这不是陌生人，我有他们家电话，你带着奕奕去他们家玩两天，他们带你们去游乐场玩，还带你们吃好吃的，去吗？"

"邱爸爸你在考验我吗？我不去，我不会被吃的和玩的诱惑。"

邱天无奈地笑："你真是个好孩子。"

代舒握拳在嘴边，憋笑憋得咳嗽，她觉得邱天是真的想把两个孩子送到他们那里，这样就可以带着他太太出去玩了。

金多宝抱着换了新尿不湿的小家伙落座，嗔怪地瞪了邱天一眼："你不要总是当着孩子的面瞎说，他们会没有安全感的。"

"你不要当着我的面一直盯着别人老公看，我也会没有安全感。"

他俩旁若无人地斗嘴，代舒忽然想起来之前看过的网友评价，说自己跟林天阳是"尬甜"，果然演戏跟真情流露还是不一样的，这小两口就这么坐在一起，一举一动她都觉得透着爱。

午饭是在外面吃的，吃完饭邱天夫妇俩要带奕奕去医院打预防针，所以才拜托林天阳他们送楚楚去参加亲子园的活动。

到了亲子园教室门口，老师说只能一位家长陪同进教室，代舒戳戳林天阳的背，他扭头看她，抠了抠太阳穴，领着楚楚进了屋。

教室前后两张大玻璃门，代舒就趴在后门上看里面的情形。

她看见和蔼的女老师似乎特别介绍了一下林天阳，然后其他的家长都放下了手里的瑜伽球热烈鼓掌欢迎他。

这个亲子活动大概就是拍手唱儿歌，然后蹦蹦跳跳地做一套儿童体操。

就林天阳那硬胳膊硬腿的居然还被老师表扬了，然后让他带着楚楚站在台上领操。

代舒把他做操的全程都录了下来，自己看了两遍回味还不够，把这段小视频群发给了阿迟、唐哲、明第。

一分钟后，她的手机收到了他们同时发来的回复。

阿迟：“地址！求围观！”

唐哲：“Word 妈！公司要倒闭了吗？队长上街卖艺去了？”

明第：“傻瓜！”

他们在代舒面前还算有风度，转头给林天阳发的信息就很不客气了。

林天阳刚从台上下来，就看见队员们在群里疯狂地吐槽，往上滑还有阿迟转发的那段代舒录制的小视频。

唐哲：“大哥，你们秀恩爱全国观众都在看，没必要刺激兄弟几个吧？”

阿迟：“你听听代舒笑的，那股恋爱的酸臭味隔着屏幕我都闻到了！”

明第：“劝劝你的女朋友，我们不想知道你们怎么恋爱的。”

林天阳：“你们都说是我女朋友了，让一下怎么了？”

唐哲和阿迟秒怂：“没怎么。”

明第还在嘲讽：“呵呵。”

林天阳：“明第，这几天的饭你不要吃了，不会给你做的。”

为了生计，明第迅速改口：“祝你们白头到老，永结同心，早生贵子，啾咪。”

林天阳把手机收起来，继续参加亲子课程，楚楚坐在他身前捏黏土，捏了个不知道什么玩意儿，红红绿绿的。林天阳加入到她的创作活动中，问她：“这是个外星人吗？”

“不，是公主。”

“外星公主吗？”

楚楚扭头看他，大眼睛里分分钟要蓄满眼泪。

林天阳心虚地不敢跟她对视，怕看见她哭，用粉色的黏土捏了个方块：“看，公主的提包。”

“公主怎么会提包呢？公主有仆人的。”

“那我给公主捏顶草帽，不对，礼帽……”

这堂亲子课在林天阳看来无比漫长，终于等到下课，他拉着楚楚飞奔出去找代舒，把楚楚的手塞到她手里，满腹心酸："她的问题太多了，我答不上来。"

代舒拍拍他的肩，看见他脖子上有汗，抽了张纸巾替他擦脖子。

林天阳弯腰抻着头方便她擦，很自然地说了声："谢谢。"

"叔叔，你为什么不亲阿姨？"楚楚忽然冒出来这么一句，"金妈妈帮邱爸爸做了什么事，邱爸爸就会亲她的。"

"……"代舒把纸巾拿开，跟楚楚胡扯，"阿姨学雷锋，做好事不留名。"

"什么是留名？"楚楚有些不解，"阿姨，我说的是叔叔为什么不亲你？"

"叔叔……"代舒编不下去了，赶紧拿吃的转移她的注意力，"你饿不饿啊，带你去吃下午茶好不好？"

楚楚果然被食物吸引，点点头："我要吃那种有高高的摩天轮架子装着的点心。"

这么高级的？

代舒一口应允，牵着她的手带她去找有高高的摩天轮架子装着点心的餐厅，连菜单都给她，让她照着图片点单。

代舒和楚楚坐在一侧，林天阳坐在她们的对面，看着这一大一小认真地聊天。

有手机短信进来，是邱天让他回去的时候买两棵葱。

他回了一句"好"，一抬头看见代舒给楚楚整理刘海儿的样子，感觉有些温柔。

他不动声色地打开相机，在代舒没注意的时候拍了一张她的侧脸。

照片没对好焦，有些虚了。

就像他钱夹里的那张被烛火遮挡住的她的脸，连同她整个人都是不清晰的。

林天阳没有把照片设成屏保或是背景，连加密都没有。

他开了备忘录，在那些零星的灵感之间写下一句歌词：

"你是一种感觉，散在回忆里面。"

楚楚吃着核桃酥，好奇地看着不怎么说话的林天阳："叔叔，你跟阿姨也是一见钟情吗？"

"……"林天阳把手机收起来，托腮反问，"你知道谁跟谁一见钟情了？"

“邱爸爸说他第一次见到金妈妈就喜欢她，所以再见到她的时候就把她娶回家了。这就叫一见钟情。”

林天阳认真地回想了一下他跟代舒第一次见面的情景，记不太清了。那时候他喜欢去便利店吃泡面，地下室环境太差，吃饭时间是他用来放松的时间，所以哪怕是多花两块钱买个杯面，他也喜欢坐在便利店的窗边，边吃面边看外面的风景和人。

当时他并没有注意到收银员明薇，直到有天她换班在店里吃饭，端着一瓶草莓牛奶坐在他身边，还分给了他一颗卤蛋，疑惑地问他：“你每天都吃红烧牛肉味的，不会吃吐吗？”

印象里明薇那天应该穿了一件迷彩的牛仔外套，他就记得是个挺漂亮的小姑娘，化着淡妆，天不怕地不怕地塞给了他一颗卤蛋。

林天阳不知道自己有没有一见钟情，只知道后面的相处中，自己一天比一天更喜欢她，没什么理由，年少的喜欢哪有那么多理由。

楚楚还在等着他的回答，林天阳没看代舒，点了点头：“嗯，大概是一见钟情吧。”

楚楚“哦”了一声，天真地送上祝福：“那你们以后的宝宝一定也很可爱，妈妈说相爱的父母生下来的宝宝才可爱。”

林天阳开怀地笑了，摸了摸她的发顶：“那你的爸爸妈妈看来很相爱。”

楚楚用力点头。

吃过下午茶，他们就近买了邱天要的菜。冬日里天黑得早，楚楚走路有些磕绊，代舒把她抱起来，没两分钟就觉得手臂吃力。林天阳主动伸手，别扭地把孩子接了过去。

他以前没抱过孩子，楚楚被抱着也挺难受，自己调整了下姿势，找了个舒服的位置坐好，脑袋埋在他的肩上，有些犯困。

林天阳感受到一种奇异的被依赖感，他轻轻地把孩子抱到车子后排的儿童座椅上，开车时小声地跟代舒说：“小朋友真好，每天除了睡就是吃，要么就是烦恼着该玩什么。”

代舒回头看了一眼打鼾的楚楚：“希望他们慢点儿长大。”

楚楚在车上睡了一觉，到家的时候又变得活力满满，带着弟弟奕奕在屋里跑来跑去。跑够了就拉着林天阳给洋娃娃化妆，结果林天阳的审美水平惨遭嫌弃，她又把目光锁定在了代舒的身上。

林天阳以为自己能松口气了，刚在沙发上坐了没两分钟，穿着蓝衣服的小短腿拖着一筐玩具怯生生地站在了他的面前，眼睛里满是期待："玩积木！"

林天阳叹了口气，把小短腿手里的玩具筐拉到面前："好啊。"

邱天和金多宝在厨房里做饭，不时到客厅看看情况，还积极地撺掇俩孩子："喜欢他们就让他们住下来，明天继续陪你们玩。"

林天阳决定收回他说队友是孩子的话了，他现在才发现，就算是队里最调皮捣蛋的唐哲都比小鬼头要好管得多，起码他只要用不给他们做饭为威胁，那几个就会乖乖听话。

他去请教金多宝："怎么管他们啊？小孩子有没有什么软肋？"

金多宝诧异地望着他："为什么要找小朋友的软肋？你要用爱感化他们呀！"

说得林天阳暗自反省，觉得自己太世故。

可是一扭头，金多宝就跑去告诉代舒："如果楚楚不听话，你只要告诉她这个样子会不漂亮就可以啦，没有哪个爱美的小女孩能够接受这么可怕的惩罚。"

林天阳一头雾水：说好的用爱感化呢？

在奕奕和楚楚的依依不舍，以及邱天夫妇的苦苦挽留下，当然，主要还是在节目组的安排下，林天阳和代舒决定在邱天家暂住一晚。

金多宝把家里最大的客房收拾出来，代舒进屋帮忙套被子的时候看见林天阳拿枕头跟奕奕打着玩，等她收拾好就看到奕奕躺在林天阳怀里熟睡了。

楚楚拉着邱天听了会儿故事也睡着了，林天阳把奕奕送到姐姐床上，两个孩子的亲生妈妈进来陪宝宝睡觉，四个大人坐在客厅聊天。

他们计划好第二天去游乐园游玩的行程，聊了一会儿就各道晚安。邱天跟金多宝自然是进了一间屋子，林天阳跟代舒却只是在他们那间屋逛一圈，然后要收工去酒店。

林天阳跟代舒的编导说："外面风大，别来回折腾了，代舒今晚就住这里吧。"

代舒的助理提着她的行李帮她放进屋里，看林天阳似乎还有话要说，看了代舒一眼，悄悄退了出去。

屋里就剩他俩，代舒双手插在睡衣口袋里，仰着头问道："你有什么事吗？"

林天阳已经披上了外套，手在口袋里摸了半天，最后掏出一小瓶草莓牛奶给她："给你。"

"啊？"代舒接过去，"谢谢。"

林天阳倚在门后，想说什么，不知道怎么表达，贸然地说一句"我不怨你了，甚至还有些喜欢你"，很可能被她当成神经病吧？

代舒看他一直不走，拧开瓶盖，慢慢把奶喝光了："我喝完了。"

林天阳摸摸后脑勺儿，没什么理由待下去，只好摆摆手："晚安。"

清早的闹钟响起来，代舒才发现在邱家过夜是多么方便，不然她现在应该已经在酒店化好妆往这边走了。

她习惯性地围着被子坐在床头出神，脑子里过了一遍今天要做的事情。

有人敲门，她以为是金多宝来喊她起床，正要说一声"马上"，门就被推开了。

林天阳顶着一头被风吹得有些凌乱的头发走进来，自己还困惑地问了一句："咦？你怎么没锁门？"

"你怎么没等我同意就进来了？"代舒睡觉习惯不锁门，她不喜欢封闭空间，"万一你进门的时候我正在换衣服怎么办？"

看起来没睡醒的林天阳似乎想象了一下那个画面，脸红了。

"……"代舒朝他扔了个枕头，"你先出去啊！"

"导演说要拍起床的画面。"林天阳解释。

"那也要做好造型才拍吧，你……你先出去！"

"哦。"林天阳摸了摸鼻子，退出去了，等化妆师给两人整理好了又一起进屋。

确实要拍起床的画面，不过是等两个人都做好了造型才让他们躺到床上假装睡觉。导演把早就醒了的奕奕放进卧室，小朋友的叫醒服务十分到位，小短腿费力地爬上了床，骑到林天阳腰上亲他脸。

林天阳被拱得痒痒的，睁开眼用下巴上的胡子扎他，扎得奕奕哈哈大笑。

虽说都是照着台本演，可孩子还是更单纯些，他喜欢谁就跟谁好，喜欢谁就找谁玩。

跟林天阳闹过一阵的奕奕，满嘴哈喇子就爬向了代舒，才爬到一半，被林天阳揪过去，架着胳膊举起来："走咯，出去玩！"

简单地吃过早饭，六个人同坐一辆商务别克向着游乐场出发。

奕奕还小，不懂要出去干什么，卡在儿童座椅里皱着小眉头看车载电视，有滋有味地嘬着手指头。

楚楚则跟代舒聊着要玩旋转木马，还要穿辛德瑞拉的漂亮裙子。

金多宝难得清闲，坐在后排问林天阳："你有什么想玩的项目没？"

林天阳想了想，摇摇头："你们去玩吧，我看孩子，有些项目他们没法玩。"

"轮流看嘛，去都去了就放松一下吧，你平时肯定没机会在这种公共场所玩吧？"

金多宝正在撺掇，开车的邱天忽然看了一眼后视镜："金多宝，把你口水擦一擦。"

"啊？"金多宝无意识地在嘴角一抹，立马意识到他在耍自己，朝他做了个鬼脸，无情地跟自己偶像揭老公的短，"我跟你说，邱天特怕鬼屋，每次去鬼屋都吓得哇哇大叫，还要向我求救。"

车里的人听到这话都抬头看向邱天，邱天咳了两声，脸有些红。

代舒还真不知道林天阳怕不怕这种，问他："你怕鬼屋吗？"

"不怕。"林天阳毫不迟疑地答，看代舒有些不相信，补充道，"真不怕，我以前在迪士尼打过工，在鬼屋扮演吸血鬼。"

他说完还龇了下大白牙，把楚楚给逗笑了。

"真的假的啊？"代舒有些信了，忍不住想知道更多，"那你天天待在那里面多吓人啊。"

"是我们吓别人呀，扮鬼的那些都是一起吃饭的同事，怕什么啊。"林天阳一脸淡定，"我之前有首歌叫《孤独胆小鬼》，就是工作的时候写的，一边礼貌性地吓吓人，一边把他们叫喊的话记下来。”

“哈哈哈，我知道！用了七种语言唱的那首！”忠实歌迷金多宝哼唱起来，“我的妈呀吓死我了……”

“金多宝，你影响我开车了。”

“……”金多宝闭嘴，郁闷地把奕奕的手从他嘴里拿出来，用湿巾给他擦干净又塞了回去。

代舒看向林天阳，他怎么那么棒呢，那些苦哈哈的日子在他嘴里总是风轻云淡的，好像不管经历什么他都能写成歌唱出来，他的生命就像他的名字一样，充满了阳光。

难怪会有那么多人喜欢他。

她的眼神被他捕捉到，林天阳回了个微笑，结果代舒扭头不看他了。

不知道自己做错了什么的林天阳正纳闷，代舒鼓着腮帮子又偷偷看了他一眼，林天阳学她把腮帮子鼓起来，代舒一愣，“噗”的一声漏了气。

他们一路说笑着到了游乐场，因为买了快速通道的票，所以节省了排队的时间，金多宝带两个孩子去城堡里换装的时候，邱天推推林天阳的肩让他带代舒先去鬼屋玩。

林天阳笑着说：“我真不害怕那个，没什么好玩的啊。”

邱天也笑：“兄弟你是真没谈过恋爱啊？你不害怕人代舒还怕呢。”

林天阳摸了摸脖子，反问：“你谈过很多次恋爱吗？”

邱天不回答，只是又推了他一把：“去吧去吧，鬼屋最好玩了。”

林天阳只好问代舒：“怕鬼屋吗？去不去玩？”

代舒其实挺害怕的，强装镇定：“都是假的对吧？”

“当然都是假的。”林天阳接过摄制组给的自拍杆和夜拍仪，“你害怕就往我身边躲，千万别打人工作人员，他们很无辜。”

代舒笑出声，站在他面前等他给自己戴绑着夜拍仪的帽子。

林天阳刚给她试戴了一下，摇了摇头：“一会儿你跳起来肯定会掉，我戴吧。”

“你干吗说得我胆子那么小！”

“哦，你胆子不小吗？”

代舒想了想，点头：“很小。”

他把帽子自己戴好，伸出手来：“走吧，胆小鬼。”

“胆小鬼也是鬼，都是鬼的话其他鬼就会照顾我一下了吧？”她碎碎念着，没拉手，揪住了他的袖子。

经过节目组跟园区的协商，他们俩单独走一圈，整个鬼屋的“鬼”都只给他们俩服务。

刚走过门帘，外面的光完全消失，前方是绿森森的光。林天阳很有经验地告诉代舒：“应该会弹出来只白森森的手或者跳出来个骷髅鬼。”

他话音刚落，前面就蹦出来一个骷髅鬼，两手放在脸前吓唬他们。

林天阳伸手跟“鬼”击了个掌，骷髅有点儿迷茫。

代舒却忽然立住脚步，转过身拔腿往外面跑，林天阳拉都拉不住。

等他在入口处追上她，代舒嘴唇苍白，颤着声音说：“我，我不想玩了，太吓人了。”

林天阳拍着她的背安慰：“好，那不玩了。”

他拉住她的手，带她回去找邱天他们，两个孩子已经打扮成了可爱的公主和王子，正一人拿着一个甜甜圈在舔。

邱天揪着他们两个的胳膊不让他们乱跑，看到林天阳抬了抬下巴：“这么快就玩完了？”

林天阳点了点头，看代舒脸色还是不太好，问她要不要去趟洗手间。

代舒点头，去了就近的洗手间。

等她出来的时候发现楚楚和奕奕就坐在洗手间外面的小亭子里，甜甜圈已经快吃完了。她拿出湿巾把他俩的手和嘴上的巧克力擦掉，问他们：“爸爸妈妈还有林叔叔呢？”

“去玩过山车了，让我们在这里等你。”楚楚指着不远处的唐老鸭，跟代舒说，“我们去找鸭鸭玩吧。”

代舒觉得不可思议，他们居然就这么把孩子扔这儿了？她四下张望，猜他们应该是在对孩子进行什么测验，不让他们跟陌生人离开。

她一只手拉一个小朋友，往那个穿着水手服的唐老鸭身边走去，穿唐老鸭衣服的工作人员偷懒，也不蹦蹦跳跳，就坐在长椅上，手里抱着一大筐棒棒糖，发给围在他周围的小朋友吃。

奕奕往前伸手，也想挤进去。

代舒把他护在身前，替他去向唐老鸭要糖。

可惜唐老鸭手里的最后一颗糖给了别人，小朋友们看到远处的米老鼠也开始发糖，又一拥而上去了那边。

奕奕委屈得眼睛里含了泪水，拽着代舒往米老鼠方向走，这时邱天夫妇回来了，手里拿着用好看的杯子装着的饮料，果然对孩子们进行起安全教育来，好像是表扬楚楚刚才没跟不认识的阿姨离开。

代舒跟在一家四口身后，稍微落后几步，那只懒懒的唐老鸭忽然晃到她身边，拍了拍她的肩。

她疑惑地望向他，他朝她招了招手，示意她跟着自己来。

代舒猜他是要带自己去找林天阳，于是跟了过去。

拐过一座城堡，唐老鸭停在一个小亭子前，跟老板要了一串彩虹棉花糖，递给代舒，让她吃。

代舒道了声谢："你带我过来干吗啊？"

唐老鸭指指棉花糖，再指指自己的嘴巴。

"带我来吃棉花糖？"

唐老鸭滑稽地蹲下去点了点头。

代舒咬了口棉花糖，越想越不对劲，她身边还跟着摄像师，林天阳肯定在附近的。

她的目光锁定在眼前这只肥硕的鸭子身上，一只手高举着棉花糖，一只手去摘唐老鸭的头套。两人一个追一个躲，棉花糖都已经融化变小，代舒才把头套翻开。果然是林天阳。

他满头大汗，头发都贴在脸上了，看着她笑。

代舒迅速地摸出手机，把他这蠢样子拍下来，棉花糖黏到手上了又慌忙去舔。

林天阳右手抱着头套，跟代舒说："我得找个地方把衣服换下来，不然小朋友看见唐老鸭是人扮的会崩溃的。"

代舒挽着"唐老鸭"毛茸茸的胳膊，觉得他这样子太逗了，主动把手里的棉花糖递给他吃："是不是很累啊？你出了好多汗。"

"嗯，闷。"林天阳低头咬了一口她给的糖，甜甜的，还没到嘴里就化了。

他看代舒心情很好的样子，用自己肥硕的鸭屁股顶了代舒的腰一下。

代舒笑着躲开，问他："干吗啊？"

他毛茸茸的手摸摸她脑袋："代舒，不怕啊。"

因为是陪着孩子们玩，他们放弃了所有惊险项目，最刺激的也就是坐着小火箭低空飞行。

穿着公主裙的楚楚要去坐旋转木马，林天阳煞有介事地问代舒害不害怕，代舒刚想跟他翻白眼，猛地被他抱起来放进南瓜车里，吓得叫出声来。

"你看，还是害怕的。"他笑着，坐进了南瓜车另一侧的位子上。

代舒往后倚，抬脚要踢他，被他握住脚腕往自己方向拖了拖："我跟没跟你说过，再踢我记得脱鞋。"

"放开我！"

林天阳松开她的脚踝，手撑在膝盖上托腮看着她。

音乐声响起来，机器慢慢地旋转，他们的南瓜车也上下移动。

代舒转头，看见跟他们平行的那个木马上坐着摄像大哥，稳如泰山地扛着机器拍他们。

她撩了撩头发，跟林天阳说："我要去见我的王子了，穿着我的玻璃鞋。"

"串戏了吧，楚楚才是辛德瑞拉。"林天阳看她还没反应过来，补充了一句，"辛德瑞拉就是灰姑娘。"

"啊，我记错了。那还有哪个公主是坐南瓜马车的？"

"嗯……南瓜精吧。"

代舒打他腿："你才南瓜精！"

“袋鼠说话说不清，袋鼠是个南瓜精……”他欠揍地又唱起来那首《小袋鼠》，摇头晃脑。

代舒鼓着腮，不想理他。

玩完旋转木马他们又逛了纪念品超市，接着去餐厅吃午饭。

林天阳给孩子买了很多玩具，两个小家伙都喜欢黏着他。

吃饭的时候楚楚害羞地跟林天阳说悄悄话：“林叔叔，我长大要嫁给你。”

这话被奕奕听见了，他正是爱学人说话的年纪，立马大声喊出来：“我长大要嫁给你！”

正在往桌子上摆放餐品的几个大人同时笑出声，就连楚楚也笑了。

她捂着嘴教育弟弟：“你是男生，林叔叔也是男的，你不能嫁给他！男生要跟女生结婚！”

奕奕发愣地听姐姐讲话，小脑袋还理解不了这么复杂的话。

林天阳捞起奕奕放在自己腿上，摸着他的脑袋跟他解释：“不是因为我们都是男生所以不能结婚，而是因为我已经跟代舒阿姨在一起了，所以就不能再跟别人结婚了。”

奕奕仍是似懂非懂，指着代舒说：“那我嫁给你们两个人！”

代舒捏了捏他的小胖手，开玩笑：“好呀。”

林天阳却很严肃地摇头，瞪了代舒一眼，不许她乱教小朋友：“结婚是两个人的事，不可以有第三个人。”

金多宝挑好虾线把一只大虾放在奕奕面前的盘子里，他立马被吸引了注意力，不再考虑结婚这么复杂的事情，专心地吃起虾来。

林天阳看楚楚还在盯着他看，把另一只虾夹给她：“你以后也会找到一个只跟你结婚的人的。”

虽然林天阳拒绝了他们的“求婚”，可分别的时候小朋友还是依依不舍地挂在林天阳的大腿上不想他走。

邱天在一旁很高兴地撺掇着：“跟林叔叔回家去吧！”

被金多宝捶了。

镜头只拍到小朋友们站在楼道口跟林天阳的汽车挥手就结束了，林天阳把车停到指定地点的路边准备收工，等待的编导跟代舒的助理一起上了车坐到后排。

两人面色带着担忧。

林天阳皱眉，问了一句：“怎么了？”

编导回答：“林老师、代老师，出了些问题。”

“说。”林天阳言简意赅地要求。

编导看了一眼代舒，斟酌着言辞：“网上有人爆料说代老师以前得过精神方面的疾病……”

林天阳把头转向代舒，眉皱得更深：“胡说八道。”

编导继续解释：“不知道从哪里传出来的，但是现在很多八卦号在转，我们已经联系撤热度了。不排除是有人针对……林老师，节目组还会跟Mary姐商讨应对政策，我来是告诉两位老师一声，你们最近也小心一些。”

代舒下意识地看向林天阳，表情无措。

林天阳沉吟一声：“现在有什么解决方案？”

“一种方法是不去理睬，过阵子还有别的新闻出来，就过去了；如果压不下去的话……我们看情况再决定。”

林天阳手指在膝盖上点了点：“最坏什么情况？”

编导有些为难：“有可能要提前‘下车’，安排别的嘉宾补位了。当然，我们还在商讨，其实如果代舒老师愿意在节目里发个声明，那可能这事也不算坏事了，还能拉收视率……”

“发什么声明，管那些谣言干吗？”林天阳看起来不太高兴。

“发吧。”代舒忽然打断他们的谈话，“发声明吧，我以前因为我爸妈离婚的事情得过抑郁症，休了半年学。”

车里一阵尴尬的沉默。

林天阳眼神里带着茫然，似乎在考量代舒这话的真实性。

编导抬手，食指放在鼻子下边思考了片刻，郑重地点了点头：“好的，我们会再讨论的，还请您多多配合。”

编导说完急着下车，林天阳回过神来吩咐了一句：“跟我们公司开会的时候我必须在场。”

“好的，林老师。”

代舒的助理也要下车，轻声跟代舒说了一句：“代姐，我去开车，你稍等。”

“好。”代舒刚应完，就拿出手机，想看一下网上现在的评论。

被林天阳一把将手机夺走。

他盯着她，只问了一句：“怎么回事？”

代舒皱眉的神态很像他，不耐烦地想把手机夺回来：“就是我刚才说的那样。”

“你为什么没告诉过我你当时得了抑郁症？”

“我为什么要满大街说我得了抑郁症？”代舒拿回自己的手机，“而且，现在很快满大街就知道了。”

“代舒！”

“干吗？你只是我的假想情侣，又不是我真的老公，我有什么义务把所有事情告诉你？”代舒推开车门，头都不回地往外走，也是在气头上，话赶话地在林天阳心口插了一刀，“而且，当初我生病的时候你没陪在我身边，现在知道了又有什么用？”

这话成功地让林天阳愣住，只听得到震天响的摔门声。

节目组与Mary连夜沟通开会，林天阳去之前在网上把目前能看到的信息基本全看了，最开始的消息是从一个自称代舒邻居的人那里流传出来的，说代舒的父母几年前离婚，代舒离家出走，她父母还报了案，后来代舒跟她妈搬去了别的城市，听说是去治病。

接着又有自称代舒大学室友的人爆料，说代舒大一就休学留级了，好像得了精神病，还说她上大学的时候经常三更半夜才回来，交往一群社会青年，是夜店、酒吧的常客。

林天阳感觉这位同学大概不是代舒当年的室友，因为她的室友应该能认出来他就是那个“社会青年”。

这些传言经过几个营销号的恶意传播后就带上了猎奇和色情的气息，说代舒因为父母离婚离家出走，结果被人绑架找代舒父母勒索，代舒父母报了警，几经波折才把人救回来，但是她被坏人……以至于回来就得了精神病，代妈带着女儿到处求医，还休了学。而那几个犯罪分子其实是争风吃醋的小混混，都是代舒在夜店认识的人。

林天阳看得恼火，这么会编故事，怎么不去写普法栏目剧啊？

见到节目组的人时，他们已经拿出一套方案，打算出一期关爱心理健康主题的栏目，做做公益，关爱抑郁症病人，树立正面形象。

Mary 把手上的一沓资料拍在桌子上："网上的热搜我们撤下去了，就是有几个嘴欠的在外面瞎说，然后有小人作梗，我们大概也知道是谁在搞事情，已经在协商了，他们如果还不收敛我们手上也不是没有料。你们那个关爱抑郁症的主题要怎么做，注意一些，别把'抑郁症'三个字跟林天阳连上标签，这一期控制尺度吧，实在不行就中止合作吧"

年轻导演被Mary的气势压住，也顾不上安抚她的怒火，说起节目安排："我们查过了，目前国内还没有一个正式的机构是关注抑郁症群体的，民间私人发起的组织有两个比较大规模的，一个因为团长病情反复倒闭了，还有一个影响力也只限于本地。"

林天阳认真地听着，虽然他以前对这种病关注也不多，但这病的名字起码听起来并不陌生，怎么会连个正规的公益团队都没有呢？

导演继续解释："这种精神或者说心理方面的疾病和癌症那些病还不一样，得了癌症的患者会有极强的求生欲望，他们的求生欲能让他们团结起来努力得到资金或者医疗支持，但是得抑郁症的患者有很强的厌世情绪，这些人根本不会主动社交，也不愿意跟人交流，真把患者集结起来，他们更可能会相互传达负能量，然后一起约着自杀。"

"所以呢？我们能做什么？"林天阳问。

"这病就是'富贵病'，不是说有钱人得的病，是得了这病真想治疗很烧钱，而且得这病的大多都是没钱闹的。所以要么捐钱，在指定医院或者心理咨询机构成立个基金会，减免去看病患者的经济压力；要么就是唱歌、拍公益广告，让更多人了解、关心他们身边的抑郁症朋友和亲人。我们更倾向于后者，真的成立一个基金会需要大量人力物力，还要找专人打理后续资金安排，出了纰漏还会被人骂，总之鸡毛蒜皮的事很多，可能会得不偿失。但是写歌、唱歌，关注一个社会问题或者特殊群体都没问题，而且真的引起关注以后会有慈善家去做好事的，他们更专业。”

“不行。”Mary 拒绝，“不要把乐队跟这个病联系在一起。”

林天阳反驳 Mary：“姐，我觉得导演的提议不错，这是公益事业，就像关注艾滋病、关注贫困儿童、关注随便哪个弱势群体一样。”

Mary 刚要说什么，林天阳继续说：“姐，这也不是我一个人的事，回去跟队员们商量一下再说吧。”

Mary 不想在外人面前驳林天阳的面子，把话憋了回去，最后跟节目组约定两天内给出回复，这才各自散去。

林天阳回到公寓时，几个队员正围坐在地毯上玩斗地主。

他看着这温馨的场景，心里的烦闷消解了几分：“你们吃晚饭了没？”

“吃了，明第煮了麦片粥，煎了午餐肉。”阿迟仰着头撒娇，“你可不可以再给我们做些好吃的夜宵？”

“你们现在这么有钱了为什么还要过得这么凄惨？我不在的时候就叫饭店来送啊。”

“可是你做得好吃。”唐哲谄媚地说道，“米其林三星水准。”

“什么米其林？我看你们下一步就等着吃轮胎吧。”Mary 跟在后面换下高跟鞋，抱着手臂走到地毯前面，跺跺脚，“停下停下，开会。”

队员们互相看了看对方，老老实实地跟 Mary 一起坐到饭桌前。

Mary 发问：“你们看没看到网上的报道？”

众人点点头。

阿迟打圆场：“网上的人都很无聊，管他们干吗啊？过阵子就消停了。”

Mary 嗤笑一声：“现在栏目组想让你们唱歌去声援抑郁症群体，这就不是一阵子的事，以后你们都会跟这个群体扯上关联。”

“声援抑郁症患者吗？挺好的啊，我以前也得过，当时还想着哪天要不要约着他们一起跳海呢。”

林天阳看着说这话的唐哲，想起刚认识他的时候，他穿着一身名牌在酒吧弹着吉他唱歌，那时他以为唐哲是什么富二代在酒吧玩，后来才知道，富二代是没错，可他是个私生子，亲爸死了以后他的经济来源就断了，大学没读完就辍了学，在酒吧唱歌养活自己。

“我怕的就是这个！你以为抑郁症是个什么时髦词吗？！临时乐队打造的是阳光摇滚形象，你给我搞出来个抑郁症，还怎么造人设？”Mary 连连拍桌子，“你们不要那么单纯好不好！”

“阳光吗？”唐哲摸摸后脑勺儿，居然说了一句挺有哲理的话，“那我们应该把阳光照进那些活在黑暗里的人啊。”

明第起身，走进厨房端出来一杯他刚榨不久的果奶，送到 Mary 面前：“真想给林天阳造人设的话，他现在应该站出来，而不是缩回去。”

“我觉得明第说得对。”阿迟附和，“女人一出事，男人就撇清关系，还算什么男人？”

“你们以为这是件小事吗？知道代舒得过病的人都这么多，那知道他们以前的事的又有多少！”Mary 说这话时转头甩给阿迟一记眼刀，“到时候把从前的关系爆出来，粉丝会怎么想？参加这个节目是什么目的？耍粉丝吗？”

唐哲和明第同时看向阿迟，茫然地问：“以前怎么了？”

阿迟觉得自己像小美人鱼，每一步都像踩在刀尖上一样心惊胆战。

“我没跟别人说过，连他俩都不知道。”他先是替自己辩解，又替林天阳说话，“当年的事知道的也很少，都是朋友，不至于出去碎嘴子。”

“你最好祈祷像你说的那样。”Mary 掏心掏肺地说，“我能捧起来一个临时乐队，就能捧起来暂时乐队、随便乐队，但是你们，本来就在走下坡的路上了，如果砸了，两个月后的演唱会都不一定办得下去，给你们一天的时间，好好考虑吧。”

Mary 话止于此，说完就离开了。

队员们齐声叹了口气，林天阳以为他们有什么话要说，结果他们跑到地毯那边捡起来扑克继续斗地主了。

唐哲看见林天阳还傻坐在原地，忍不住开口：“发生了这么多事，你跟代舒联系过了吗？她现在心里肯定正不好受呢，你快安慰安慰她呀。”

“啊。”林天阳摸着自己的膝盖，不确定地问，“刚才Mary说的……”

“不是让给一天时间考虑呢，你跟代舒商量吧，商量出来不管什么结果，我们都支持你。”阿迟扔出一对2，把明第的牌打死。

明第郁闷地翻牌，顺便也表了个态：“嗯，支持你，没有你的话我们连饭都没的吃。”

林天阳不知道该怎么表达，只说了声“谢谢”，独自回到了卧室。

他整理了一下心情，给代舒打了个电话，接通后用尽量轻快温柔的语气问道：“睡了吗？”

电话那端却是个男人的声音：“代舒去洗澡了。”

“……”林天阳握手机的手攥紧了些，“你是哪位？”

“赵裴飞。”

【第八期小黑屋采访】

导演：知道她把你跳舞的视频发给队员什么感觉？

林天阳：不是跳舞，是做操。

导演：好的，做操，什么感觉？

林天阳：呵呵，她还挺可爱的。

导演：可爱？哪里可爱？

林天阳：她什么时候不可爱了吗？

导演：……（感觉不在一个频道）

导演：你跟楚楚说对代舒是一见钟情，真的吗？

林天阳：不然呢？怎么可以跟小朋友撒谎？

导演：你现在是更喜欢林天阳还是阿迟那种类型的？

代舒：导演，我觉得你总试图搞事情……

导演：你怎么评价他跟孩子相处的情形？

代舒：感觉他是个很有耐心的人，尤其是奕奕现在还不懂事，讲不通道理，可跟他一起玩积木的时候特别安静。

导演：觉得他会是个好爸爸吗？

代舒：一定会的。

导演：你喜欢孩子吗？

代舒：喜欢啊，但我没什么耐心，所以孩子还是拜托给爸爸吧。

导演：看到邱天家的婚礼，有没有想也要办一次婚礼？

林天阳：有啊，越盛大越好，不知道节目组能拿多少钱出来。

导演：节目组经费有限……

林天阳：那你们努力赚钱啊。

导演：……

导演：在游乐场哪个项目印象最深刻？

代舒：旋转木马。我以前从来没坐过，觉得幼稚，可是坐上去居然感觉很不错，很浪漫。

导演：不是鬼屋吗？

代舒：我都没进去看啊。

导演：不是因为害怕所以印象深刻吗？

代舒：不是的，害怕的东西我都不会去记的。

导演：跟一个两岁的小朋友谈婚姻这么难懂的事情有必要吗？

林天阳：我不是说给奕奕听的。

导演：那是说给代舒听的吗？

林天阳：嗯，不是很明显吗？

导演：明……明显吗？

林天阳：寄托了让她不要总想着什么阿迟、陆昀或者奇奇怪怪的人的希望。

导演：啊，这么深刻。

第九期

○ ● ●

我会陪着你（上）

赵裴飞？

是什么鬼东西？

林天阳看了一眼时间，晚上十点十五分，这种时间点，有个男人在代舒家，还接代舒的电话，还说代舒在洗澡……

林天阳把电话挂断，非常认真地在脑海里搜寻一个问题：代舒有没有说过自己现在是单身？

想了半天，好像没说过。

他甚至不知道代舒在前面的五年间谈过几次恋爱。

她问他有过几个女朋友，他诚实地说只有过她一个。因为他这几年忙事业，不红的时候想着怎么出头，红起来了到处跑通告，根本没心情跟不太熟的人谈恋爱。

倒是她，无忧无虑地度过大学生活，想来……应该很多男生喜欢她吧？

林天阳烦躁地在屋里走来走去，手机被他手心的汗沾得湿湿的。

他抓起外套，拉开房门走了出去。

明第榨了果汁，看到他喊了声，问他要不要喝。

林天阳摇摇头："我出去下，你们先睡吧，给我留个门。"

他说完没多做解释，匆忙地武装好自己就离开了。

其实没有什么立场去"查问"那个叫赵裴飞的男人为什么这个时候在代舒家，可林天阳心里像被锤子狠狠抡过似的难受。他也顾不得在代舒面前的什么尊严了，那东西太虚，他现在只想要实实在在的代舒站在自己面前。

他疾驰在安静的街道上，都快开到代舒家的时候接到了她的电话。林天阳戴上蓝牙耳机，语气中有克制不住的焦躁。

"你刚才给我打电话了？"

“嗯。赵裴飞是谁？”

“是我哥啊，就是我继父的儿子。”代舒随口问了一句，“你在哪儿啊？找我什么事？”

“在去你家的路上。”

“啊？”

“晚上刚开完会，跟你商量一下节目的安排。”

“你干吗还跑一趟啊？电话说不就得了？再说现在肯定有媒体盯着咱俩呢，你大半夜跑过来万一被……”

林天阳打断她：“但我想见你，现在就想。”

代舒沉默了，她嘴唇动了两下，挠了挠额头：“那好吧，你小心一点儿。”

代舒放下电话，头上还绑着干发帽，也懒得去吹头发，靠坐在沙发上发呆。

赵裴飞从厨房里端出来一小盆疙瘩汤，带着两个碗，自己舀了一碗以后问代舒：“你饿不饿？”

“不饿，你吃吧。”代舒答完才又想起来指责他，“你说你，没事接我电话干吗？”

“它一直响啊，我怕是什么重要电话。”

“少来，我明明标注着林天阳。”

“对呀，林天阳多重要啊。”

代舒瞪他一眼，这家伙，一提到林天阳就总是阴阳怪气的。

今天晚上代舒的妈妈给她打了个电话，语气焦虑：“你怕不怕？要不要妈妈去陪你？”

一句话就把代舒问得湿了眼眶。

“我是有点儿害怕，不过没关系，这边有专业的团队，会解决的。”她安慰代妈别担心，说家里还有室友陪着她，她一切都好。

“如果有人因为你生病就指责你，那这个人一定是个不讲理的坏人，不要去在意坏人的话。”代妈一直是个很坚强的女人，即使当年面对出轨的丈夫也从来没有软弱过，可她却一直觉得对不起女儿，“如果你觉得害怕，就哭，就告诉身边的人，不要自己憋着。不想跟我说的话，可以跟……跟林天阳说？你们不是很好吗？”

“我知道的，妈妈你不要担心。”

“赵裴飞今天正好去你那边出差，让他去看看你好吗？”

代舒刚想说不要麻烦赵裴飞了，转念一想这样会让妈妈放心些，于是便答应了：“他出什么差啊？我问问他，请他吃饭。”

跟代妈聊完，她就给赵裴飞打过去电话，想告诉他让他别跑一趟了，两人假装在她妈面前演演戏就行，谁知道赵裴飞已经到了，说正在跟同事聚餐，吃完饭就来找她。

代舒没法拒绝，只好在家接待他。他来了以后一点儿都不把自己当外人，先是去冲了个澡，又亲自下厨做了面疙瘩汤，说晚上光喝酒，没吃饱。

此刻，代舒看着他一碗又一碗地喝疙瘩汤，想着不知道他说了什么把林天阳招来了，郁闷地踢了他一脚：“先别吃了，林天阳来了，你去车库接一下他吧，万一被狗仔拍到。”

“那拍到我就没关系了？当红歌手深夜会见同性友人共度春宵？你确定这种报道比说他来找你更好？”

代舒又补了一脚：“快去。”

“得，得，去。”赵裴飞端起杯子喝了口水漱口。他一抬头看见静静从卧室里出来，朝她招手，“小姑娘，过来吃点儿东西。”

静静愣愣地点点头，坐到代舒身边端起小碗：“谢谢。”

代舒看着静静刚换的衣服，再看看自己身上这套有些旧的家居服，回卧室去找了身最近买的衣服换上。

没想到刚换好衣服，赵裴飞就打电话给她：“你跟你朋友下来吧。”

“下去干吗？”

“出去吃个夜宵。”

“你还没吃饱？”

“边吃边聊，你家没有酒。”

“赵裴飞，这都几点了？又是夜宵又是喝酒的，你还医生呢，能不能生活得健康一点儿？”

“行了，别啰唆了，快下来，等着呢。”

“喂？喂！”代舒看了一眼手机，他居然把电话挂了。

静静刚喝完一碗汤，看代舒的脸色不好，问了一句：“出什么事了？”

“……你还吃得下吗，吃得下就再出去吃一顿。”

“这是什么路数？”

“我也不懂。”代舒叹了口气，“那，走吧？”

“那就走吧。”搁在往常静静肯定会拒绝，可今天出了这么大的事，从下午工作室开完会到回到家这段时间，她一直观察代舒的情况，当年的事她也知道一点儿，很担心代舒会出什么问题。

两人裹着棉服下楼时，赵裴飞已经坐在林天阳的车的副驾驶位上了。

刚才赵裴飞等在停车场的电梯门口，看见口罩帽子全副武装的林天阳，拍了他肩膀下：“这不是认路吗，干吗让我来接？”

林天阳防备地看着他。

他自我介绍了一句：“赵裴飞。”

没想到林天阳审视了一会儿，摘下口罩毕恭毕敬地喊了声：“大哥。”

把赵裴飞叫得有些迷茫，以至于后面林天阳提出来找地方吃饭聊聊天的时候，他没多想就给代舒打电话了。

代舒走到车前，看了一眼副驾驶位上坐着人，拉开后车门坐了上去。

林天阳解开安全带，回头看着代舒：“本来没打算叫你下来，只想跟你哥出去喝两杯的。但是想看看你，所以把你也叫来了。”

“……”代舒脸忽地红了，林天阳今晚怎么了，连着两次说这么肉麻的话，都有点儿不像他了。

车里充溢着尴尬的沉默，静静手扶着门把手，弱弱地问：“那你现在看完了，我俩，先回家？”

“一起去吃吧。”林天阳把门都落了锁，系好安全带发动车子，“聊聊节目安排。”

他这样子正常了许多，代舒松了口气。

静静拿出手机来刷微博，点进“树林夫妇”的话题主页，边看边跟代舒分享：“两小时内转评赞最高的是一条‘闭嘴吧，小叔子’的微博，哈哈哈，全是唐哲碎嘴子的视频。”

“咦，节目组放了一组预告花絮，是你们两个人一起做瑜伽的片段。这个营销号挺逗的，是‘啊啊啊！天哪！原来瑜伽是要这么练的！好的学会了，现在就差个男朋友了’！”

代舒忍不住凑过去一起看，看到话题页一片和谐，都是网友们截图或是自己制作的视频，问林天阳：“是你们公司的人或者粉丝团控评了吧？”

她微博底下的评论可不是这种画风。

林天阳“嗯”了一声：“公司在撤热度了，也在控评。”

“谢谢。”

“谢什么啊？”赵裴飞插话，“要不是因为他，你以为人家会对你的过去感兴趣？摆明了是有人针对他或者他们公司呢。”

林天阳听了这话，也没辩驳，默认了。

静静有点儿害怕这诡异的氛围，戳戳代舒的手背，朝她使了个眼色，想回家。

结果代舒误会了她的意思，以为她是在看赵裴飞：“赵裴飞，静静有话跟你说。”

两个人都是一脸问号地看向代舒。

“啊？不是吗？”代舒也一脸问号。

静静咽了口唾沫，扯出丝微笑：“我是想问问咱们这是往哪里开，去吃什么啊？”

林天阳回答：“年糕火锅行吗？有家店的老板我比较熟。”

“麦子吗？”代舒问。

“不是，麦子家的店这么晚已经关门了。”林天阳从后视镜里看向代舒，眼睛里居然溢着温柔。

代舒揉揉眼睛，觉得她看错了。

揉完了再看，林天阳已经专心开车了。只是那嘴角，始终上扬着。

赵裴飞看这两人“眉目传情”，有些不爽：“事闹这么大了，还笑得出来呢？”

林天阳还没回答，代舒就往前倾身，用力捶了赵裴飞的肩膀一拳：“喂，不许欺负林天阳。”

林天阳的笑更深了。

“……”赵裴飞摸着被捶的地方朝她皱眉。

她更用力地皱眉看过去。

赵裴飞认输，揉开自己的眉心。

林天阳沉声对代舒说：“坐好了，系好安全带，别乱动。”

“哦。”代舒依言坐回去。

林天阳说不清是出于什么心态，当着两个“外人”的面，腻歪地对代舒说了一句：“真乖。”

林天阳到饭馆门口的时候打了个电话，老板把后门打开放他们进去，安排了一个小包房，也没有让林天阳介绍来的都是谁，语气热络地问道：“来个年糕火锅就行？要不要上点烤肉？”

林天阳看向代舒：“要吃吗？”

“不了吧，刚洗完澡，又要熏一身味道。”代舒避开他的视线，看向静静。

静静点头：“说得对。”

戴着圆圆眼镜的圆脸老板笑眯眯地说：“我可以在隔壁烤，直接上熟肉。”

“那就麻烦你了。”林天阳没跟他客气，“再给我们几瓶水果烧酒吧，西瓜或者苹果的。”

“好，你们稍等。”老板退出去，把门关上。

代舒等人走了，小声问林天阳：“他是韩国人吗？口音怪怪的。”

“日本人。”

“啊？那为什么不开日料店要开韩国餐馆？”

“他觉得自己手艺不精，做的日料达不到开餐馆的标准，所以找了个韩国厨师。这里的烤肉酱料是日式的，你尝尝，还不错。”林天阳难得如此耐心地解释。

“你跟他很熟吗？”

“在日本的时候认识的，是我打工的杂货店老板。”

“咦？那他为什么要来中国……”

“我们出来是聊这些的吗？”赵裴飞没好气地问，他发现自己还是讨厌林天阳，尤其是被代舒这么黏着的林天阳。

对，他觉得代舒很黏林天阳。

林天阳给代舒倒完茶又给赵裴飞倒，居然不生气：“出来也没什么特别的事，就是随便聊聊。”

“你们都上热搜……算了，不说了，你不是说要商量节目安排吗，说来听听，我看会不会对代舒造成伤害。”

赵裴飞的话保护欲太强，林天阳直觉那不是一个兄长对妹妹的感情。

代舒也觉得赵裴飞这话的火药味有点儿重，跟林天阳解释：“赵裴飞在成为我哥之前是我的心理医生。”

林天阳因为代舒的话震了一下，想起来自己一直没问清楚代舒当年到底怎么了，还有她的抑郁症又是为什么得的。

他还记得下午的不欢而散，记得代舒的那句“当初我生病的时候你没陪在我身边”，她也在怪他的不告而别吧，就像他怨着她的“绝情离开”。

林天阳不确定地问：“代舒，你是因为当初我去日本了，联系不到我才抑郁的吗？”

“哧，少自作多情。”赵裴飞代她回答。

代舒端着手里的茶作势要泼赵裴飞，恶狠狠地警告他：“你能闭嘴吗？”

赵裴飞捏住自己的嘴巴，看起来像只蠢鸭子。

“不是的。”代舒放下杯子回答林天阳，“是因为我爸妈离婚，当时感冒一直拖着，身体不舒服，状态就不太好，抑郁了半年多。”

这和静静知道的版本是一样的，代舒就说了这么多，不想深聊，转而问林天阳：“你晚上开会怎么说的，节目组那边问了我，希望我发个声明，然后拍一些公益活动。”

“差不多，现在计划的是拍一个公益广告，乐队会写主题歌曲，大概还会让你一起拍 MV。应该还会联合一些心理咨询机构推出优惠计划，对在校学生开放免费咨询申请。”

赵裴飞听到这里似乎想说什么话，说之前先看向给自己下了“禁言令”的代舒，代舒看过去：“有话你说。”

“我认识一些比较靠谱的机构，回去给你列个清单，你让你们公司的人去谈。”

“好。”林天阳说完又补充了一句，“谢谢。”

“不用谢，我是为了代舒。”

说话间火锅端了上来，老板把炉灶点燃后又一声不吭地退了出去。之后几次上肉上菜也是这样，尽量不打扰他们的谈话。

代舒对老板的印象非常好，吃着芝心年糕跟坐在对面的林天阳说：“这里不错，下次谈事还来这里吧。”

林天阳点头：“好。”

他们吃得尽兴，暂时忘记了网上的风波，说着彼此最近遇见的趣事。

工作室的事都被静静说了，代舒想来想去，最近能想起来的好玩的事居然是一年前的了：“我大四的时候，去外地给艺考生做集训。是一个师姐介绍的，艺考机构给解决食宿问题，当时机构给我安排的是在一个大学宿舍休息，条件挺好的，上床下桌的四人间，唯一的缺点就是那个学校的床位不让外租，然后那个宿管阿姨每天都会查寝，抓租床位的外人。”

“哦？那你被抓到了吗？”林天阳配合地问。

“我这么机智，当然没有啊。”代舒扬扬自得地笑，“我早上很早就走，晚上在机构陪学生拉片，快十点了才回去睡觉，没碰到过宿管。不过有一次特别惊险，我那天早上没课，睡过头了，忽然听见楼道里有阿姨的声音，还是两个阿姨，好像是让哪个寝室不要把垃圾放在门口。吓得我哟，爬起来披上外套就往外跑，在楼道的洗手间躲了十几分钟，等阿姨走过去又跑回屋换好衣服，妆都没化就跑到机构去了。后来听说那天上午阿姨果然抓到了一个租床位的！”

林天阳听完，说了一句：“你不化妆也好看。”

代舒的笑停了几秒：“你关注点不对！”

“我的关注点是你，不对吗？”

“……”

赵裴飞掏出钱包，拍在桌子上："都吃差不多了吧，再吃该吐了，咱们撤吧。"

把代舒和静静送回家已是深夜，林天阳见赵裴飞也下车，喊住他，非常有礼貌地问："大哥，你晚上没地方住吗？我帮你安排酒店吧？"

"不用，我……"

"或者你可以去我那边住，这边都是女生，不方便。"

赵裴飞看着林天阳不容拒绝的神情，拉开车门又坐了回去。

刚才吃饭的时候只有林天阳没喝酒，代舒很放心地把赵裴飞交给他，挥挥手挽着静静去坐电梯。

这次再回家，两个人都有些累，也懒得再洗一次澡，简单洗漱后就各自回了卧室睡觉。

睡之前代舒忍不住拿出了手机上网。

私信她是从来不看的，人一旦在匿名的情况下，在不会有其他人看见的情况下，说出的话总是显得格外刻薄尖酸。

她看了看林天阳的微博，最新的一条是昨天发的，拍了楚楚在车上睡觉的样子，写了一句"当小孩子真好"。

下面的评论大多是夸楚楚可爱的。

也有几条评论时间比较近的，在问林天阳知不知道"代舒的病"。

代舒心里有些难受，却自虐似的又点开自己的评论。她最新的一条微博是转发工作室上新的产品，评论里前几个还算客气，有的来确认消息问她传闻是不是真的，或是问她现在病情如何，再往下有骂她让她离林天阳远一些的。

莫名其妙。

就算她真得过抑郁症，又不传染，为什么要离林天阳远一点？

她看见一条点赞过万的评论，应该是林天阳的粉丝发的："我们把林天阳看作是我们的亲人，虽然对你的病情、对你曾经的遭遇，我们深表同情，但是请你考虑一下我们这些关心林天阳的人的心情。如果是你的亲人要和一个患有抑郁症的，或者说从前患有抑郁症、不知道什么时候还会复发的人在一起，你会支持他吗？"

这么情真意切的质问把代舒都问愣了，她仔细思考了一下，如果她的亲人想跟一个抑郁症患者恋爱……想就想呗，人家想跟谁好关她什么事啊？

何况她只是在节目里跟林天阳演情侣而已，又不是真的在一起，这些人至于吗？

代舒气得肺疼，好几次想找那些骂她的评论回复一下，又生生憋回去了。

她默念赵裴飞教她的《心经》，那些她也不懂什么意思的经文非常具有安神效果，念着念着她就困了。

就在她要睡着的时候，手机震了一下。

她猛然惊醒，看了一眼，是林天阳给她发的信息："我到家了。"

代舒回他："好，早点休息。赵裴飞呢？"

"回他住的酒店了。"林天阳发完这条又非常有自知之明地发了一句，"他是不是不喜欢我啊？"

代舒"扑哧"笑出来，也不隐瞒他："他以前喜欢过我，不过后来我们俩成了法律上的兄妹了，就没下文了。"

林天阳的直觉被印证，不太开心地问："如果你们的父母没有结婚，你们还会有下文？"

代舒居然思考了一下这个问题，她生病那会儿，赵裴飞陪在她身边对她的好她没看懂，等她懂了的时候两个人已经变成"兄妹"了。如果长辈们没有结婚的话，她跟赵裴飞也不是完全没可能。

代舒实话实说："可能吧。"

林天阳隔了一会儿才回："我讨厌这种可能。"

代舒的手在屏幕上戳了几下，想发个表情包卖个萌，又觉得这种时候是不是应该把话说清楚更好。斟酌了一下，她问道："你怎么了？感觉你今晚怪怪的……"

林天阳连发了三条，根本不给代舒缓冲的时间。

"你看不出来吗？"

"我以为很明显了。"

"我在追你。"

这根本不像是林天阳会说的话，代舒捶了捶胸口，这段对话太让人窒息了。

因为林天阳的一句“我在追你”，代舒的烦恼从被网友莫名其妙的谩骂变成了有理有据的谩骂。

他是认真的吗？

应该是吧，他没必要骗她。

可是为什么忽然就说要追她啊？

代舒很难不把他的表白跟自己的“病”联系在一起，他这样算是可怜自己吗？觉得自己生病的时候他没在，现在又因为他的粉丝被攻击，所以想要弥补什么？

代舒感觉他的喜欢很不“单纯”，以至于她不知道该怎么回应。

这一晚，不只是代舒辗转反侧，林天阳也没睡着。

他翻着手机备忘录里写下过的只言片语，听着录音笔里收录的各种声音，试着写谱子。

写一会儿就看看手机，看代舒有没有回复他。

她是被自己的话吓到了？还是睡着了？

他想着她，把开头的几句写出来：“你是一种感觉 / 散在回忆里面 / 你不要悲伤害怕 / 我一直在你身边……”

“窗边吹过的风 / 天上飘过的雨 / 拍在岸上的海浪 / 落在枝头的鸟 / 你的吵闹和大笑……”

他想起还是明薇时的她了。

那个总是跟在他身边，有时候叽叽喳喳，有时候安静睡觉的女孩。那时的生活那么黯淡，明薇就像他世界里闪耀的星星一样，让他觉得梦想是触手可及的。

他懊恼，懊恼自己的莽撞和所谓的自尊，让他连调查等待的耐心都没有。

连陪伴代舒的机会都没有。

虽然代舒否认了是因为他得的抑郁症，可她孤独难过的时候，一定也是希望自己在身边的吧？

林天阳没有用音乐软件，就在白纸上写着最简单的音符，还有他的一些零星感受。

修改了一遍又一遍，直到天色发白。

代舒依然没回信息。

外面有开门声、脚步声，以及Mary的怒吼声：“都几点了还睡觉，爬起来吃饭！”

她一声令下，几个队员很快就套上衣服飞奔出去。林天阳也下了床，打着哈欠跟Mary说“早安”。

“你们昨晚商量好了吗？”

“就照节目组说的办吧。”阿迟怕林天阳又要挨骂，替他回答。

Mary冷哼了一声，从皮包里拿出一沓策划案：“你们都是好人，就我一个恶人。老板发话了，拨钱，往大了办，开新歌发布会，他亲自到场，顺带请几个有分量的明星一起去。”

林天阳有些诧异：“陆老板还是邵老板？”

“除了陆昀还能有谁？哼，钱都是刮风刮来的，花在这些没用的地方。赶紧吃饭，吃完了联系节目组录制，我去准备发布会的事。”

“姐，我这儿有份心理咨询机构的名单，是比较好的几家，你也联系一下吧。”林天阳掏出手机把赵裴飞发给他的信息转发给Mary，“辛苦你了。”

Mary叹了口气，提着包匆匆离开：“赶紧趁热吃饭，还有你的那个黑眼圈哟，抹点眼霜好好睡一觉，别瞎熬夜。”

“知道了。”林天阳恭恭敬敬地送走Mary，心里舒了一口气，这事既然是老板出面了，那想必就没问题了。

节目组接到消息后很快分了两组人马，分别去拍林天阳和代舒。

代舒的工作室中午发了一份声明，内容是代舒曾经因父母离异难以接受有过半年的抑郁倾向，但是在家人朋友的关心陪伴以及自己的积极努力下已经克服了病症，感谢大家的关心，同时会追究几个散发谣言的营销号的法律责任。

代舒没有管声明的事，她在跟设计人员开策划会，商量活动周边都要做哪些，主要方向是“有用、陪伴”。工作室扩充后已经有十个主要负责人员了，开会的时候也像模像样。

商量的结果是先做玩偶熊和雨伞的设计，字样还没确定。

代舒给林天阳打电话，他居然挂断了？

她猜他是不是因为自己没回他信息在生气，可现在是录节目呢，他要什么脾气啊？

不过半分钟，他发了条信息：“在洗澡。”

喂！洗澡就别回信息了！手机不会进水吗？！

又过了几分钟，他打来电话。

代舒诧异地问：“这么快就洗完了？”

“没，怕你着急。怎么了？”

没洗完……所以他现在是光着身子在跟她打电话吗？

代舒不敢脑补太多，忙说明情况：“我们在设计周边，问一下歌名确定了吗？”

“《我会陪着你》。”

“哦，好的。没事了，你接着，接着洗吧……”

“你一会儿过来吗？乐队公寓这里，我三十多个小时没睡觉，想睡一会儿，你来的话我就不去新家那里了。”

“好，你睡吧，我这边开完会就去。”代舒挂了电话才思考他刚才的话。三十多个小时没睡觉？干吗了啊？

代舒把工作室的事交代好之后并没有立刻就走，而是先去菜市场把晚饭的食材买了，那几个队员肯定都等着她去做饭呢。

她到的时候，客厅里的三个队员正一边放着音乐一边互相嘲讽对方写的词，时不时还会弹一段吉他。

阿迟指着卧室的方向：“天阳在睡觉，写了一段歌让我们填词。”

明第从地上站起来：“你想不想喝果奶，我给你榨。”

代舒举了举手里的袋子：“你们继续吧，我去做饭，买了牛肉和鸡翅。”

队员们齐声鼓掌，代舒不好意思地快步走进厨房。之前在这边住的时候，她带了新家的围裙来，可是这次翻了半天也没找到。

她不得不打扰队员们，问围裙在哪里。那几人茫然了片刻，最后唐哲从阳台上拿了件深蓝色T恤给她："套这个吧，以后它就是围裙了。"

代舒套上以后在厨房做菜，结果队员们隔一会儿就进来看看情况，顺便拿几口吃的，一顿饭没做完，食材已经少了一半，队员们也撑得无心写歌，倚在沙发上揉肚子。

时间不知不觉地过去，林天阳没等人叫自己就醒了，听见外面嘈杂的声音，似乎是代舒来了。

他套上简单的休闲衣服，一出房门就看见了往饭桌上端菜的代舒。

代舒朝他笑笑："醒了啊，刚要去叫你。"

"嗯。"林天阳看着她身上穿的那件阿迟的衣服，折身回屋拿了件自己的衣服，然后追到厨房去跟代舒说，"你身上这件不好看，换一件。"

代舒低头看看身上的衣服，关了火："不用换了，反正是挡油的，无所谓。"

"不要，换掉。"林天阳非常坚持地把手里的衣服递给她，"穿我的。"

代舒反应过来了，合着她身上现在这件衣服不是林天阳的啊。

她有些无语，把锅里的饭装盘："可我已经做完了啊。"

林天阳没办法，一手攥着自己那件衣服，一手端着菜，出厨房前又看了代舒一眼，嫌弃道："衣服有味，脱了再出来吃饭。"

行吧，代舒把厨房门关上，脱掉蓝色的大T恤挂在墙上，挂之前还闻了闻，哪有味道？醋味吗？

吃饭的时候只有林天阳没停下来，其他几个人都没什么胃口的样子。林天阳发现以后不解地问阿迟："代舒做得不合口味吗？"

"不是不是。"阿迟撑得胃都大了一圈，不敢说他们提前偷吃过，狗腿地冲着林天阳笑，"都留给你。"

林天阳皱眉，给代舒夹了块肉："别只吃草，你又不是兔子。"

阿迟看林天阳吃得差不多了才问他："我们下午出了一版歌词，你听听？"

"嗯。"

"我给你唱？"

"我怕我吃不下去饭，你还是念吧。"林天阳抽了张纸巾擦了擦嘴，托着腮听阿迟念歌词。

“你不要悲伤害怕 / 我一直在你身边 / 忘掉那些不开心的事吧 / 这世界没你想的那么糟糕……”阿迟用播音腔从林天阳写的那句歌词后面开始读，听得代舒起了一身鸡皮疙瘩。

林天阳抠了抠耳朵，伸手把阿迟的手机拿过去，自己看。

“阴雨的天气让你心烦 / 城市的拥挤透不过气 / 回到一个人住的出租屋 / 隔壁是谁你从来没有考虑 / 漫长的孤独时光 / 为何它走得如此缓慢 / 这天花板压得你无法呼吸 / 你陷在自己的世界不想走出去……”

“你写的？”林天阳抬头看唐哲，唐哲点头。

林天阳又看了一遍，食指敲在桌子上默唱。他看了一眼时间，忽然问队员们：“去排练室吧？”

他很久没有这么急切地想要唱一首歌了。

那几位早就吃饱了，听他这么说便起身回卧室换衣服。

代舒也跟着放下筷子，透过窗户看外面已经漆黑的天，再看向林天阳仿佛闪着光的眼神，不知道为什么跟着瞎兴奋。

他们到排练室的时候，公司已经没什么人，快要过春节了，装饰都充满着喜庆的气氛。

大家投入情绪很快，第一遍练习的时候代舒就觉得非常好听。

虽然是以关爱抑郁症为主题的歌，歌词也有许多孤独绝望的心境，可整首曲子却充满了轻松愉悦的感觉，仿佛一切都不是问题，生活永远充满希望。

他们改动了几处地方，练到第五遍的时候，林天阳给录音师打电话约明天录歌。

他们来得随意，走得也潇洒。大老远过来也不多练几遍，说走就走。

保姆车从商业街开过，小广场上居然有乐队在卖唱，唱的是临时乐队的新歌。唐哲叫司机停车，扭头问其他几个人：“咱们也下去唱吧。”

节目组的摄制人员从排练室出来就直接离开了，代舒只是搭乐队的顺风车回家，这一段已经不在录制内容里了。

代舒看过去，虽然寒冬腊月广场上没多少人，可毕竟是商业区，他们几个去唱会不会出事啊？

没等她开口，乐队的人已经纷纷戴上了口罩帽子，林天阳还掩耳盗铃地跟司机说了一句：“我们下去买个饮料。”

说完朝代舒伸手：“走啊，一起过去玩。”

代舒在他伸过来的手上拍了一下，跳下车，把卫衣的帽子戴上，勒紧了绳，只露出半张脸来。

他们步履匆匆地走到卖唱乐队前面，唐哲把口罩扯下来，跟主唱交涉：“能让我们唱一下吗？”

主唱看见唐哲的脸，愣了片刻，主动让开位置。

林天阳站过去，居然也像唐哲一样高调地摘了口罩，拿着话筒对着稀稀落落的行人说：“下面为大家献上一首临时乐队未公开的新歌——《我会陪着你》。”

“你是一种感觉／散在回忆里面／你不要悲伤害怕／我一直在你身边／忘掉那些不开心的事吧／这世界没你想的那么糟糕……”

林天阳的声音很快吸引了众多路人，代舒被迅速聚集的人群挤开，甚至看不见林天阳的脸了。

她站在人群的外围，有些高兴，快步走向路边一家饮品店，前面有对情侣在等待饮料，心急地催促店员快一些。

收银的小姑娘时不时踮脚看向广场，跟他们打听：“那边真的是临时乐队在唱歌吗？林天阳声音可真好听。”

那对情侣点头：“是啊，真好听，麻烦再快点，我们还想去看呢。”

情侣走后，代舒上前点了五杯低卡可乐。

收银员一边下单一边叹气：“好可惜啊，怎么偏偏今天值班呢，我也想去看临时乐队，还能远远合个影呢。”

备饮料的男店员安慰她：“如果不是今天值班，你都不会来这边，听都听不到。”

代舒忍不住想做个派送礼物的小天使，听到那边的歌声已经结束了，给林天阳打了个电话。

林天阳声音微喘，像是在跑着："你去哪儿了，赶紧回来，我们上车了。"

"我在这边的 ×× 水站，买了饮料，自己拿不了，你们把车开到这边吧。"

"好，等着。"

林天阳挂了电话没多久，乐队的保姆车就开到店前。车门拉开，戴着口罩的林天阳下车，走到代舒身边把台子上的可乐都拎起来。

"哎，等一下。"代舒拉住他的胳膊，指着那个收银员，"她想跟你们合照。"

林天阳左右看了看，不想耽误时间，拉开口罩问收银员："只跟我合照可以吗？"

收银员差点尖叫出来，捂着嘴猛点头，打开手机相机抖着手跟林天阳自拍了一张。

"好了，赶紧走。"林天阳一只手拎可乐，一只手拽着代舒的手腕，往车上走。

代舒回头看了一眼，收银员女孩正跳着跟男店员说什么，一脸的兴奋。

她仰头，跟林天阳说："好多人能见你一面就觉得很开心呀。"

"那不重要。"林天阳上车前告诉她，"能让你开心就行了。"

临时乐队在广场上的表演很快被人传到网上，林天阳这两天本来就在热搜榜上徘徊，这首没有发表在专辑上的歌曲迅速走红。虽然视频的音质不佳，演唱也有些瑕疵，可那种激情感染着所有听众。

大批粉丝对新歌充满了期待，评论说林天阳离家出走的才华终于又回来了。

Mary 虽然责备了林天阳的胡闹，却也趁着好评如潮的时机让宣发人员把新单曲的宣传发了，安排歌曲的录制和 MV 的拍摄。

这是临时乐队制作周期最短的一首歌，从开始创作到录制完成只用了两天的时间。

录歌的时候，代舒没去棚里听，说是怕影响林天阳的发挥。

她被赵裴飞带到了朋友的心理诊所，进行了全面而深入的测试，结果显示她除了轻微的焦虑其他指数都在正常范围内。

赵裴飞总算放下心，叮嘱她继续保持良好状态。

他其实有点怀疑代舒在测试时撒谎作假了，就算是个普通的乐观的人遇到这种网络暴力也很容易暴躁和抑郁，像代舒这种有前史的按理来说更容易情绪反复才对。

他想不通，直到下午送代舒去公园拍 MV 时，才发觉代舒似乎是把更多的精力都放在了林天阳身上。

是很隐秘的关注。

如果不是赵裴飞一直盯着代舒，从她的肢体动作和微表情观察，倒也不会特别容易被察觉。

赵裴飞的出现引起了队员们的关注，他们问林天阳跟代舒一起的男人是谁，林天阳解释了一下他的身份，阿迟跳出来一句："是你大舅哥啊。"

林天阳居然摸了摸鼻子笑了。

于是赵裴飞就看见临时乐队的四个家伙走到他面前，齐齐喊了声"大哥好"，那架势，提起刀就要纵横铜锣湾了。

赵裴飞没觉得荣幸，只觉得被人看着很丢人，找了个借口溜了，也没旁观他们怎么拍戏的。

其实是支非常简单的 MV，制作团队都是林天阳他们公司出的，省钱又高效，MV 既没有太复杂的剧情，也没什么大场景，就是拍乐队在公园树下演奏，那棵树虽然拍的是冬天的画面，后期却要做出四季变换的效果。

导演是个扎着辫子的年轻男人，不太爱说话，埋头在监视器前看布景，执行导演跑前跑后地安排着。

乐器摆放在树下，队员们一个个面无表情地走入画面，开始演奏。

他们演奏的时候，代舒就坐在正对着大树的长椅上看着，同样没什么表情。

这一段拍了三条，要拍第四次的时候林天阳唱烦了，在吉他上弹了个旋律，其他人很快跟上。

"My life is brilliant, My love is pure, I saw an angel, Of that I'm sure.

（我的人生缤纷灿烂，我的爱如此纯真，因为我见过天使，对此我深信不疑。）

You're beautiful, You're beautiful, You're beautiful, it's true.

（你是这么美，千真万确的美。）"

其实林天阳的音域没那么高，他唱这种歌很容易高音唱飘，代舒听着他破了音的歌，忍不住笑起来。

导演对着对讲机指挥摄像："推上去，代舒的脸给特写，好，定住。"

这一条拍完，后面的剧情就走得很快，乐队的成员分别走到代舒面前和她说话，代舒始终沉默，直到最后林天阳坐在代舒身边，两人一起安静地坐着，看那棵大树。

他们拍完，换了一对老爷爷老奶奶坐在他们刚才的位置，依旧在看那棵树。

拍摄只用了一下午的时间，代舒甚至没搞明白这支 MV 的内容是什么，只是听导演喊了收工就跟着一起收拾离开。

她悄声问林天阳："这么快就好了？"

"没拍够？"林天阳指着导演告诉她，"去跟张导搞好关系，以后我们每首歌都找你来演。"

"才不是这个意思！"

"那是什么意思？"

"就是单纯地表达一下'这么快就好了'！"

"哦，这样。"林天阳给她介绍公司的导演，"张导很厉害的，他是剪辑出身，后期也是他做，估计明天就能出片。"

代舒表达了一下惊讶和敬佩之情，开始期待成片："你们明天会去公司看吗？我也想看！"

"不一定，你别急，最迟这周末前也就看到了。"这周末要办新歌发布会，到时候肯定要放 MV。

和林天阳预计的差不多，张导第二天就出片了。林天阳原本没打算去看，想着代舒昨天说过想看，便给她打了个电话，问她去不去他公司。

"你会去吗？"代舒的声音带着刚睡醒的慵懒。

"你要去的话，我就过去。"

"那我们去看看吧，我还是第一次拍 MV 呢。"

"好，我四十分钟后到你家楼下。"

“啊，不……”代舒刚想拒绝，林天阳把电话挂断了。

这哪里是什么追求者的态度啊？这么横！还挂她电话！

自从那晚林天阳表白以后，代舒感觉两人之间的关系有些微妙，她其实不太想这种时候跟林天阳谈感情上的事，可要等到什么时候谈她也不知道。

她不否认自己喜欢他，可也为这份喜欢所要承担的风险感到害怕。

她讨厌脱离计划的生活，可如今也只能走一步看一步。

林天阳来接她的时候她还没来得及化妆，只打了个粉底就上车了。她系好安全带，拿出化妆包对着镜子开始上妆，要涂口红的时候抿着嘴嘱咐林天阳：“开稳点儿啊。”

她这话说完没有一秒钟，林天阳就路过一片减速带，颠簸的车子让代舒手一抖将口红画了出去。

她郁闷地拿纸巾抹掉唇边的口红。

林天阳看了一眼，幸灾乐祸地笑：“今年流行这个，涂出去的，那个，‘肿唇妆’。”

“一派胡言。”代舒拿着擦过口红的纸在他脸上揉了一下，他的脸上立马出现个红印子。

林天阳拿食指在脸上揩了下，关节处还有淡淡的红色，他把食指放在鼻子下方闻了闻，说了声：“香香的。”

代舒觉得自己刚才那个行为像是调戏他一样，又觉得他说的这句话才是真调戏。

想来想去，她安分地坐好当鹌鹑，不乱动了。

在会议室见到张导和几个工作人员，代舒努力减小自己的存在感，只想躲在角落看视频。

张导让实习生给林天阳用电脑看MV，然后继续跟策划开会商量要修改的地方。

一副耳机，林天阳跟代舒一人戴了一边，画面开始是那两个老人坐在长椅上看着对面的大树，白色粉笔字体的“我会陪着你”几个字出现，那两个老人变成了林天阳和代舒。

代舒小声嘀咕了一句："拍得好胖啊。"

上镜是会拉宽人脸，不过林天阳觉得还行，有外人在，他没说话，认真地继续看后续。

队员们走入画面开始演奏，林天阳走向代舒的动作被做了倒置的特效，变成面对着代舒倒退回麦克风后面，开始唱歌，之后的画面就是给每个队员近景特写，还有他们跟代舒说话的场景。那棵树果然做了特效，叶子从无到有，从绿变黄。

最后林天阳跟代舒坐在一起看树，接了一个代舒开心微笑的特写，叠化变成了老妇人的笑脸，最后的镜头是两位老人坐着看树的背影。

虽然代舒没怎么看明白，但也大概知道这是一个陪伴到老的故事，看完以后刚想客气地夸赞导演几句，张导先问了她："有没有什么问题？"

问题……脸拍太胖了算吗？

代舒不敢真这么问，脑袋摇成拨浪鼓似的："没有，很漂亮！"

"刚跟策划谈，这个色调太平了，会换个滤镜让色彩浓烈一些，毕竟是首欢快的歌，今晚再出一版。"导演自顾自地说着。

然后他对着林天阳说："你们有什么要求可以提，一起改了。"

"没有，辛苦您了。"林天阳对导演点了下头，"你们忙，我们先撤，不打扰你们工作了。"

"老板今天在，你打声招呼再走。"

"好，张导再见。"林天阳拉着代舒把人带走，看她回头张望的样子觉得好笑，"你还真打算跟导演说给你把脸修瘦点儿？"

"他不是金牌剪辑吗……不麻烦吧……"

林天阳失笑："这样好看，圆脸显得年轻。"

"哟！你俩来了！来来来！"陆昀从办公室走出来刚巧看见他们，招招手让他们进办公室。

办公室里除了陆昀，还有个看起来挺年轻的男人，林天阳给代舒介绍："这是邵总。"

代舒打了个招呼，没好意思多看，匆匆扫过的那一眼看见是个长得挺帅的男人。

陆昀随和地跟代舒聊天：“我今天没事，过来这边陪小邵加个班，刚才看了你们那支 MV，好傻啊，哈哈哈。”

“……”

“化妆师咋弄的，都没给你打阴影吗，怎么脸拍出来那么圆？哈哈哈……”

“……”

“咯。”那位邵总咳了声，打断了陆昀的话，“你们那个真人秀的收视率不错，最近通告约也比较多，我听 Mary 说都推了，还是专心排练巡演，你们这次单曲的发布会我和陆总都会出席，歌我听过了，挺不错的。”

“对对，很不错，人啊，谁没遇见过几道坎儿，小代，我看你就很好，那些负面新闻也没怎么影响你，脸还是这么圆圆的。”

邵总听陆昀越说越不靠谱，挥挥手让林天阳先回去：“具体安排我会跟 Mary 说，你们安心排练。”

从总裁办公室出来，又撞上了张导，他就是过来找他们的：“还好你们没走，不然还得跑一趟，来开个会，我们打算补拍几个场次。”

林天阳和代舒对视了一眼，跟在张导身后往会议室走。

刚落座，助理就给两人一人一份新打印的剧本。

主要内容是代舒在房间内的各种活动，包括坐在床上看书、听歌，或是坐在窗台上看外面的夜景，看车水马龙。

林天阳看到这里，大概了解了新补充的内容是在讲代舒的日常生活如何索然无味，她总是在一个封闭的空间里待着，不肯走出去，那个公园是她与外界最频繁交流的地方。

而林天阳只多了一场戏，是在 MV 快要结尾的地方，他终于走进代舒的内心，把她从孤独深渊中解救出来。

表现的形式简单粗暴，他要跟代舒水下接吻。

第十期

我会陪着你（下）

补拍的场地选在林天阳公司附近的一家带游泳池的酒店。一行人开车去酒店时，林天阳不确定地又问了代舒一次：“那个，你有异议的话可以跟导演提的。”

代舒茫然地看他：“啊，吻戏吗？导演说可以借位啊，我有什么异议？”

“你可以要求不借位。”林天阳托着腮笑。

“……”前排还有工作人员，代舒一脚踩在林天阳的皮鞋上，狠狠踬了下。

林天阳吃疼，却也只是笑笑没说话。

下了车，两人各自分配了一间休息室。等到代舒开始拍摄的时候，林天阳跑去围观。

她坐在铺着毯子的阳台上，只穿了件宽大的白色衬衣，腿屈着，曲线美好。

她回头，正好看见林天阳，不自知地笑了下，被导演喊停：“不要笑，眼神再迷茫些，不要有聚焦，放空。”

林天阳退后几步，躲在墙壁后面，不打扰她的表演。

室内的戏拍得很快，要拍水下那场戏前，两人在休息室门口打了个照面。

林天阳问她：“一会儿你要穿泳衣吗？”

“不是，要穿一条白色裙子，造型师说这样视觉效果好。”代舒简单答了一句，就进了休息室把门关上换衣服。

林天阳的装束很简单，白衬衣、黑裤子，他换好以后等在代舒的休息室门外。

门打开，她穿着一层一层纱的蓬蓬裙出来，手抱着裙摆，明媚地朝他笑：“走吧。”

他眼前一亮，慢慢地跟她一起往泳池的方向走，直到看见泳池旁围着的那一圈工作人员，才想起来问了一句：“你会游泳吗？”

代舒点头。

“那还好。”林天阳又问，“你会接吻吗？”

代舒拒绝回答，并且提出警告："喂，林天阳，你再调戏我，我就提着我的四十米大刀砍你了。"

林天阳捂着自己的胸口："刀下留情，我肋骨还没好利索。"

"那你就别惹我。"

"忍不住。"林天阳换了个说法，"大概是情不自禁。"

代舒打了个哆嗦，说要砍人的人抱着裙子逃得比谁都快。

开拍前张导又给两人讲了一遍戏，林天阳公司的人以及节目组的工作人员都在，被这么多人围观拍"吻戏"，哪怕是借位代舒也觉得不好意思。

代舒先跳进泳池，池里的水都放得差不多了，水深只到腰间，而且还是温水。

她闭着眼睛在水中等了没几秒，林天阳就跟了过来，他手握着她的腰，快贴近她的脸，她感受到水流的波动，忍不住睁开了眼睛，往后躲了一下。

导演喊停，这条过不了。

两人从水里站起来，立马有人送浴巾来帮他们披上。

执行导演过来问代舒有什么问题，代舒支支吾吾地道歉："在下面憋太长时间了，憋不住了，对不起。"

执行导演安慰了她几句，跟林天阳商量："一会儿你加快些速度。"

场记打板，再次开拍。

这次林天阳没让代舒在水里等太久，一进入水面下就抱住她吻过去，因为镜头在后面，他亲在她靠近嘴角的位置，贴了快十秒钟。

这十秒钟在水下显得格外漫长，代舒就像个军训时被罚站姿的学生，因为不让乱动，所以觉得哪里都痒，尤其是林天阳触到她的位置。

她甚至猜想林天阳是不是没刮胡子，所以胡茬扎到了她。

代舒终于忍不下去，想申请再拍一条，刚要推开林天阳站起来，却因为水流使得动作不顺畅，阴差阳错地亲到了他的嘴唇。

"……"林天阳睁开眼看着她，跟她一起从水里站起来。

他的手从她腰上移开，两个人一前一后爬出泳池，站在岸边深呼吸了几次。

代舒不知是不是因为憋气时间太长，脸色涨红，披着浴巾在一旁擦头发。

林天阳去张导旁边看监视器的回放，看完了问导演：“这样过了吗？”

张导笑着揶揄他：“怎么，还想多来几条？”

林天阳拿毛巾擦掉耳垂上的水滴，笑了：“也不是不可以。”

“你就想好事吧。”张导给他个白眼。然后他拿起喇叭按开开关，对着工作人员喊：“收工！”

上次跨年夜直播的时候亲到他是意外，这次拍吻戏又亲到他，他还相信是意外吗？

代舒洗完澡换衣服的时候满脑子都是这个问题，心不在焉地连毛衣穿反了都没发现。

她走出休息室，墙边靠着的除了她的助理还有林天阳。助理看看她，又看看林天阳，为难地问：“林老师说要送您回去。”

代舒现在没脸面对他，低着头走过去，挽着助理的胳膊往门外走：“不要他送。”

“代舒。”林天阳叫她。

她假装没听见，拽着助理走得更快了。

林天阳望着她背影走远，没有追上去。

手机响，他掏出来看了一眼，居然是赵裴飞。接通电话，赵裴飞也没问他在干吗，直接约他喝酒：“别开车，喝两杯。”

“好。”林天阳要了地址，给司机打电话让他晚上去接自己。

赵裴飞约的地点就在他下榻的酒店，林天阳不打算被围观，点了菜和酒让服务员送到赵裴飞的房间。

两个男人面对面隔着小圆桌坐着，都没说话。

赵裴飞给林天阳倒满一杯红酒，跟他碰了个杯，一饮而尽。

林天阳陪着干了一杯。

赵裴飞再满上，又干了。

林天阳这次没陪，把赵裴飞的杯子也拿走：“有事说事，喝醉了就没的说了。”

“咱们虽然没见过几次面，但你在我这儿也算是个故交了。”赵裴飞把杯子拿回去，慢慢贴着杯壁倒酒，“五年前，我就从代舒的口里认识了一个落魄不得志但是据说很温柔的摇滚青年。”

林天阳静静地听，没搭腔。

“我明天就回去了，代舒今天的情况还好吗？”

林天阳忽然想起来不久前她的那个亲吻，点了点头：“还可以。”

“那就好，看来她不怎么需要我。”

“代舒的抑郁症……有什么需要注意的事项吗？比如哪些事件会对她产生刺激，怎么调节她的情绪，抑郁症这种病复发率高吗？”林天阳一连问了几个问题，他虽然查了些资料，但是肯定没有专业的医生更了解。

“哧，你真以为她是抑郁症啊。”

林天阳皱眉：“什么意思？”

“看来代舒没告诉你啊。”赵裴飞摸着下巴，很欠揍的语气，“啧，那我是不是不该多嘴？说不定代舒没把你当自己人呢。”

这种话必然挑起林天阳的好奇心与求知欲，他盯着赵裴飞：“告诉我。”

赵裴飞的手从下巴移到脖子上，食指指向林天阳的方向：“求我。”

“求你。”

“你能不能行，这么轻易地就求了？”

“代舒怎么了？有什么是没告诉我的，我需要知道。”

赵裴飞故意气他：“你怎么就需要知道了？你又不是她什么人。”

林天阳把晚上的事断章取义地说给赵裴飞听：“她一个小时前亲我了。”

“……”赵裴飞端起酒杯喝了口酒冷静，被林天阳压住杯子不让喝。

“告诉我，我求过你了。”

“你那哪儿算求啊？”

“那你说怎么求？”

赵裴飞被他这番纠缠逗笑了，感觉这不是他印象中的林天阳。他告诉他：“其实一年前，我陪代舒去听过你的演唱会，她说怕太激动了会犯病，让我在旁边看着。我们坐在 VIP 席位上，第二排，可惜你没看见她。她也没她说的那么激动，全程很安静，直到演唱会结束了，离场了，她跟我说感觉你和她印象中的那个人不太一样了，不过她很开心你现在这么意气风发。”

林天阳从来不知道他们还有过这么近距离的接触，心里涌起一股酸涩。

“代舒得的病比抑郁症要严重一些，不过她不想告诉你，应该有她的理由，我没权利把我病人的信息告诉给不相干的人，你想知道的话就自己问她吧。”赵裴飞顿了顿，继续说道，“不过作为代舒的哥哥，我可以负责任地跟你说，代舒很喜欢你这个臭小子。”

“一直很喜欢。”

赵裴飞的酒劲儿上来了，拉着林天阳要跟他唱歌。

林天阳耐着性子听他鬼哭狼嚎了半天，直到他唱累了把人扔到床上，给他盖上被子。

他拍拍赵裴飞的脸：“你明天几点的飞机？”

赵裴飞拉住他的手，按在自己胸口，神志不清地嘟囔：“你知道代舒的名字是谁起的吗？我起的！希望她永远舒心快乐。”

“哦，那怎么不叫代舒乐？”林天阳把手抽走，也不问他到底几点起了，按着赵裴飞的拇指解锁手机，从六点到七点定了十二个闹钟。

头疼地按了按太阳穴，看着这一室狼藉，林天阳给自己的司机打完电话没急着走，窝在沙发上一边醒酒一边思考赵裴飞跟他说过的话。

代舒还有没告诉他的事情。

代舒还喜欢他。

用赵裴飞的话说是“一直很喜欢”。

挺严肃的一件事，可一想到赵裴飞的这句话林天阳就忍不住想笑。

他没法在这里专心思考，全副武装后离开酒店，坐车回到乐队公寓。

队员们都睡了，林天阳放轻动作，冲了个澡，把酒意也冲走了七八分。打开卧室的窗，他点了支烟，坐在窗前用电脑查赵裴飞说的“比抑郁症严重一些”的心理疾病，查来查去也只查到一个叫PTSD（创伤后应激障碍）的病状有些像。

根据他查到的资料，如果代舒真的得过这种病，那么她很有可能是回避当年让她产生创伤的事件的，也就不存在赵裴飞说的让代舒亲口告诉他发生了什么。

赵裴飞这家伙，真够讨人厌的。

长长的烟灰掉落，他没来得及抖进烟灰缸，手背被烫了一下。

林天阳把烟熄灭，合上电脑，站起来看着窗外。除了路灯，没有几户人家还亮着灯了。

不知道代舒睡没睡？

她会不会为晚上的那个吻羞涩、懊恼，或者带一些窃喜？

这之后的几天，林天阳和队员为巡演进行增强训练，再见到代舒是在新歌发布会的后台。

节目拍摄前，导演还特地交代了两个人要表现出拍吻戏以后羞涩的感觉，比如不好意思看对方的眼睛，说话时微微尴尬的样子。

林天阳觉得代舒演得挺好，跟他打了招呼以后一直跟化妆师聊天，偶尔看他一眼也没有交流。

林天阳拉了把椅子坐在她旁边，被冷落了半天后终于没话找话地问："你这几天干吗了？"

"打样、看样，督促工厂出活儿。"代舒从旁边的桌子上拿了个熊偶给他看，"可爱吗？"

熊偶穿了件卡其色的卫衣，衣服上印着"我会陪着你"。

因为是歌曲的周边，今天许多地方都摆着这种熊，林天阳来的时候就看到了。他从桌子上又拿了一只，递给代舒："你签个名，我也签个，可以用来送粉丝。"

代舒的妆已经化好了，化妆师识趣地离开休息室，把空间留给他们。

代舒照着他说的在熊偶衣服上签了名，刚签完林天阳就把她的拿过去，然后把自己的给她："送给这位粉丝，希望你能时时看见这只熊，提醒自己努力做到。"

代舒先是不解，然后看见他的名字签在 logo 旁边才反应过来。

连起来就是：林天阳，我会陪着你。

摄像师就在身后，代舒不知道该拿熊偶怎么办，看了一会儿把它装进自己的包里。

熊偶太大装不下，探头探脑地露出来半张脸。

发布会的工作人员拿着本子来跟两人对流程，主要是乐队的访谈，代舒只在最后那个环节上台，作为周边的赞助商和一群捐款嘉宾合影就行。

发布会开始前五分钟，他们一起进场。代舒这才发现从其他几个休息室出来的嘉宾全是明星，陆昀跟那天她见到的邵总一起出的门，见到她还和她打了个招呼。

代舒刚想凑过去跟陆昀说话，被林天阳从后面扯住手腕，屈肘示意她挽着自己进场。场地前排座椅从中间过道被分成两边，乐队的其他三个成员都在右手边，而林天阳的座位被安排在左边第二排，跟代舒坐在一起。

为了维护现场秩序，节目组的摄像师并没能在他们身边跟拍，而是在媒体席远距离拍摄，只能拍到两人说话的表情，没法收录他们说的话。

主持人在台上说着开场词，林天阳歪头靠近代舒，小声地问她："昨天给你发信息怎么不回？"

"昨天去工厂了，又忙又乱，看了手机没时间回。"

"晚上呢？"

"晚上太累，忘记这件事，回去就睡了。"

林天阳没再说话，坐正了身子看台上。

舞台上的灯忽然熄灭，背景LED屏开始放临时乐队的新单曲《我会陪着你》，同一时间这支MV也在网上全球发布。

成品跟上次代舒看见的差不多，只是穿插添加了一些她补拍的室内的戏，表现女生内心世界。

乐队的人已经看过这支MV了，不太专心地聊着天，唐哲正跟阿迟聊着自己新写的词，聊到一半听见明笫说了一句："哇！"

唐哲扭头看大屏，屏幕上是林天阳和代舒的侧脸，两人正在水下拥吻。

虽然已经看过了，可是再看到还是觉得很兴奋，三人齐刷刷地看向左边的林天阳，看见他跟代舒两人动作一致地托着腮，沉默着没什么表情。

MV放完，台下的观众鼓掌欢呼，主持人上台把今天出席发布会的嘉宾都介绍了一遍，每介绍一位，观众的欢呼声就高一个层级，等到乐队上台的时候粉丝团举着牌子尖叫得好大声，连代舒都忍不住回头看了看那几个小姑娘。

主持人依照惯例问乐队创作这首新歌的初衷是什么，林天阳把官方宣传语说了一遍，唐哲插话："还有呢？"

林天阳看向唐哲："还有感谢我亲如家人的朋友们的陪伴，一个人在世间游走太苦，多亏了他们才能一路走到今天。"

主持人很上道地扫了一眼台下："哦？几个家人啊？"

林天阳清了下嗓子，撞上代舒的视线，看见她把头扭向别的方向。

他不好意思地笑："现在是四个了吧。"

"啊——"粉丝团的小姑娘们又爆发出一轮尖叫，跟看演唱会似的。

工作人员过去提醒她们，再喊的话就要清场了，她们这才捂住嘴巴安静下来。

主持人把话题引向他们三月份的全国巡演，聊了一会儿又回到关注心理健康的主题上来。主持人请了两家心理咨询机构的医生上台，把临时乐队和各界慈善人士的捐款用途公示，为抑郁症、恐惧症等患者提供优质的免费心理咨询，同时呼吁社会大众更多地关注身边的朋友，在他们精神压力过大的时候给予安慰支持，或是鼓励他们到专业机构接受心理辅导与治疗。

最后所有嘉宾上台合影，代舒被安排在中间位置，跟乐队一起把手按在那个关爱项目的启动装置上，身后的大灯牌骤然点亮。

活动结束，嘉宾从过道退场，还有一个媒体的群访环节。

群访室里，乐队成员加代舒总共五个人站在广告牌前，每个人都举着几个话筒，回答记者提出的问题。

因为林天阳跟代舒正在拍摄真人秀，记者的问题多数都很八卦，连他们私下有没有一起吃饭这种没营养的问题都问出来了。

阿迟替他们回答："小代跟我们几个关系都不错，不过大家平时比较忙，不会经常约饭，像今天这样一起参加活动的情况，一会儿结束了是打算约个火锅的。"

Mary 出来控场，提醒记者们不要问与新歌无关的问题。

一个终于得到机会提问的娱记高声问代舒："你的抑郁症现在好了吗？据我所知这种病只能暂时控制，没法完全治愈的，如果再次发病是不是会影响你现在的事业？"

代舒装作没听见，笑着看向别的要提问的记者。

没想到唐哲忽然盯着那个记者冷笑："据你所知？你是学医的吗？有医疗执照吗？随便百度一下就以为自己什么都懂了是不是？谁告诉你抑郁症没法治？明笫是东大医学院的都没说过这话，你就懂了？我觉得你很无知，很不专业，下次出来采访请先做好功课。明笫我说得对吗？"

明笫点头："你说得对。"

提问的男记者脸憋得通红，似乎还要反驳，Mary 赶紧挑了一个看起来很和气的女记者提最后一个问题。

没想到这记者看起来和气，却也不是什么善茬："请问林天阳，等真人秀录制结束后，会考虑跟代舒继续发展吗？"

Mary 听了想骂人，立马开始张罗着结束访问，让乐队成员从安全通道离开。

林天阳把话筒还回去的时候说了一句看似很客套的场面话："代舒是个很优秀的人，我很欣赏她，如果有机会，有缘分，或许会发展成更亲密的关系。"

就是因为这个回答，散场离开的时候，Mary 一边用力嚼着口香糖一边瞪林天阳："我再也不会相信你的鬼话了，你们男人没一个好东西，都是骗子，骗子！答应我不会闯祸不会惹事，假装乖巧地才训练了几天啊，憋着劲给我捅娄子。"

林天阳居然觉得这样碎碎念的 Mary 有几分可爱。

代舒跟队员在后面走，听着 Mary 骂了一路，小声跟阿迟说："要不今天我还是别跟你们去吃饭了，你们经纪人好像很生气……"

"没事，她就是刀子嘴，豆腐心，人不坏的。"阿迟刚说完这话，就看见 Mary 忽然返身往回走。他忙拉住 Mary 胳膊，讨好地笑："姐，去哪儿啊？"

"去给你们擦屁股！刚才你脑子被驴踢了是不是？得罪那帮记者干吗？"Mary 狠狠瞪了唐哲一眼，骂完就走，也没说要去干吗。

等她离开了，林天阳才跟他们解释："她不放心刚才那个记者，要去确认一下他是哪个单位的，打点一下，以免他丢了面子会使坏报复。"

“那人真要使坏的话，她说几句就有用吗？”代舒感觉Mary真是神通广大。

“找他们领导吧，如果他真弄出什么黑料，就把唐哲的恋情当成交换安抚他们一下。”阿迟有理有据地推测，“上次去KTV玩被拍到了容易被误会的画面，不就是这么干的吗？”

他们先后上了保姆车，代舒还记挂着刚才的话，可他们已经聊起巡演相关的事情了。代舒犹豫了一会儿，给林天阳发信息：“你们在KTV被拍到什么画面了？”

他俩明明就在最后一排并肩坐着，林天阳收到信息扭头看了代舒一眼，用手机回她：“公司聚餐，有人叫了公主，有些动作太亲密了。”

“你也叫了？”

“那天我发烧，没去。”

代舒刚要感慨林天阳是个好青年，他紧接着又发了条：“有点儿可惜。”

明显是在开玩笑，可代舒还是觉得有些不痛快，关键是她能感觉到林天阳是故意这么说话让她生气。

他又不是她的谁，凭什么撩拨她啊？

而且最烦人的是，她真的被他气到了。

代舒握着手机思索良久，抬手在他胸口捶了一拳，冲他皱鼻子。

在队友们看来，这是毫无预兆的一拳。他们全看迷茫了，刚才林天阳什么话都没说，怎么就被打了呢？

唐哲也不在意自己当背锅侠的事了，震惊地问林天阳：“哥，你说实话，之前断了的那几根肋骨真的是被电视机压断的吗？电视机突然自己飞过来砸断你的肋骨？”

林天阳也被打蒙了，胸口有些疼，他捂着被砸的地方，莫名想笑。

他看向唐哲，幼稚得像个初中生：“当然是电视机自己飞过来的，不然还能是代舒扔过来的吗？”

唐哲想着林天阳这话的真实性，居然觉得也不是没有可能。

他看着瘦瘦小小的代舒，挠了挠头：“没有没有，就是觉得那台电视机还挺厉害的。”

晚上的火锅吃得很尽兴，没有Mary的管束，几个男人完全不知道节制，这几天吃素吃得他们都怀疑人生了，能在冬天里来这么一锅热气腾腾的肉类简直不能更美好。

唐哲捞肉的时候吃一口念叨一句“二十个俯卧撑”，念得阿迟吃一口踹他一脚：“肉都堵不住你的嘴吗？”

代舒在旁边看着，挺羡慕他们的，就像林天阳今天在发布会上说的，一个人在世间游走太苦，多亏了有这些朋友的陪伴才能走到今天。

怕喝酒误事，大家点的都是酸梅汤，只有林天阳要了可乐，特别讲究地插着吸管喝。

吃完饭，众人戴上口罩离开饭店，依旧坐了乐队的保姆车，先送代舒回家。

到代舒楼下的时候林天阳提出送她到家门口，说怕电梯里遇到变态之类的。队员们心照不宣地点头，表示电梯是挺危险的，会出各种不好的事情，当然需要林天阳送她上去，这是很正常的朋友之间的友情互动。

本来挺正常的事，被队员们这么一闹，代舒倒有些不好意思了，连连拒绝：“没那么多变态，我自己走就行。”

林天阳已经戴上了口罩，不容拒绝地跟在代舒身后。

两人并肩走进电梯，代舒挺想解释一下那天在水下的意外，却又觉得会越描越黑，干脆闭嘴。

到代舒家门口，代舒挥挥手，让林天阳赶紧下楼，不要让队员们等着。

林天阳“嗯”了一声，走到电梯门口等着。他侧头，看见代舒还半开着家门，站在门后等他上电梯。

林天阳大概是脑子抽了，忽然转过身，两手举到脑袋上，比了个爱心。

两个人都愣了。

林天阳深觉丢脸，电梯门一开就大步迈了进去，疯狂地按关门键。

代舒笑着回了家。

静静正在客厅看电视，看见代舒回来告诉她玄关那里放着她的快递，寄到工作室去的，她给带回来了。

代舒道了一声谢，看箱子大小以为是自己买的收纳盒，兴冲冲地撕开包装带，发现里面是个粉色的礼物盒子。

她好奇地猜着是谁送的礼物，刚掀开盖子就吓得把整个盒子扔了出去。

静静听到声音赶过来看情况，看到地上的东西也吓了一跳。她壮着胆子蹲下仔细看了看，是个袋鼠毛绒玩具，被人把脑袋和肚子戳破，露出来很多填充棉，最恶心的是玩具身上沾满了红色的油漆，看着像血似的。

静静怕刺激到代舒，飞快地把玩具装回盒子，连着快递盒一起拿出门外扔到垃圾箱里。回来看代舒还在发呆，她拉着她一起进厨房，在手上撒了盐洗了半天手，还给代舒"叫魂"："阿代，不怕啊，没事啊。"

代舒回神，看着眼前的静静，委屈地抱着她，把头垫在她肩膀上："谁啊，那么无聊。"

"林子大了，什么鸟都有，别管他们，估计是眼红你漂亮还能挣钱呢。"静静懊恼自己没有查验一下就把东西带回家，安慰道，"别怕，这些小人也就能干这种无聊的事了，让他到你面前估计屁都不敢放一个。"

"我今天晚上可不可以跟你一起睡啊？"

"好啊好啊，你身上暖和，帮我暖床正好。哎，对了，今天工作室新招了个小帅哥，特逗……"

隔天上午林天阳跟代舒在新家录节目，化妆之前林天阳看代舒的脸色不太好，坐在她旁边问："怎么了？昨晚没睡好吗？"

"嗯。"代舒没什么聊天的心情，语气淡淡的。

林天阳不知道她为什么对自己这么冷淡，等没人的时候又问她："出什么事了？"

代舒不想他担心，随便找了个理由："昨天看见网上有骂我的，心里苦。"

林天阳昨晚看见公司把"林天阳荧幕初吻"投到热搜上了，当时他就害怕有他的粉丝攻击代舒，还特意让文案把借位的事写上，也一直在控评，果然还是被代舒看到了一些不好的评论吗？

代舒看他眉头紧锁，又安慰他："没关系，如果我真的打算在娱乐圈发展，以后说不定也会跟别的男明星拍亲热镜头，多拍几次就会被当成职业演员，就不会被骂了。”

没想到她说完以后林天阳神情更阴郁了，他直勾勾地看着代舒：“你是故意这么说来气我吗？”

代舒说这话之前没想到要让他吃醋的，说完了才觉得有些不妥，朝着林天阳吐舌头，这篇就这么翻过去没再提了。

这期的主题是写歌和看展，林天阳公司投拍的电影需要临时乐队创作主题曲，节目录制前跟电影导演沟通过。节目录制过程中，林天阳和代舒两个人把家里的绿植都养护了一遍，就接到了导演打来的电话。

林天阳看到来电显示，跟代舒说了一句“是万旭哥”，说完就开了免提。

万导演把约他写主题曲的事简单说了说，林天阳装作惊讶的样子细细询问：“万哥，是什么类型的啊？”

“青春类型的，电影叫《少年如风》，想要那种怀旧的但是又不太悲伤的感觉，细腻一点儿。”万导演解释了一番新戏剧情。

林天阳等他说完以后表示自己清楚了，又跟导演说：“我现在跟我‘太太’代舒在一起呢，她很喜欢你以前拍的作品，跟你打个招呼。”

“好啊，我有看你们节目，代舒你好。”

代舒脸有些红，捂着脸恭敬地对着话筒讲话：“万旭哥好，我上学的时候就很喜欢你！你超帅！”

“行了，打个招呼就行了。”林天阳推开她的脸，跟万导演说再见。

万导笑得开心：“你们‘夫妻’俩一起写啊，要甜甜蜜蜜的感觉，演员就位了，我要过去了。”

“好的，万哥你忙，写完跟你约。”林天阳挂了电话，托着脸发呆。

代舒问他：“你是不是要问万旭哥要剧本看看？”

“阿迟哥、陆昀哥、万旭哥。”林天阳掰着指头数，“你怎么叫别人都叫得那么亲切，叫我就连名带姓呢？”

“那我怎么叫……天阳哥？”代舒刚叫完，两个人同时打了个哆嗦。

林天阳摸了摸后颈，扬起嘴角：“好像也不错，你再叫一声。”

“你正常点儿好吗！”代舒站起来，在原地转了一圈，“我去做饭，你，你先想想那个歌怎么写吧。”

林天阳待她走了，躺靠在沙发上，看她在厨房忙碌的背影。

代舒没花多少时间，做了两份意面，拌了个牛肉沙拉，出来的时候看见林天阳懒洋洋地像是犯困的样子，戴着代舒工作室新出的雷锋帽斜靠在沙发上。

“你在构思歌词吗？”她把盘子直接放在沙发前的茶几上，坐到沙发对面问他。

“没有，在发呆，没什么想法。”

“那就先吃饭吧，吃完再想。”代舒把刀叉在他面前摆好。

林天阳吃的时候兴致缺缺，吃几口就停一会儿。

代舒不解地看他：“做得不好吃吗？”

“没，挺好吃的。”林天阳放下叉子，捂着自己的脸，“牙有点儿疼，好像上火了。”

“那我去给你煮点儿粥喝？”

“不用麻烦了，这个挺好的，我吃点草败败火。”林天阳插着沙拉往嘴里塞。

因为林天阳牙疼，代舒也没吃很多，就把饭菜端下去了。

她收拾完厨房，林天阳还保持着原来的姿势，指挥着她：“牙疼，胸口好像也有点疼，我指导，你来写词好不好？”

代舒没有意见，翻箱倒柜找出来一支从家具城拿的铅笔，又找了个本子，端坐在小板凳上聆听林天阳的教诲。

结果林天阳大手一挥：“你写吧，写完了我再指导。”

代舒以前跟林天阳写《小玫瑰》的时候也没学过写词，她就记得林天阳跟她说押韵就行，反正他也不太在乎歌词，唱现场的时候经常改词，重要的是感觉。

她飞快地落笔写打油诗：“你说如风少年，少年如风／泪和笑都飘散风中／全成空，已成空／从来不为谁停住脚跟就像风……”

写完这一段，她把纸举到林天阳面前，觉得自己写得非常赞：“林老师，你看看。”

林天阳扫了一眼，注意力不在纸上，而在她鼻子跟上嘴唇之间吸着的铅笔上："不要吃铅笔，吃多了铅会变傻。"

"我没吃！"代舒反驳他，"而且铅笔芯不是铅做的，是石墨！"

"哦？知道得还不少。"他看着她，眼前人和当年的明薇重合了片刻。

代舒似乎也想起来这么傻的话是她曾经跟林天阳说过的，咳了一声："你看看词啊。"

"嗯，看了，挺好的，但是后面的有些油腻。"林天阳把纸放在桌子上，"咱们出去走走吧，憋在屋里写不出来的。"

"这么冷，去哪里啊？"

"我记得最近有很多美术展或者摄影展，去逛逛。"

代舒听他这么说，拿出手机来搜展览信息，一个个详情信息看过去，选中一个摄影展："这个是以'校园·记忆'为主题的，应该跟你要写的东西差不多吧？"

林天阳"嗯"了一声，摸了摸腮，含糊地跟她说："那就这个吧，走。"

美术馆离他们新家不太远，他们去的这个时间段展馆里没多少人。白色墙壁上贴着五彩斑斓的图片，高低杠、红色跑道、洒着阳光的课桌、写满公式的黑板，还有一张张青涩的合影与笑容。

代舒看着看着，怀念起自己以前的生活，告诉林天阳："我想起上高中的时候，暗恋过一个小哥哥。"

林天阳第一反应是：说的是自己吧？

他假装淡定："哦？什么样子的？"

"高高瘦瘦的，给人很干净的气质，不太说话，但是说话的时候很温柔。"

果然在说他。

代舒在一张照片前停住脚，指着上面的男生跟林天阳说："有点儿像这样，戴着眼镜，鼻梁高高的，投三分球特别准，斯文中带着运动风。"

等等……他没有戴眼镜的时期啊。

对了，她说的是高中的时候喜欢的，他在她大一的时候才认识的她。

林天阳有些小情绪了，直到看完影展出了美术馆的门，代舒才后知后觉地看出他的不高兴。实在是他平时表情不太丰富，又总喜欢装，很难判断他的真实情绪。

代舒跟林天阳去了旁边一家咖啡馆歇脚，她去前台点完餐以后回到座位上，看他捂着脸，问了一句：“牙还疼吗？”

“嗯，不太舒服。刚才阿迟发信息，问你除夕要不要去我们公寓一起过年。”

还有三天就过年了，他们都不回老家，朋友一起过年也比较热闹。

代舒点头，这原本就是剧本设计的一部分：“好啊，包饺子给他们吃。”

“嗯。”

代舒戳戳他另一只搭在桌子上的手：“只是小时候喜欢的男生啊。”

“嗯？”

“是我们班长，长得好看，学习也特别好。”代舒不知死活地继续夸那个男生。

“哦。”林天阳冷着脸，“他知道你喜欢他吗？”

“不知道，是暗恋，我们班好多女生喜欢他。”

林天阳冷笑一声：“那恭喜你，现在他知道了，全世界都知道了。”

“……”代舒缩小自己的存在感，等咖啡送过来后吸溜了一口奶泡，指着窗外惊喜地叫，“呀！下雪了！”

林天阳喝的菊花茶，听到她声音跟着扭头看，雪不大，飘飘洒洒随着风飞。他看她，她不知道是不是故意躲避他，做出非常认真地赏雪的姿态。

“林天阳。”她忽然叫他。

“嗯。”

“我带你去拔牙吧！”

“什么？”林天阳疑惑地问，这好像并不是台本里的词。

“你不是牙疼吗，带你去拔牙，你不要吃醋了。”

“……”这两者有什么关系？

代舒学他昨晚在她家门口的傻样子，两手举到头上比了个心：“你看，全世界都知道我现在喜欢你呢。”

林天阳耳朵红了，掩饰地端起茶杯喝茶，看着外面的飞雪：“嗯。”

【VCR】

代舒：大家好，我是代舒，首先感谢大家对我的关心，对于网上流传的言论，真真假假我都不想再做说明了。是的，我曾经因为家庭原因得过抑郁症，是我的朋友和亲人陪我度过了那段艰难的日子，我想说，抑郁症不是无法治愈的，只要你愿意尝试改变自己，生活总会充满希望。

导演：为什么会想要写这么一首歌？

林天阳：知道了代舒之前的一些经历，我问她我能做些什么，她说希望更多人关心爱护身边的人，因为当初她遇到困难的时候多亏了家人的陪伴才能走出低谷。我想，音乐是具有治愈人心的力量的，我能做的也只有这些了。

导演：对代舒有什么新的认识吗？

林天阳：又坚强，又可爱。

导演：她在你眼里怎么样都可爱对吗？

林天阳：（笑）对。

第十一期

再见了，智齿

雪越下越大，林天阳撑着伞送代舒到车上，一路缓行回家。

代舒晚饭只煮了白粥，粥里加了几勺海苔肉松，两个人就这么凑合着各喝了两碗粥。

林天阳的脸已经有些肿了，代舒走到他面前，一把握住了他的下巴，想掰开看看他的那颗牙。

林天阳挣开，不给看："没什么大事，就是智齿，上次疼的时候想拔掉来着，后来一直没时间。"

"明天去医院看看吧，就算不拔也吃点止疼药、消炎药，不然太遭罪了。"

原本他们的拍摄计划是要去滑雪场滑雪的，编导们商量了一番，询问林天阳是不是先去看牙，滑雪改成最后一期。

他们商量的时候，代舒倒了杯偏热的温水，放进去些食用盐搅和开，让林天阳漱口。

林天阳漱了几次，不知是心理作用还是真的有用，他跟代舒说："好像不太疼了。"

"还是去看看吧，这样也放心。"代舒又给他倒了杯淡盐水，"你是害怕吗？我陪你去啊，打了麻药一点儿都不疼，再说也不一定明天就能拔。"

林天阳纠结了一会儿，最后点头："好吧。"

因为林天阳状态不佳，所以节目组决定晚上提早收工回酒店休息。

代舒跟林天阳一同出门去往酒店，她真的有点担心林天阳："能坚持到明天吗？要不要今晚先去药店买个止疼药啊？"

"没关系。"林天阳摇头，开玩笑似的跟她说，"如果明天真的要拔牙，那我就把这颗牙镀层金，送你当项链坠。"

"咦——林天阳你好恶心！"

身边还有工作人员，代舒的助理听到这话跟着笑，都觉得林天阳也有挺幽默的一面。

第二天一早，他们就去牙科医院看病，林天阳到了门口才想起来个重要问题：“这里让刷医保卡吗？”

代舒把自己的钱包塞给他：“拔牙而已，又不是镶牙，花不了多少钱的！”

林天阳把钱包打开，数了数，里面现金不超过二百。他把包还给代舒，还之前忽然想起来什么，又把钱包拿回去。

“你这钱少得可怜了，给你添二百。”他说着，把自己的钱包掏出来。

代舒以为他真的要给自己钱，却看见他在夹层里抠了一会儿抠出来一张两寸证件照：“办护照的时候余下的，送给你。”

“说好的二百块钱呢？”

“我的签名照真的值二百，你看，背面有签名。”他把照片翻过来，背面果然一笔一画地写着他的名字。他也不管她愿不愿意，直接把照片放进了她钱包的照片层。

代舒嫌弃地看了半分钟，暂时接受了这张证件照，拉着林天阳的胳膊往医院里面走：“不要拖延时间了，一定要拔掉。”

林天阳不情不愿地挂了号，等号的时候听着里面小孩的哭喊，头皮发麻地问代舒：“我觉得吃点儿消炎药就好了，不用非得拔了吧。哦，对，上次医生说过，肿的时候得先消肿，没法做手术。”

代舒不搭腔，转移他的注意力：“那个电影主题曲，你想好了吗？”

“牙疼少年，少年牙疼，少年一吹风就牙疼。”他捂着脸，瞎编一通。

没编几句，漂亮的小护士就兴奋地来喊他去拍片。

代舒全程跟着，拍完片子去做检查的时候她跟在旁边看，听大夫说最好把智齿拔了的时候替他做主：“今天能拔吗？发炎了能拔吗？”

“这种程度的话，可以做，今天拔了吧。”大夫点头，写了个单子给代舒，让她去交钱，然后在操作台上叫护士准备麻药。

林天阳都没准备好就要上手术台，还要在外人面前假装坚强，叮嘱代舒：“一会儿拔牙你别看了，会流好多血，别吓着你。”

“没事，流的不是我的血，我不怕。”

“……那你还挺勇敢的。”林天阳脱了外套给代舒抱着，躺在台子上，闭着眼睛张大嘴，接受冷冰冰的器械在他牙齿上制造疼痛。

代舒站在旁边看，看到林天阳虽然没吭一声，可因为生理反应，眼角有眼泪流下来。她在医生转身拿东西的时候，伸手帮他把眼泪擦掉，感觉他有点可怜。

拔牙结束，林天阳咬着棉花，捂着麻药还没退的没知觉的脸，没什么精神地往外走，走的时候还不忘让医生把他那颗智齿装进塑封袋里拿走。

代舒隔一会儿就轻轻摸摸他的脸，问他疼不疼。

一开始林天阳还摇头，等麻药的劲儿过了才觉得左边的牙空落落的，时不时就疼上一阵。

虽然血已经不流了，可嘴里还有血的腥味，两人回到新家时林天阳直接就瘫倒在沙发上，嘟囔着：“我所有的智慧都在那颗牙齿上，现在它被拔掉了，我的大脑都不会运转了。”

“你想喝皮蛋瘦肉粥还是桂花栗子粥？”

“皮蛋瘦肉粥。”

“看，转得挺快的，没事啊，睡一觉就好了。”代舒安慰他，除了安慰也没什么别的办法，她又没法替他分担牙疼。

她做好饭的时候，看见林天阳正拿着她的粉色手柄小镜子照自己的牙，应该是想瞧瞧智齿被拔掉留下的伤口。

代舒把饭放到桌上，摘下围裙靠近他：“要我帮忙吗？”

“帮我打个光吧，我看不清楚。”林天阳把手机的照明灯打开让她举着，然后抬手挡了下摄像机的镜头，“我也是有偶像包袱的，给个面子，别拍了，丑。”

摄像师拿着机器晃了晃，模拟出点头的动作，然后转过身对着桌上的饭菜，可声音还在收录。

“那里有一个血窟窿。”

“你不要说得那么吓人好吗？”

“真的，虽然不流血了，但是那里的颜色很深，跟旁边的颜色都不一样。”林天阳邀请代舒参观自己的牙床，“你要看吗？”

“为什么要让年纪轻轻的我承受这么恐怖的事情，我不看。”代舒把头扭向一边，“你到底吃不吃饭啊？”

“那就先吃吧。”林天阳走了两步，神神道道地问，“你听没听见哪里有水声啊？”

代舒竖着耳朵听了会儿，指着地板：“暖气里面的水。”

“真的吗？会不会又是哪里漏水啊？”

“林天阳。”

“嗯？”

代舒回到他面前，抬手给了他一个松松的拥抱，拍着他的背哄他：“不就是拔个牙吗，你还真跟个小孩子似的呢。”

林天阳暂时忘记了牙床的奇怪触感，手垂在身体两侧，很开心这样被她抱着。

录制结束后，Mary 亲自来接林天阳回去，顺便关心了一下他的智齿。

林天阳不太在意地说了几句，忽然问她：“姐，你知道哪家金店做定制吊坠不错吗？”

Mary 透过后视镜深深地看了他一眼，虽然不太想管他，还是说了一句：“你别到处瞎跑，我有认识的人，要做什么跟我说，我给你联系。”

林天阳从兜里摸出来装着他那颗智齿的小袋子，印象里这颗智齿是他二十岁的时候长的，从开始冒头就折腾他，终于在二十七岁这年拔掉了。

他告诉 Mary：“姐，帮我照着这颗牙齿做一个金的项链坠吧，能刻字吗……”

看着 Mary 越来越鄙夷的脸色，林天阳清了清嗓子，改变主意：“那不刻字了，镶个钻吧，大点儿的。”

Mary 明知故问：“要送谁？”

林天阳很诚实：“代舒……要过年了。”

“大过年的，你送这种东西是惊喜还是惊吓啊？”Mary 对他们两人的关系现在持顺其自然的态度，她虽然严控着林天阳的绯闻，可私下里他跟代舒要怎么发展，她已经不太管了。她是个聪明人，有防患于未然的心，可林天阳主意大，她知道与其限制林天阳的心意还不如想着怎样把伤害降低到最小更省时省力。

林天阳不理会她的嘲讽："本来我想直接在这颗牙齿下浇一层金水的，不过那样好像有点儿大，而且也不是实心的。"

Mary 翻了个白眼，和后一种方案比起来，第一种方案好像可爱很多。

作为一个高效率的经纪人，Mary 只用了两天时间就把林天阳要的"金牙"项链搞定了。除夕下午，摄制组还没到乐队公寓，Mary 把装着项链的小盒子塞给林天阳，没有别的要求，只有一个警告："这个不许发微博听见没！不要让全世界都知道你这 low 到脚底板的审美！"

"可是节目上会拍到啊，我没打算偷偷送她，是想光明正大地送，这样她才能在公开场合戴。"

"远看起码金光闪闪还带着钻石，不至于让人吐槽得太厉害。"

林天阳又仔细看了一眼，自言自语道："审美有这么低吗？"

Mary 严肃地点头："我觉得你送这个给代舒，她可能会跟你分手。"

"不会的。"林天阳自信地说，"她没有跟我在一起，我在追她呢。"

"……"Mary 的白眼简直要翻到头顶，"那你这样怕是追不上她！"

"可是我觉得她会喜欢啊。"他摸了摸内嵌到牙齿上的小钻石，"多可爱。"

Mary 沉默了几秒，行吧，大过年的，他开心就好。

呵呵，最好是追不上代舒，她就不用为他的恋情提心吊胆了。

代舒到的时候，节目组的工作人员还没来，乐队的其他几个成员还在睡养生下午觉。林天阳坐在沙发上等她，一见到她就扯出个大大的笑容。

代舒的助理拉着行李箱放到林天阳屋里，接到节目组编导的电话，下楼去帮忙拿东西。

屋里只剩代舒和林天阳，她看着他微肿的脸问他："牙还疼吗？"

"都没了还疼什么啊。"林天阳给她倒了杯茶，"你这两天干吗了？"

"昨天工作室开了个小小的年会，把工作收了个尾，今天正式放假。"

她说的这些林天阳其实知道，他看见她的朋友圈了。

说话间，节目组的人都到了，客厅里有些吵闹，屋里自然也睡不安生。

卧室的房门打开，阿迟只穿了个大裤衩就走出来，抓着头发问林天阳晚饭吃什么。结果惊慌地发现屋里有很多人，反应过来是在录制，吓得他捂着胸口又跑回了卧室。

代舒笑着跟林天阳推测后期会怎么对阿迟，说："肯定是两点前打上'马赛克'三个字。"

林天阳跟着笑，笑完忽然冷下脸来："你为什么要看人家的胸口？"

"……"代舒解释不清。

队员们陆续穿好衣服出来，明第走进厨房，不一会儿端出来杯牛奶放到茶几上："加了蜂蜜，给代舒的。"

代舒受宠若惊地喝了口甜牛奶，等明第走了不解地问林天阳："他为什么对我这么好？"

"大概是忽然发现你是他失散多年的姐姐。"林天阳开完这个玩笑，想起来代舒她爸真的姓明，忙改口，"他听说你晚上要包饺子，他最喜欢吃饺子了。"

代舒还没说话，身边的沙发一沉，唐哲坐过来满眼崇拜地告诉她："队长说那个会飞的电视机忽然撞到他的脸，然后他的牙就被撞掉了！"

又诋毁她！代舒要被林天阳气死，就不能在他队员面前说点儿正经话吗！

林天阳咳了一声，起身往厨房走："哎，你买了什么菜？该拌馅了吧？"

代舒果然被转移了注意力，跟进去："饺子晚上看春晚的时候再包，先做点晚饭吃吧，我带了熟食来。"

他们两个人分工合作，一个做热菜，一个备凉菜，很快就做好一桌饭。

大家照例是狼吞虎咽地把饭都吃得干干净净，吃完了很自觉地收拾桌子、清洗盘子。

代舒把发好的面跟和好的饺子馅端出来放在茶几上，一群人围坐着包饺子。

除了林天阳包的还能看，其他几个队员捏得一个比一个丑，林天阳看不下去了，让他们讨论一下电影主题曲的事。

队员们欢呼雀跃地洗干净了手，抱着花生、瓜子、饮料开始唠嗑。

阿迟拿着之前代舒写的词，边看边念："你说的夏天我都记不清，蝉鸣冰棒可能是存在过，你眼里的世界那么丰富多彩，我却只记得你扬起的白色裙摆……”

代舒有种被赤裸裸暴露在大庭广众之下的感觉，郁闷地对阿迟说：“你就自己看嘛，别念出来……”

“挺好的啊，很少女，天阳应该喜欢。”阿迟看向林天阳，“是吧？”

“嗯，她写的我都喜欢。”

“……不看了不看了，我要去睡觉。”唐哲对着空气挥了一拳，“一脚踢翻这碗狗粮。”

明第提醒他：“那是手。”

唐哲辩解：“狗哪里有手，只有前脚和后脚。”

“噗——”代舒被逗笑。

唐哲伸手在面皮上方挥舞：“喂！你不要把口水喷到我们的饺子上哦！”

林天阳笑着问他：“你猜我要说什么？”

唐哲思考了一下林天阳可能会说的话，怎么想怎么肉麻，捂着他的嘴让他安心包饺子，不许恶心人。

明第拿着鼓槌转着玩，他们几个对词没什么建议，打算根据代舒的这段词编一下曲子。吉他、贝斯、塑料玩具鼓都就位，队员们哼一段弹一段，偶尔记记谱子。

开始还能认真写歌，到后面就开始看春晚，电视里的歌手唱什么，他们就弹什么跟着一起唱。

代舒高高兴兴地听他们的现场演唱会，眼睛一直弯弯的。

时间过得飞快，零点倒计时的时候，代舒去厨房把包好的饺子下锅，窗外有礼花绽放，林天阳第一时间走到她旁边，跟她说了声“过年好”。

代舒手里的漏勺舀着翻滚的饺子，回了一句：“过年好，过年好，万事如意，大吉大利！”

他把煮好的饺子端出去，踢了踢坐在沙发上的几个臭小子：“去帮忙！”

鞭炮声不间断地响着，代舒包的饺子分量足够，队员们盛了十几碗给还在录制的工作人员，林天阳则代表乐队给每个工作人员都发了个大红包。

大家彼此说着吉利话，吃着饺子迎接新的一年。

林天阳把他那条充满诚意的项链拿了出来，跟代舒说："礼物。"

"啊？"代舒擦了擦手接过小盒子，刚要道谢，看清那个项链坠的形状后一脸恐慌，"你不会真把你的智齿封印在这个吊坠里面了吧？"

"当然不是，你没发现这个坠小了一圈吗？"

代舒松了口气："还好你理智尚存。"

"照着我的智齿的形状做的，是实心的，那颗钻石也很稀有。"林天阳给她解释这条项链的价值。

代舒掂了掂，冒出个大胆的想法："我可以拿去换钱吗？"

林天阳露出受伤的神情："你不喜欢这个吗？"

确实不喜欢。

代舒对着项链看了半晌，斟酌着问："这个，有什么特别的含义吗？"

"是我的一部分啊，《圣经》里说女人是男人身体抽出的一部分，我想把我的一部分送给你。"

代舒瞪大了眼睛："那个，不是肋骨吗？"

"我肋骨不是被你砸断了吗？"

"是电视机砸断的！"代舒很委屈，关她什么事啊！

"你不喜欢我送你的项链吗？"

"……"代舒不知道如何回答，摇摇头又点点头，昧着良心答，"喜欢。"

单看这块金子和这颗钻石，是挺喜欢的。

林天阳欣慰地笑了，大言不惭道："我就知道你会喜欢的。"

在场的队员们和工作人员都端着碗看戏，饺子也吃不下去了，一个个憋笑憋到内伤。

没想到他们新年看到的第一个段子居然来自林天阳，真惊奇！

大年初一，原本应该是拜年的日子，但乐队的这几个人实在没什么亲戚可走，连同昨晚住在这里的代舒跟助理也睡了个懒觉，九点多才醒。

节目组的人晚上才会来拍逛夜市的戏份，白天的时间属于他们自己。

经过几个月的拍摄，队员们跟代舒已经很熟了，在家里穿着背心短裤到处走，被林天阳踹回屋里一个个穿好衣服才准出来。

代舒的助理是本地人，昨晚收工太晚了，代舒怕她回家不安全让她跟自己一起住下。

现在没什么事，她就让助理回家一趟一起吃个午饭，下午再过来。

助理也没客气，听代舒的话，开着代舒的车回家去了。

公寓里还安着几个摄像头在收录，大家都习惯了在镜头下生活，说话做事也不会特别做作。

唐哲从柜子里翻出来一套麻将，把餐桌一收拾就开了局，拉代舒来凑数："林天阳玩得太好了，不带他玩。"

林天阳不置可否，去给他们准备午饭。

开牌之前，明第按住代舒的手腕，告诉她："我们有彩头的，基数五块钱。"

"还玩钱啊？那我不玩了。"代舒缩回手。

"过年嘛，图个乐呵，也没多少钱，输了你就找林天阳给你付。"阿迟在一旁撺掇。

代舒犹豫了一下，她没怎么玩过麻将，也就给她妈打过下手。

在几个队员的怂恿下，代舒最后还是被拉入战局，谁知道代舒手气巨好，好到就算她不算牌，甚至给人喂牌的情况下也能赢得风生水起。

林天阳出来喝口茶的工夫就看见自己那几个队员号着喊他主持公道，非说代舒出老千。

林天阳站在代舒身后观察了一会儿，觉得代舒没那个能力，纯属瞎打。

几个人闹哄哄地玩了一天，钱全进了代舒的口袋。她一边数钱一边不好意思地看着大家："我就说不要玩钱吧……"

林天阳默默地盯着代舒后脑勺儿笑，她一回头撞上他的视线，拉出脖子上戴着的他送的那颗金牙齿晃了晃："这个挺好的，旺财。"

晚上要录制逛夜市，小吃街上热闹非凡，他们这一行人外加摄像太惹眼，很快就吸引了不少路人的跟随。

人越来越多，半个多小时以后已经要发动安保人员来维持秩序了，节目组怕出事，等代舒几人买完糖葫芦就让他们转移了阵地。

节目组安排的下一站是有名的摩天轮广场，那里同样有花灯展览，还可以乘坐摩天轮观看城市夜景。

编导刚说出目的地后，代舒就偷偷看林天阳的脸色，她没忘记林天阳跟她说的，他曾经在这里站了一夜，等她去跨年。

路上林天阳一直没说话，代舒也不知怎么开口，偶尔跟其他队员聊几句，剩下的时间就在自己尴尬。

不管因为什么原因，她那天没能赴约让林天阳干等着确实挺不好的。

下了车，编导把票发到他们手中，代舒跟林天阳一个舱，那三人坐另一个舱。

林天阳朝代舒伸手，她把手放在他手心，跟他还有摄像师一起坐进舱里。

窗外的景色渐渐升高，虽然过程很平稳，可停在最高点的时候往下看还是让人有些眩晕。林天阳拉着她的手一直没松开，觉得她手有些凉："冷吗？"

"有点冷，果然温度受海拔影响很大。"

林天阳帮她搓了搓手，语重心长地教育她："你要穿秋裤，你看我穿了秋裤就不冷。"

代舒喷笑，点点头："知道了。"

有外人在，她也不能说什么，一直等到广场部分录完了正式收工，她才找到机会跟林天阳说话："你一会儿先别走，我有话跟你说。"

"好。"

林天阳答应以后先去跟队员们交代了一下，让他们坐保姆车回去，然后等没人看见的时候迅速坐上了代舒的车。

他坐在后座，看见驾驶座上是代舒，她的助理没在，又下车把她赶到副驾驶位上，自己开车。

车子发动，林天阳往代舒家的方向开。

开至拥堵路段的时候，林天阳忍不住先问了她："要说什么？"

"对不起。"代舒叹了口气，"那天就该跟你说声对不起的，让你等了那么久，又惹你伤心了那么久。"

林天阳想起赵裴飞的话，想起他说的代舒去演唱会的事，鼻子一酸，声音里带着浓浓的鼻音:“你是在说反话吗?该说对不起的是我吧,让你等了那么久,又惹你伤心了那么久。”

“嗯?我吗?我没有什么伤心的啊。”代舒矢口否认。

“你知道刚才我在广场上想什么吗?我确实想到了那年的跨年夜,可我想的不是我在这里等,想的是我在这儿等着的时候你在哪里,你遇见了什么事,为什么你没能出现。”林天阳看着她的脸,“这个问题,我想了五年,至今没有答案。”

“不是说我回家了……”

“代舒。”林天阳打断她,“如果不想说就不说,但不要对我说谎话,好吗?”

代舒沉默,过了一会儿反应过来:“是赵裴飞跟你说什么了?”

“说了,也没说。”林天阳伸出手握住她的手,“让你不开心了吗?”

代舒把手抽走:“嗯,不开心,不想说,也不想让你可怜我。”

“怎么会是可怜你呢?你知道我不是那种意思。”

代舒语气冷冷的:“我不想和你聊了,你专心开车。”

林天阳忽然感到慌张,他还是弄巧成拙了。道路通畅,他转了个方向,把车子停靠在路边,熄了火。

代舒看了一眼窗外的景色,提醒他:“你违规停车了,会被贴罚单的。”

“你不要生气。”林天阳哪里还顾得上罚单不罚单的,只感觉代舒要把他拉入黑名单了,“你怎么样会不生气?我亲亲你好吗?”

代舒一脸疑惑,继而是羞恼,挥着拳头警告他:“那你肋骨怕是要再断几根。”

林天阳豁出去了,“啪”的一声解开安全带,抓住代舒的肩膀低头亲下去。

“断就断吧。”

林天阳的亲吻不带任何情欲,更像是在安抚。代舒被他吻住的时候大脑一片空白,等反应过来打算给他一巴掌的时候他已经放开她了。

她举起的手尴尬地悬在半空,打也不是,不打又咽不下那口被轻薄了的气。

林天阳主动握住她的手拍在自己脸上,理直气壮地说:“你打吧。”

代舒把手缩回去，又气又恼，一言不发地下了车，不想跟林天阳待在一起了。

她顺着马路疾走了一分钟，回头看，林天阳还坐在车里，开着车灯看她。

代舒又气呼呼地返回车里，推着林天阳下车："这是我的车，凭什么我走啊？你下去，下去！"

"你把我叫上你的车的。"林天阳抵着车门赖在座位上，"现在让我走，我怎么回去啊？"

"我让你上我的车，我让你、让你亲我了吗？我管你怎么回去，你自己想办法去！"

"……你在害羞吗？"

"害羞个锤子！林天阳你要不要脸！"

"不要。"林天阳把车门锁上，打死不下车，"五年前你亲我的时候我没打断你肋骨，也没骂你，拍 MV 的时候也没有。"

这话成功让代舒停下了动作，她看了林天阳一眼，忽然捂着脸开始"嘤嘤嘤"地哭起来。

林天阳吓了一跳，不明白上一刻还斗志勃勃的人下一秒怎么就哭起来了。他慌乱地去掰她的手，她死死捂着脸不放。

林天阳靠近她身旁，想把人整个搂在怀里，结果代舒一抬脸，眼线都哭花了，一头撞在他鼻子上，撞得林天阳一阵鼻酸，感觉有液体流下来，摸了摸，还好不是血，只是鼻涕。

他揉着自己的鼻子，郁闷地帮她把眼泪擦掉："你表达情感的方式为什么总是这么激烈？"

"我本来看你在那个广场不开心了，想着以前的事勾起你伤心回忆了，好心好意地想跟你道个歉，谁让你不规矩的！"

林天阳认罪，是他把代舒惹奓毛的，他活该。

"那个广场我后来去过很多次。"林天阳跟代舒解释，"很多情侣会先到外面滑冰场玩一会儿，然后去旁边那个酒吧吃饭休息，在那个酒吧里会有乐队演奏《Marry Me》，墙上还会出现两人的合照，但是男主角不知所终。这时候会出现一个服务员，引导女生走到后面去坐观光火车，小火车顺着公园墙边跑，墙上全是男生的告白，最后火车会停到摩天轮下面的广场上，那里用玫瑰花瓣摆了个心形，男生站在里面捧着花，拿着戒指，跪地求婚。女生答应求婚以后他们会拥抱，摩天轮会亮着灯开始旋转，焰火和冷烟花‘噌噌噌’地点燃，一群亲朋好友和看热闹的在旁边欢呼尖叫，还有个拿着摄像机的人跑过去拍他们。”

代舒听他描述得这么详细，问他：“你是怎么知道的？”

“我去演奏，看过非常非常多情侣，甚至还看到过一次求婚失败两人吵架的。”

“你跟很多女人唱过《Mary Me》？”

“嗯……”林天阳没想到她的关注点居然是这个，“唱一次两百。”

代舒心里酸酸的，说不清楚。她不想跟他聊了，催他给司机打电话：“你自己回去，我不送你了。”

林天阳不情不愿地给司机打了电话，等车的过程中又跟代舒搭话：“我亲你，你这么生气吗？”

“闭嘴！”代舒语气很凶，脸却有点红。

林天阳不知死活地又说：“你亲我的时候我很高兴，我以为你也是这样。”

“你凭什么亲我？你又不是我男朋友！”

“那我当你男朋友，我就可以亲你了。”

“……”代舒抓狂，“谁准你当我男朋友了？！”

“我为什么不能当你男朋友？我喜欢你，我觉得你也喜欢我。”林天阳皱眉，“我们很久之前就互相喜欢，只是有些误会耽误了我们。”

“林天阳，你知道什么叫喜欢？你不知道我生过病，不知道我生病的原因，不知道你那些粉丝怎么骂我，也不知道她们给我寄诅咒小人，你什么都不知道，怎么就敢说你喜欢我？你说喜欢就喜欢了，然后呢，跟我谈恋爱吗？你的公司、你的经纪人同意吗？被曝光了怎么办？是辟谣还是分手？你的歌迷能不能接受？这些你想过吗？如果你什么都没想清楚，就不要跟我说什么喜欢不喜欢的。”

她的话句句像利刃，扎在他心上。

“你冷静一些。”林天阳握住她的手，“想过，我都想过，对不起，给你带来了那么多困扰和伤害。我先送你回家好吗？你现在的情绪不适合开车，我们慢慢谈，不着急，我已经找到你了，我们就不会像过去五年那么被动了，都是可以商量的，好吗？”

代舒不说话，林天阳就当她是默认，发动车子继续前行。

他们再没有说一句话，林天阳打开CD，是临时乐队的第一张专辑。他悄悄瞥了代舒一眼，她没什么反应，他也没换碟片。

直到车子开到代舒家停车场，她才跟他说：“我走了，你回去吧。”

“好。”林天阳下车，陪她走到电梯间，打算把她送到家门口再离开。

“我有病。”代舒忽然说了这么一句。

林天阳皱眉：“别这样。”

“真的。不过我很久没这么狂躁易怒了，如果吓到你了对不起。”这是代舒关门之前说的最后一句话。

林天阳记得自己看过的那个什么应激障碍是有类似的病状，他不该逼她告诉自己那些事的，她一定是回想起来了一些痛苦的场景。

他自责、后悔，站在她家门口久久没动作。

防盗门忽然打开，代舒还是进门时的装扮，挎包都没摘下来，显然是一直趴在猫眼上看他。她问：“你站在这里干吗？”

“我怕我走了，你以后再也不会理我了。”

“你站在这儿我就理你吗？”

“你这不是理了吗……”

代舒犹豫了几秒，把门拉开：“你还有事就进来说吧。”

林天阳立马进屋，换鞋关门，然后忐忑地问代舒：“如果我没事的话还能进来吗？”

静静回老家过年了，家里没有别人，代舒把外套挂好后朝林天阳翻了个白眼：“进都进来了，你还问我？”

林天阳拘谨地坐在客厅沙发上，眼神黏在代舒身上一样看她穿梭于各个房间，给他拿了瓶饮料：“水还在烧，凑合着喝吧。”

“有酒吗？”

“你牙好了吗，就喝酒？”

“我壮壮胆。”

“哧，壮什么胆，我还能怎么样你？”

“不知道为什么，我有种五年前的感觉，好像要失去你了的感觉，很害怕。”

代舒没理他，去冰箱翻出来两罐啤酒：“给。”

“谢谢。”

代舒打了个哈欠，看他把一罐啤酒都喝光了，揉了揉眼睛：“我困了。”

“我能问你个问题吗？”

“问。”

“你是喜欢我吧？”

“拒绝回答。”

林天阳点点头，拉开另一罐啤酒的拉环，灌了半罐，又问：“那我今晚能住这里吗？睡沙发。”

“随你。”代舒感觉一晚上和他说的话比录一期节目都要多了，她进屋抱了床被子放到沙发上，犹豫了一下还是决定去浴室洗个澡。

她对林天阳似乎有种难以解释的信赖感。

从浴室出来的时候客厅的灯还亮着，沙发上的男人却已经睡着了。

她撇撇嘴，他费心巴力地留下来不是有话想跟她说吗？这么快就睡着了？

代舒把客厅的灯关上，留了一盏小夜灯。刚要进卧室，林天阳忽然喊了一声“代舒”。

她扭头，不确定地问：“说梦话呢？”

“不是，醒了。”林天阳坐起来，安静了几秒，张开手，“代舒，抱抱。”

“……”他在撒娇吗？

代舒没反应，林天阳把手放下，躺平，抱着被子，又睡了。

刚才那算是梦游？代舒石化在当场，听他呼吸声渐稳了，走到沙发边，抬手在他面前摇了摇，发现他是真的睡着了。

她觉得好笑，食指在他脸颊上戳了一下，就回去睡觉了。

清早起床，听见外面有声音，开了卧室门往外张望，看到林天阳做好了饭往饭桌上端。

他爽朗地说了声“早”，代舒恍惚有种他们已经共同生活了很久的感觉。

“洗漱，吃饭。”

“好。”代舒磨磨蹭蹭地进了洗手间，收拾好出来的时候林天阳已经坐在饭桌前了。

他问她：“这两天要回家看看你妈吗？”

代舒摇头：“她跟赵叔上周就去欧洲旅行了。你呢，要回家吗？”

“不了，回去大家都别扭。”

林天阳的情况代舒是知道的，他很小的时候就跟着妈妈改嫁，又有了一个弟弟一个妹妹，在家里没什么地位。

这么一想，他俩还挺同病相怜的。

不对，他好像更惨一点儿，起码她妈妈很爱她。

代舒咬着荷包蛋发呆，林天阳把水煎包推到她面前：“我这几天都可以在这里陪你。”

“林天阳。”代舒吧唧吧唧嘴，冷笑一声，“你想得还挺美啊？”

“不是说我有粉丝威胁你吗，我怕你一个人住有危险。”

“你在这里陪我，我的危险才更大吧？”代舒看他状似害羞，忙解释，“我是说，你的粉丝知道你住在我这里，怕是会直接上门撕了我。”

“代舒，你真别扭。”林天阳叹气，“你喜欢我，又不接受我，你想让我怎么样啊？”

“我如果知道要怎么样我就不会这么纠结了。”

两个人面面相觑，都是一脸郁闷。

林天阳伸手摸摸她的脑袋：“我的智齿拔下来送给你了，你的‘智齿’什么时候想送给我都可以，如果觉得太丑直接扔掉也没关系。”

“但是，”他神情郑重，“能不能给我个机会追求你？”

代舒慢慢低下头，声音小小的：“我不给机会的话，你现在怎么可能坐在这里……”

【第十一期小黑屋采访】

导演：知道她以前喜欢过别的男人，很生气吗？

林天阳：对，不开心。

导演：你知道你有个外号叫“醋缸”吗？

林天阳：有没有大一点儿的容器，我还能装更多。

导演：原本不打算去拔智齿吗？

林天阳：对，其实我很怕疼，尤其害怕医生。

导演：那你跟代舒一起去过两次医院了吧？

林天阳：看到她那么担心的样子，一方面觉得不想让她害怕，另一方面好像还有些开心，觉得她很在意我。

导演：如果是代舒生病的话，也会马上带她去医院吗？

林天阳：不会强迫她，如果她觉得我用爱就能治愈她，那也行。

导演：你觉不觉得你酷帅摇滚歌手的人设越跑越偏了？

林天阳：我们年轻人都不说“酷”这个字了，你还挺可爱的。

导演：……

导演：为什么会随身携带证件照？

林天阳：一直想给她。

导演：干吗不给张生活照？

林天阳：因为我只有证件照，你是觉得不好看吗？

导演：不要在意我，代舒喜欢就好了。

林天阳：嗯，她很喜欢。

字幕：哪里来的自信？

导演：看到他送的智齿项链的时候什么感觉？

代舒：很……特别。

导演：感觉这会成为本年度“男友送的最糟糕的礼物”排行榜冠军。

代舒：那也是个冠军，挺好的，挺好的。

导演：为什么如此宽容？

代舒：最近修佛。（扯出项链）而且这个是实心纯金的，还有钻石。嗯，大概是它尊贵的价格让我越看越喜欢吧。

导演：下一期是最后一期了，有没有什么特别想做的事情呢？

林天阳：都好，跟她在一起的时候，其实做什么不太重要。

导演：那有没有什么想说的话要告诉她？

林天阳：（沉默）祝她新的一年身体健康吧。

导演：好朴实的愿望……你猜她有什么话想跟你说？

林天阳：不要问她这个问题了吧，她会难过。

导演：……好。

第十二期

○ ● ●

结婚进行时

没有导演，没有台本，没有摄像机。

这样跟林天阳独处让代舒有些不真实的感觉，她底气不足地下逐客令："没什么事的话你就回去吧。"

"你还玩尤克里里呢？"林天阳装听不见，把堆在墙角的乐器拿起来，"会弹吗？我教你？"

"不会，不弹，不想学。"代舒送他的拒绝简单干脆。

林天阳拨了拨弦，弹了一段代舒不熟悉的旋律，低声吟唱："如果有来生 / 要做一棵树 / 站成永恒没有悲伤的姿势……一半在风中飞扬 / 一半在泥土成熟 / 一半要沐浴阳光 / 一半要散落阴凉……"

这词代舒倒是很熟，改的是三毛的诗。

他只唱了半首，看她发呆的模样，笑了下："好听吗？"

代舒诚实地点头，她对他的声音一向没有抵抗力，是真的非常好听。

林天阳把乐器放回原位置："不是我的歌，在街上听到过，因为是你喜欢的诗所以记住了。"

"林天阳……"代舒赶人的话说得磕磕绊绊，"你还是回去吧，你在这里我不自在。"

"哦。"林天阳看了一眼时间，"那你跟我一起回去吧，他们这两天也都在公寓，挺热闹的，我不想你一个人在这里过年。"

代舒站着，他坐着，他仰着脸，看起来……挺好看的。

说实话，代舒也不喜欢一个人待着，可跟林天阳回去似乎更奇怪。

她拿个抱枕没什么威力地打他："不去，你赶紧走。"

林天阳把抱枕扯过去扔在身边，顺便拉住她的手，站起来牵着她往门口走："知道了，你在撒娇。"

代舒扒着门框捶他背："我，我先收拾个行李。"

她终于妥协。

林天阳放开她，在一旁半蹲着看她收拾。

代舒思考了许久，跟林天阳说："咱们分开走吧，我怕被拍到。一会儿你开静静车走，我打车过去。"

"这么麻烦吗？"

"嗯，以防万一。"

林天阳笑了一声："你这个反侦查能力，当我女朋友真的绰绰有余。"

代舒纳闷地望着热情了许多的林天阳："你是转性了吗？以前不这样啊。"

"转性？"林天阳皱眉，"需要我给你摸摸我的男性特征吗？"

"喂！"

"我说让你摸摸我喉结，你急什么？"林天阳看着代舒又气又羞觉得好玩，伸手捏了下她脸颊，"快收拾，一会儿你先走，我让司机来接我。"

他们分头行动，林天阳比早出发的代舒更快回到公寓。

一进门就听见"砰砰"的礼炮声，还有随之喷出来的彩带在头上飞舞。林天阳拂掉粘在身上的彩带，不快地看着队员们："这又是搞哪一出？"

大家都知道昨晚林天阳送代舒回家了，且一夜未归，想不脑补都难。

他们举着白色纸板，拼在一起是行贺词："热烈庆祝队长结束处男生涯！"

"没时间去打印横幅，哎，中午出去吃饭吧？"阿迟话音刚落，大门被敲响。

林天阳开门，代舒拉着行李箱走进来："正好有人进门，我就跟着进来了……咦？你们在干吗？"

那三人只有站在中间的阿迟动作快把板子放到身后了，唐哲和明第还没来得及藏起来，被代舒看了个正着："热烈庆祝处男生涯？这有什么好庆祝的……"

林天阳由着队员们尴尬，冷笑一声，帮代舒把行李箱拉进自己屋里："一群傻瓜，谁知道他们想什么呢。"

剩下的几个人在客厅里安静地对望，代舒咳嗽了一声："吃饭了吗？"

"你说早饭还是午饭？"阿迟狼狈地把礼炮和牌子收起来要销毁掉，"都没吃呢。”

“那我给你们弄点儿吃的。”代舒跑进厨房，跟那几个队员比较起来，林天阳好像算是很正常了。

等代舒做好吃的再出来时，客厅已经收拾干净了，林天阳应该也已经跟他们说了让代舒在这边过年的事情，队员们一个个都是欢欣雀跃的样子。

明第是个话不多，却很喜欢在社交网络发日常的人。他把代舒做饭的样子、她跟阿迟一起玩游戏的背影，还有林天阳削苹果给她的情景连同一些吃吃喝喝的照片都发在了网上。

有个大牌演员评论：“录节目呢？”

他回复：“不是，代舒来我们家过年。”

演员回：“等着，我也要去！”

明第怼他：“不接待。”

这组照片炸出来不少树林夫妇的CP粉，一群人嚷着求更多高清图：“感觉比拍节目的时候还甜！他俩日常我能嗑一百年！”

明第发之前跟林天阳和代舒打过招呼了，林天阳暗戳戳去翻评论看，看见那些夸他和代舒般配的挺高兴，翻着翻着居然看见有人说：“站一秒‘邪教’，代舒跟阿迟的背影好可爱！”

林天阳想了下，把这条评论转发到自己的微博，顺便艾特了一下当事人阿迟和代舒。

阿迟立马乖乖表态：“邪不压正！”

代舒跟着转发：“林天阳的背影也很可爱！”

唐哲看大家都在转，也掺和了一下：“都没人带我玩，那我只能给大家拜个晚年了。”

他们正玩得高兴，林天阳这边就收到了Mary的电话：“你把代舒领家里去了？”

林天阳“嗯”了一声：“怎么了？”

“被狗仔拍到了，大过年的也不消停，找到我这里要封口费。”

“都拍到什么了？”

“你昨晚送她回家和她今天到你家，还行，没什么亲密画面。”不然Mary也不可能这么淡定。

“一毛钱都别给他，全网的人都知道代舒今天在我们家过年。”

Mary嗤笑一声，骂了他一句，说自己会斟酌着去办，又说：“……这一年辛苦了，这几天，好好放松吧。”

林天阳回头看了一眼笑得开心的代舒，压低声音：“谢谢姐，新的一年只怕还得给你添很多麻烦。”

Mary头大地“呸呸呸”了几声：“大过年的，你说点儿吉利话吧，就这样了，玩去吧，再见！”

代舒一住就是两天，直到静静回来了才搬回去。她稍作调整，初五就投入了《亲爱的，结婚吧》最后一期节目的录制。

她跟林天阳在新家见面，刚坐下没说几句话，节目组送来一张任务卡，让两人立刻赶往中山路的某个地址。

林天阳翻转卡片看了看：“这是什么地方？”

“不知道，我搜搜。”代舒打开手机地图，说，“是影楼一条街吧？”

“什么意思？要去拍婚纱照？”

“也有可能是去拍宣传照，或者让我们打工。”代舒摸了摸脸，“感觉没那么简单。”

林天阳迫不及待地起身：“去看看就知道了，走吧。”

代舒跟着他出发，虽然已经知道了今天的拍摄内容，依旧有些期待与兴奋。

她的开心洋溢在脸上，坐上副驾驶位打开音乐的一瞬间却有些不爽。

音响里放的是千兮的一首口水歌，她哼了一声：“你对千兮姐姐真是真爱啊。”

“阿迟昨天开我车出去来着。”林天阳辩解了一句，顺手把音乐切成《还是喜欢你永远的微笑》，代舒跟乐队在跨年晚会上合唱的那首，“我平时都听这个的。”

代舒表情缓和了一些，跟着音乐小声地哼唱起来。

开到任务卡上指定的地址，果然是个婚纱摄影的影楼，刚进门就有人来接待他们。

林天阳充满期待地问接待的人："是照婚纱照吗？"

女领班微笑着回答："不是哎，二位在我们店定的是特色写真，要拍一组双人合照，但没有婚纱的套系选择。"

代舒看向林天阳，一副果然如我所料的表情。林天阳揉了她脑袋一把，把她头发揉得有些乱，她双手并用地把他的手推开，又变成了活力满满的样子。

第一套服装是民国风，两人一个穿中山装，一个穿旗袍，坐在相对的两个单间化妆。

造型师的手有些重，盘发的时候揪得代舒头皮发紧，代舒忍不住呼了声"疼"。

林天阳听得清清楚楚，不了解情况也不好贸然说什么，笑话代舒："我车上有云南白药，要不要给你脑袋上喷点儿？"

造型师正给代舒的头发上喷摩丝，听到林天阳的话，动作不由轻了一些。

林天阳的妆化得快，他定好型以后去对面化妆间看代舒，代舒透过镜子看见他那仿佛打了几斤发蜡的造型，特别想笑。

没等进摄影棚，两个人先在化妆间自拍起来。

她坐着，他站在她身后往前探身，拍完以后代舒越看越觉得好笑，加了个复古滤镜，把照片发到微博上："代舒女士和她的造型师 Tony 老师。"

他俩去摄影棚，棚里有个案子和两把太师椅，案子上有个插着假花的瓷瓶，摄影师让他们一人坐一边椅子，先是看镜头，然后林天阳看代舒，再然后代舒看林天阳，最后两个人对视。

助理上前把案子搬开，只留一张椅子在中间，摄影师让林天阳坐在椅子上，代舒站在他身后。

林天阳却按着代舒的肩膀让她坐下，自己绕到她身后："她站着，我哪敢坐着？"

代舒和摄影师都笑了，就着这个姿势他们又拍了一套民国风的，代舒换成女学生的装扮，林天阳的是军装。

拍照是个挺费力的活儿，拍完两套已经是中午了，两人坐在休息室吃盒饭，林天阳默不作声地翻开代舒的微博看评论，看到大部分都是善意的调侃，没见着什么骂人的。

他找了条夸他“Tony 老师好帅，我要预约烫头”的评论点了个赞，放下手机，继续吃盒饭。

盒饭的标准挺高，可他看代舒没吃几口就一直在戳那棵西蓝花：“一直戳它干吗？”

“吃饱了。”代舒叹了口气，“我觉得我们拍的这个照片就像是‘离婚宣言’一样，拍完我们就到此为止了。”

林天阳不知道该做何表情，她这么忧伤是不想跟他“到此为止”吗？

他盯着她又吃了几口饭，才继续去拍剩下的造型。

拍海魂衫套装的时候，造型师一边给代舒编麻花辫，一边建议林天阳戴个圆寸的假发套。

林天阳看着助理拿着的发套，直接说了一句：“那么麻烦干吗，剃个寸头呗。”

代舒瞄了他一眼，觉得这事是不是要问一下他经纪人。他却满不在乎，让造型师剃得好看些。

代舒捏着自己的麻花辫，十分新奇地站到他那个单间，近距离看着他的头发一寸寸被剃掉。

他还鼓动她：“你要不要试试？”

“我也剃个寸头？”

“噗，我让你试试给我理发。”

“不了不了，我都能预计到会给你弄得像狗啃的似的。”

“没关系，你可以试试，我握着你手腕。”男造型师也跟着一起鼓动。

林天阳清了清嗓子，并不想让别的男人握着代舒的手：“你试一下呗，已经剃得差不多了，你摆拍一个好了。小飞你帮我们拍个照吧，我发微博。”

他找了个借口，成功地断绝了造型师握代舒手的可能性。

代舒拿着推子在林天阳后脑勺儿上轻轻推了推，造型师从后面拍的，既拍到了代舒手里拿着的推剪，也拍到了前面镜子里林天阳和代舒的脸。

林天阳看了看那张照片，无比满意，立马传到微博上："Tony 老师也有没法给自己剃头的时候。"

他们俩这相隔了三个多钟头的隔空秀恩爱，在网上掀起不小的风波，CP 粉们这几天就没停下过欢呼："过年吃糖不要钱吗？齁得牙疼！"

也有些粉丝冷嘲热讽，说肯定是节目组的炒作手段，为了收视率演戏而已。

海魂衫造型结束以后，最后的一组造型就有些意思了，两个人穿着白衬衣，妆色很淡，并肩坐在红色背景布前，拍了一组证件照。

拍摄结束当场就可以看片、选片，他们每组造型选了两三张精修放进相册，最后负责选片的工作人员表示还可以送两人两张钱包照，问他们要冲洗哪张。

林天阳毫不犹豫地选了最后那套"结婚证"系列，挑了张严肃中带着笑意，自然中又有几分忸怩的照片，问工作人员现在能不能就洗出来。

工作人员让他们在休息区等十五分钟，自己去后面打印照片了。

休息区一旁就是服装区，林天阳走到那边去逛了逛，在一条白色长纱旁边停住，看了好一会儿，然后指着裙子跟代舒说："我喜欢这个。"

"你内心的小公主觉醒了？"

"你可不可以穿这个给我看？"林天阳爱惜地摸了摸那裙摆，"一定很好看。"

代舒扭头看向摄制组，这一段不在台本上。

林天阳看她的眼神有些可怜，她纠结了一会儿，点点头。

等她进了更衣室，他坐在沙发上，对着帘子托腮发呆，时间似乎过得飞快，他正大脑放空着，服务生走出来提醒他代舒要出来了。

帘子缓缓拉开，代舒背对着他站着。

林天阳从沙发上站起来，等待她转身。

她却一直背对着他，迟迟没动作。

"代舒？"他叫了她一声。

代舒捂着胸口转过来，抹胸束腰款式显得她身材格外好，她有些不好意思看林天阳："好像有点儿太露了。"

林天阳目光黏在她身上，虽然她的妆和刚才没什么区别，可这样纯洁的颜色裹着她，让她看起来像是跌落凡间的精灵，美好得让人心疼。

衣服都试了，不拍照太可惜。摄影师就位，先给代舒拍了几张单人照，又换背景布拍双人的。

照完相，经理拿着账单来结算最后一套的价格，打完折六百六十六元，节目组没人付账。

换好常服的代舒去拿自己的挎包，被林天阳抢先了一步："我来吧，能为你埋单我荣幸之至。"

代舒笑出声："林天阳你可以啊，还会说这么酸的话。"

林天阳刷完卡签完字，收起钱包去牵代舒："不都说我是醋缸嘛，有什么醋不是酸的？"

从影楼出来，还没商量好晚上吃什么，节目组又送上了第二张任务卡："去商场购物，明天去雪城与其他两组嘉宾一起旅行。"

"这么突然？"代舒有些头大，"要买什么啊？"

"先去商场看看。"林天阳发动车子看路况，"总要买一点路上吃的东西，还有护膝、手套之类的吧。"

他说完，沉默了几秒，也体会到了代舒说的那种即将分离的失落。

"雪城得零下十几摄氏度吧？我记得北方同学跟我说他们那里雪都到膝盖那么高，摔倒直接就埋在雪里，看不见人。"代舒说着都觉得冷，"大冷天的，去挨那个冻干吗啊？"

"冬天就是要看雪嘛。"林天阳掏出手机打开备忘录，记下要买的东西，"多买两包暖宝宝吧，肯定用得到。"

"也不用买太多，够两天用就行，那边又不是没有商场，别拎太重的行李。"

"好。"

两人再次沉默。

代舒笑了下："挺像毕业旅行的哈。"

"人家毕业发个证，咱们旅行完了也发证吗？"

代舒笑嘻嘻地说：“嗯，给你发个光荣下岗证。”

“不好笑。”林天阳朝着商场开去，“我才不下岗。”

虽然两人戴着口罩进的商场，还是很轻易地引起了围观，人群中甚至不乏大爷大妈，提着篮子看稀罕似的看着这两人推着购物车在货架间游走。

林天阳听见一个老太太对另一个老太太说：“他们是拍那个假结婚的节目的吗，我看过，小伙子长得真俊。”

“姑娘长得也好看，叫什么来着？啊，叫松鼠！”

“不是吧？”另一个老太太反驳，“好像是叫，挺少见的姓，叫鼹鼠？”

“……噗。”林天阳实在憋不住，笑出来。

代舒手里拿了棵大葱，作势要敲他脑袋，把责任全推到他身上：“都怪你，唱什么袋鼠歌，现在都把我当成耗子了。”

林天阳笑得更欢，头往她的大葱上蹭了下，主动“挨打”。

代舒一把推开：“哎呀，你洗头了吗，吃的东西，乱蹭什么呀。”

林天阳委屈地挠挠下巴，一言不发地跟在代舒身后。

这时编导忽然打来电话通知他们，明早的航班因天气原因取消了，他们得今晚坐火车过去，让两人别买菜了，赶紧回家收拾行李往火车站去。

“是节目组的整人环节吗？”代舒提出了质疑，怎么忽然又变行程了？

“不能吧，可能真的是航班取消了。”林天阳把袋装蔬菜飞快地放回原处，扫了一眼车里的东西，“差不多了，咱们赶紧走吧。”

代舒被他的紧张情绪感染，推着购物车跟在他身后跑得飞快，赶着回家收拾行李。

匆忙地回去换上最厚的毛衣，两人又赶赴火车站。这列火车是卧铺直达车，林天阳跟代舒在同一间软卧车厢，墙壁上还安着小摄像头。

代舒往床上坐了坐，打开脚边的平板电视，又调了调车厢音乐的声音，跟林天阳交流感受：“环境很好哎。”

“我们整晚都要一起睡在这个小屋里啊……”林天阳的表情谜之羞涩，“你睡觉会打呼噜吗？”

代舒看了一眼摄像头，坐在自己的床上伸脚踢他。车厢不大，一踢即中。

林天阳捂着膝盖笑着站起来，拉开房间门往外走："我去买吃的，你饿了吧？"

代舒点头，确实挺饿的，都快晚上九点半了他们还没吃上饭。

她等林天阳出去觅食后，从包里翻出来几片暖宝宝，给自己的被子和枕头上贴好，又帮林天阳在那个瘪瘪的枕头贴上，防止他脑袋着凉了会头疼。

林天阳拿着盒饭回来的时候，看见代舒正在给他整理被子，他受宠若惊以后下意识地去摸了摸被面，小心翼翼地问代舒："你是不是往里面藏了什么整蛊玩具，比如大蜘蛛或者蛇之类的？"

代舒拆开饭盒，睨他一眼："干吗？害怕那些东西啊？"

"当然怕啊，说不定会从床上跳起来扑到你怀里。"

"喀喀——喂！"

"好了好了，我闭嘴。"林天阳主动认错，拧开一瓶矿泉水递给她，"先吃饭，别呛着。"

吃过饭又收拾好垃圾，林天阳躺靠在床上，觉得枕头似乎有些暖暖的，抽出来看了一眼发现底下的暖宝宝，摸了摸又把枕头塞回去。

两人时而聊天时而玩手机。代舒把工作室的一些问题解决完了才发现已经是深夜，她朝对面床上的那人轻唤了一句："你睡了吗？"

对面没有回应，应该是已经睡熟。

代舒把灯关了，车厢里黑黑的，只能看见那个摄像头的红色指示灯还亮着。

她像是自言自语地轻声说了一句："晚安，林天阳。"

没想到林天阳居然醒了，睡意蒙眬地回了一句："晚安，林太太。"

他们到达目的地的时候天才蒙蒙亮，乘务员敲门来换车票，提醒他们收拾好行李不要坐过站。

林天阳先醒，坐在床上揉着眼睛看代舒，打了个哈欠喊她起床。

代舒被叫醒后采用同款坐姿坐在自己床上跟林天阳对望，可怜兮兮地跟他商量："一会儿咱们先回酒店睡一觉再出去玩吧？"

"车上睡不安稳是不是？"林天阳睡得也不是特别舒服，昨晚穿了那么多衣服睡，总感觉身体没得到完全放松。

“嗯。”代舒脸色涨红，用一种显得很别扭的方式穿上鞋夹着腿跑出去了，等回来的时候又一副轻松自在的表情。

林天阳看她那样子也猜出来几分，想了想，问了一句：“你别跟我说你整晚没起夜？”

“太黑了，不敢出去。”

林天阳比了个大拇指，看怪物似的看她：“再有这种情况你把我叫起来啊，憋着算怎么回事？”

“也没那么想去，不然也憋不住。”代舒两只手去捂林天阳的嘴，瞟了眼镜头，“你不要讨论这个话题了！”

林天阳闷笑，笑得代舒手心痒，赶紧松开手。

下了火车直奔酒店，原本打算先补个觉的计划泡汤，酒店要十二点以后才能入住，他们只能把行李暂存酒店后出去闲逛。

代舒一点游玩的力气都没有，看到林天阳搞来一辆双人自行车的时候一脸的生无可恋，赖在酒店大厅的沙发上不肯出去。

林天阳又使出了挠她下巴的招数，她笑着躲，最后不情不愿地跟着他出了门。

一到室外就发现这里的温度比他们想象的还冷，林天阳的骑行建议被毙掉，两人先去商业街的商场买了厚厚的大袄把自己裹住，还配了全套的雷锋帽、防滑靴和皮手套，这才肩并着肩在步行街看风景。

步行街充满了异域风情，来来往往的也全是游客，他俩拿着自拍杆拍了好多合照，拍了没多久两人的手机都自动关机了。

好在还有跟拍的摄像大哥。

两个脸被风刮得生疼、笑都笑不出来的人对着镜头求饶：“到十二点了吧？我们回去吧？”

确实快到入住时间了，两人终于被批准结束挨冻之旅，回酒店休息。

到前台办手续，服务生一脸歉意的笑，把房卡推到林天阳面前：“因为系统出错，有房间被多次锁定付款，导致房源不够，刚才跟您同行的先生已经同意将两间大床房换成一间双人房了，这是房卡，二位收好，给您造成不便，还请您谅解。”

林天阳拿着那唯一的一张房卡，看向服务生指的那个导演先生，联想到昨晚的卧铺事件，瞬间看破节目组的套路，满脸笑意地跟代舒说：“那我们就勉为其难地凑合着住一宿吧。”

他拖着两人的行李箱到房间门口，代舒拿着房卡走在前面开门，进了屋发现是个挺大的房间，两张床也都快赶上小双人床了。

她用身体抵着门，让林天阳把行李箱拉进去放好，关上门以后手插在兜里有些局促。

没有摄像师跟进来，屋里已经装好了摄像头。

林天阳泰然自若地翻出睡衣去洗澡，代舒眼巴巴站在门口，这地方是监控死角，拍不到画面。

他几乎没有声音地问她：“干吗？要一起洗？”

代舒做了个凶神恶煞的表情。

“那是怎么了？”他摸摸她脑袋，“什么事不高兴？”

“我觉得我可能要被骂死了，跟你住一个房间，你的粉丝要扒我一层皮！”

“反正你做什么都会被骂，别管他们了，还有很多人希望我们在一起呢，他们看见咱俩一起洗澡肯定会高兴得睡不着的。”

代舒点了点头，忽然觉得哪里不对劲，拽着他胳膊打了好几下：“谁跟你一起洗澡！”

林天阳洗完澡出来的时候，代舒已经睡着了，衣服没脱被子没盖，一只手里还握着手机。

他走到床边轻轻把她搬正，被子盖好，手机拿开放到床头柜上，胳膊塞进被子里。

然后坐在一旁看她。

距离节目组约定的拍摄时间还有两个小时，林天阳看她睡得很舒坦，觉得没必要把人叫起来洗澡了。

他轻轻拍了拍被子，像是安抚她睡觉，然后回到自己那边的床上倚靠着床头想看会儿书。昨晚他在火车上睡得还行，现在并不是很困。

矿泉水在床头柜上，他伸手去拿，发现离得有些远，他需要移动到床边才能够到。

这也太不方便了。

睡不着的林天阳下床绕到床边，试图把床往床头柜的方向推近一些。他尽量不发出声响，抬着床垫往前搬，再把床架向前推。

“你在干吗啊？”代舒还是醒了，侧躺着一眼看见他的动作，不解地问，“你要把两张床合成一张床吗？”

“你想太多了。”林天阳擦了擦额头上的汗，废了这么大劲儿也才把床位移动了几厘米。

他坐回床上，伸手测量到床头柜的距离，觉得还是有些远，却懒得动弹了。

“你搬床干吗呀？”代舒还在坚持不懈地询问。

林天阳吓唬她：“我刚才听见床底下有声音，想起来看过的那些电影里，经常有杀人藏尸情节，想搬开看看有没有人把尸体藏在床底下。”

“胡说！有尸体也是应该闻到奇怪的味道，怎么会是听见声音？！少骗我！”

“呵呵。”林天阳笑，“说不定还没死透呢。”

他这话才说完，还真听见不知道哪里传来“噔噔”的声音，像是地板下又像是墙壁外。

林天阳的笑僵在脸上，安静地听了半分钟，又听见那声音，咽了口唾沫问代舒：“你听见了吗？”

代舒听见了，她觉得是楼下传来的，可能是装修或者什么的声音，可她故意装作认真倾听的样子，捂着被子害怕地问：“你别吓我啊，什么声音？我怎么没听见？”

林天阳觉得身上鸡皮疙瘩要起来了，他屏住呼吸，还是能听见那声音。

可是看见代舒惊慌的模样，却还要安慰她：“逗你玩呢，接着睡吧。”

代舒看他唇色都变得苍白了些许，憋着笑拿被子蒙着头继续睡觉。

没过两分钟，头上的被子让人扒开，林天阳爬到她床上，挨着她倚靠着床头坐着，跟她说：“别蒙着头，会憋气，你冷吗？我靠着你还暖和，你睡吧，我看书。”

代舒憋不住了，笑起来：“你是不是被吓到了？我骗你的，我听见了，应该是哪里装修的声音吧。”

林天阳把书放下来，震惊地看着她：“我刚才装的啊，哪有声音？”

两个戏精面面相觑，最后还是林天阳先败下阵来，帮代舒把脖子边的被角掖好：“真不闹了，睡啊，下午还要出去呢。”

虽然说是不闹了，可他也没回到自己床上，就这么赖在她床上不挪窝了。

他的体温隔着被子也热烘烘地传到她那边，代舒闭上眼睛，没再赶他，不一会儿就睡着了。

下午集合之前，节目组给他们送来参加晚宴的礼服，还有一张没写明宴会主题的邀请卡。

两人心知肚明是他俩的“结婚典礼”，可面上还要装作一头雾水地换好服装，披着大衽乘专车前往宴会厅。

宴会厅门口摆着他们的人形立牌，旁边还摆着粉白相间的花球。

两人对视了一眼，一起伸手推开了宴会厅的大门。

没想到里面漆黑一片。

一束追光灯照在正对着大门的舞台上，灯下是个西装革履的男人，正是千兮的假想情侣、著名演员蒋岳丞，他拿着话筒，对着大门外的两人说：“欢迎来到林天阳先生与代舒女士的婚礼现场。”

“噔、噔、噔”的几声响，宴会厅的彩灯有秩序地分片点亮，不算特别大的厅里居然也坐满了八桌客人，所有人都在鼓掌叫好，婚礼进行曲开始播放，邱天家的两个宝贝楚楚和奕奕提着花篮跑到林天阳二人前头，大把大把地撒花。

节目的第一期是邱天的足球场婚礼，节目中途蒋岳丞跟千兮去美国见家长时在乡村教堂办过简易的婚礼，终于在节目的最后一期，林天阳和代舒也迎来了他们的“婚礼”。

代舒挽着林天阳的手臂一步步走向舞台，仰头看林天阳的时候满是兴奋，却看见林天阳的神色凝重，像个分分钟要逃婚的新郎。

两人站在舞台中央，千兮跟蒋岳丞一左一右地站在他们旁边主持，千兮问林天阳："新郎为什么看起来很紧张的样子？"

林天阳指着台下最远的那一桌客人，认出来了是乐队后援会几个经常跟行程的粉丝："怕小姑娘们会上来抢婚。"

他的话让被指着的女孩们大声尖叫，她们今天手里没拿应援物，把手放在嘴边当扩音喇叭，超大声地朝着台上喊："新婚快乐！要一直幸福啊！"

代舒盯着林天阳看，开玩笑地说："你要是想哭就哭吧。"

林天阳却转头俯身把她抱住，抱了半分钟没说话。

场下先是安静了一晌，忽然气氛躁动了起来："亲一个！亲一个！"

连懵懂无知的两个小花童也托着脸等看他们亲亲，被金多宝一手一个捂住眼睛不让看，自己却看得兴致勃勃。

代舒穿着像是旗袍一样修身的白色长裙，准确地说看起来并不像是婚纱，可此情此景，真的像是两人人生中最重要的那场仪式一样，让林天阳忍不住觉得眼睛发涩。

他捧着她的脸，在她额头上郑重又浅浅地吻了下，然后拉着她的手对台下那些工作人员鞠躬。

三个家庭的拍摄组全聚在这个厅里，共同为一对新人祝福。

蒋岳丞照着流程往下主持，背后的 LED 大屏开始播放前几期的片段剪辑而成的恋爱视频，配的文字也很催泪。

"在陌生的国度和你相遇，第一眼相见却像是认识了很久的老友……"

"对未来满怀期望的时候却遭遇了生活的低谷，无家可归也没关系，有你的地方就是家……"

"我的兄弟们有些聒噪，但他们真的很喜欢你，一起生活的日子那么快快……"

"与你同台并肩演出，我的舞台都变得和以往意义不同……"

"我们都有过沮丧的过去，可你的到来让人生从此不同，我会陪着你，一直陪着你……"

"这是一段旅程的结束，也是一段新的开始，是清醒的梦，是梦过以后的清醒……”

视频播放完毕之后紧接着是一组亲朋好友的祝福，代舒都不知道，他们居然还采访了她妈。

代妈打扮得特别优雅，对着镜头微笑：“谢谢你对代舒的照顾，希望你们做永远的挚友、亲人、伙伴。”

最后出镜的是乐队的队员们，你一言我一语地抢镜头。

阿迟：“天阳是我看着长大的，好不容易要嫁出去了，我真的很欣慰。”

唐哲：“队长！你们一定要常回家看看啊，我们吃了好几顿外卖了，想你们！”

明第：“结婚快乐。”

三个人终于站成一排，像是要正经说句祝福了，谁知却是同时拿出了荧光棒。

林天阳和代舒有预感他们要干吗，不约而同地挡住眼睛。

那三人特别兴奋地说：“听说千兮姐也在现场，队长怎么恋爱我们就不管了，千兮姐我们永远爱你哟！比心！”

果然，非要在这种时候丢人现眼。

台下的宾客们笑个不停，千兮擦着眼泪跟林天阳说：“笑死我了，回头我签几个抱枕，你代我送给他们吧。”

蒋岳丞不同意，硬是改成了签名海报。

舞台交回给新人，代舒先说的：“谢谢你，有很多话想说，但是无从说起，真的谢谢你，带给我完全不同的生命体验，让我觉得人生是这样有趣。”

林天阳拿过话筒，沉默良久，像是在组织语言，最终却只是重复了代妈的话。

不，他改了最后一个字：“我会做你永远的挚友、亲人、伴侣。”

代舒看着他，似笑非笑，又像是憋着哭，最后她主动抱住他，像五年前那个热情又羞涩的女孩：“行吧。”

酒是香槟酒，酒精度很低，林天阳却飘飘然像是喝醉了一般。

酒宴结束，他们手拉着手回酒店。进了房间发现屋里地板上有玫瑰花瓣围成的心形，小心翼翼地跨过去，花在地板上缓缓散着香气。

他们分别坐在自己的床上，互相看着对方，代舒讪笑：“怪怪的。”

“什么怪怪的？”

“结婚仪式就是这样的吗？”

“找婚庆公司办大概就是这样。”林天阳也笑，“自己搞的话应该会很麻烦。”

“你又看起来很懂了。”

“不是看起来，我本来就懂。”林天阳大言不惭地说，“我什么场面没见过啊。”

“那我结婚的时候也找你们乐队来唱歌怎么样？”代舒狡黠地笑，想知道他怎么回答。

林天阳很淡定地点头：“行啊，新郎是我的话就唱《花好月圆》，新郎不是我……就唱《分手快乐》。”

“噗——这么损。”代舒摇头，“那我还是别找你们乐队来搞事情了。”

两人笑了会儿，林天阳忽然很认真地告诉她：“如果有一天，你结婚了……”

“嗯？”

“新郎不是我……”

代舒没有说话。

“我大概会不开心，很生气，可能还会偷偷跑去婚礼现场，躲在哪个角落里看你们宣读结婚誓词。如果你最后选择了一个你真正爱的，愿意共度一生的人，我会始终用批判的眼光监督那个人，如果他对你不好，我就去揍他，带上阿迟、唐哲还有明第，把他按在地上揍。”

代舒原本晃着的脚停了下来，有些不知所措，她不知道林天阳这是在跟真人秀里的“妻子”演戏还是在跟真正的她说。

她愣愣地看着他，看得他笑了起来。

他站起来走到她身边摸摸她的头：“不是跟你说了吗，我是你永远的挚友和亲人，这个不会变。”

“为什么啊？”

“什么为什么？”

“你怎么知道会永远呢，你说得太草率了。”

林天阳思考了一会儿，坚定地说：“有些人你第一眼见到，就知道有永远这件事的存在。”

他以为代舒还要跟他辩论，可她忽然捂着脸趴倒在床上：“嘿嘿嘿，好开心啊，我觉得今晚要失眠了。”

“那我们就聊一整晚。”林天阳坐回自己的床上，温柔地看着她。

可惜剧组没给他们聊一整晚的机会，等到洗漱结束打算各自歇息的时候，代舒的小助理来换房，把另一间屋子的房卡给林天阳，她晚上陪代舒住这边。

虽说早就知道不可能住一起，可林天阳晚上真的期待过。他穿着睡衣披着外套，拿着房卡依依不舍地回了隔壁属于他的大床房。

靠着床头看电视，拿着遥控器把所有台按了个遍，林天阳既沉不下心看电视，又没心思睡觉。

最终他还是跑去了代舒的那个标准间，轻轻敲了两下门。

助理开门，看见林天阳时有些惊讶。

林天阳清了清嗓子：“我东西落这儿了。”

助理想起他的行李箱还放在柜子里，热心地询问：“林老师，您落什么东西了，我去帮您拿。”

林天阳透过门缝看见躺在床上往这边张望的代舒，挠了挠眉毛：“我把我女朋友落这儿了。”

代舒还没说话，小助理先脸红了。

虽然当时到代舒工作室是通过 Mary 的推荐，可小助理也是有职业操守的，她现在的老板是代舒，她得听代舒的吩咐。

就在助理不知如何是好的时候，林天阳得寸进尺地又补充了一句：“我要跟代老师对一下明天节目的台本，你去我那屋先睡吧，太晚了，不知道要对到几点，我在这边凑合一晚就行。”

助理哪敢答应，跑回去问代舒。

林天阳在门口说的话代舒都听见了，她拉住助理的手，气呼呼地说：“让他赶紧回去睡觉，对什么台本，我不对！”

林天阳怕在外面引起别人的注意，走进屋里把房门关上，问代舒：“今天不是我们结婚的日子吗？”

“假的。”代舒毫不留情地戳穿。

林天阳撇嘴：“可是我睡不着，你不是也睡不着吗，我们聊天吧。”

“我累死了，不想聊天，你实在睡不着就玩游戏去。”

“……我不玩游戏，我想和你玩。”

站在两人中间的助理感觉自己脑袋都要冒烟了，他们俩这算不算调情啊？她是不是应该赶紧闪人啊？

“姐……要不我出去溜达……”助理的话还没说完，林天阳已经把房卡塞到她手里了：“外面冷，别溜达了，直接去睡觉吧，放心睡，我晚上不会回去。”

“……”代舒抓狂，“林天阳！”

“我不吵你，你不想玩那就睡觉，我在这边玩游戏。”他表现得无比乖巧，把自己手机放在代舒面前，“有什么好玩的游戏？你给我推荐一下。”

代舒无奈地给她看自己的手机：“我玩的有这些，你看你喜欢哪个吧。”

“这个抓娃娃是什么？”

代舒最近玩这个玩得上瘾，有十几个类似软件，听他问了就凑过去解释。

小助理感觉自己的存在感已经十分薄弱了，既然老板没让她必须留在这里，那她就自觉离开好了。

代舒给林天阳演示玩法，其实就是在线抓娃娃，远程控制实体的娃娃机，抓到娃娃还包邮送到家。

林天阳没玩过这种东西，他连实体的娃娃机都没玩过，从前是没钱去玩，后来是有钱了不能在外面玩。

他连着玩了十把，输光了代舒的游戏币，什么都没抓到。

“这个是不是骗人的？”

“不是啊。”代舒把中奖记录给他看，抓到过五个玩具。

林天阳“哦”了一声，点进充值界面大手笔地充了二百块钱，问代舒喜欢哪个玩具，然后就开始执着地在那个房间抓娃娃。

代舒这时才发现助理已经不见了，她深觉丢脸，也没心情看林天阳玩游戏了，蒙着被子郁闷地睡觉。

不知睡了多久被林天阳摇醒，告诉她抓到她要的那个玩具了。代舒揉着眼睛，迷迷糊糊答应了一声，催他赶紧睡觉。

林天阳心满意足地摸摸她的脸，关了灯，规矩地躺在另一张床上睡着。

第二天代舒醒的时候发现对面床上躺的是助理，林天阳连个影子都没有。她揉揉眼睛，怀疑昨晚他要过来睡觉的事是不是自己做的一场梦。

化完妆去集合地点的时候见到了林天阳，他正跟邱天聊天，代舒从他们身边走过，没头没脑地听见邱天问林天阳是不是没休息好，眼圈有些黑。

林天阳淡定地回他："嗯，玩了一晚上抓娃娃。"

噗，不是梦啊，这个傻瓜昨晚真的跑去她房间玩抓娃娃了。

集合后三组嘉宾坐上了去雪村的大巴车，出发没多久导演就提着饭盒出现，让嘉宾们玩游戏来赢取早餐。

第一回合游戏比较简单，大巴车在某个公交站边停靠，三位男嘉宾需要下车转呼啦圈，累积转到二十个就可以上车，按先后顺序加分。

车还没停稳，三个男人已经挤在车门旁争抢靠门的位置，等到车门打开，邱天依靠身体优势立马冲出去，站定开始转圈，摄像师甚至连他前几个圈都没拍到。等他转完了往车上跑的时候另两人才开始转。

千兮扒着车窗热情地给蒋岳丞加油："林天阳要超过你了！快快快！"

她这一嗓子有没有给蒋岳丞鼓到劲不知道，却成功吸引了一群闻风而动的路人跑过来围观。

林天阳本来还差两个就完成了，被人围住后没法旋转，眼睁睁看着蒋岳丞也上了车，在工作人员的帮助下才脱身离开。

游戏是三局两胜的，代舒刚安慰林天阳后面两轮加油，就听导演说第二回合是女嘉宾比赛，要求她们下车问阿姨借五块钱买早餐，不能说在录节目，用的是夹在衣领上的隐形小摄像头拍摄，看谁用时最短。

千兮首先下车，轻而易举地就借到了钱。

车又开出去一段距离，金多宝也很轻松地借到了钱。

最后是代舒在下个公交站借钱，她选了个看起来慈眉善目的阿姨，不好意思地开口：“阿姨，我早上出门忘记带钱包了，能不能问您借五块钱买早饭？”

阿姨警惕地看着她，看得代舒越发尴尬。

“这样吧阿姨，我留一个您的联系方式，下午回家把钱发红包还给您，或者帮您充话费。”代舒看阿姨的神色更警惕了，挠了挠头，打算换下个目标。

谁知道那阿姨却绕到她面前，挡住了她找别人的路：“小姑娘，你年纪轻轻，有手有脚的，干什么不好啊？”

“阿姨，您误会了，我真的是忘记带钱包，手机又没电了，上午要出门去一个地方工作，下午才能回家。”

那个阿姨看起来还是不信，可她拖着代舒的衣袖让她跟自己过马路。

代舒茫然跟着走了两步，以为她要带自己去派出所报警，想跟节目组求救的时候阿姨又开口：“我们家就是开早餐店的，你过来，我带你吃饭。闺女，不管你是不是真没带钱包，下次别这么上街问人要钱，又不是乞丐，记性不好就应该饿一顿长长记性，下次就记得带钱包了。”

“……”代舒被她拉着坐到了马路对面的小饭馆里，有口难言。

她屁股还没坐热，阿姨拿着两个包子和一碗豆浆过来放在她面前，人也坐在她对面：“吃吧，不是说很饿吗？”

代舒解释也不是，不解释也不是，拿着包子吃了起来。

阿姨还在念叨：“这么冷的天你还穿裙子，膝盖冻坏了，等老了你就知道后悔了。”

代舒闷头喝豆浆，捧着碗喝得飞快。

“慢点儿喝，你不是还化着妆呢，一会儿糊脸上妆花了。”阿姨从隔壁桌拿了盒纸巾给她，“打扮这么好看，去哪儿啊，没钱怎么走啊？”

“在车站等着，一会儿有大巴来接，去雪村，给外国人当导游。”代舒用节目组给编的理由应付了过去，心里有些过意不去，觉得骗了这阿姨，只想赶紧离开，“阿姨，我这个包子不吃了，能给我带走当午饭吗？”

“中午也没钱吃饭？你们没有同事吗？就你一个人？”阿姨从墙上抽了个塑料袋把包子装起来，又从锅里拿了个包子装进去，一脸的责备，“下次不能这样了啊，出门什么都不带，这么漂亮让坏人拐走你都没法报警……”

“阿姨您把电话留给我，我回去把饭钱还您。”

“行了行了，赶紧走吧，那么多老爷们儿跟我搭讪要电话我都不给，给你个小姑娘干吗！那是你说的大巴车不？那不是开往雪村的吗，赶紧，一会儿车也误了你就趴地上哭吧。”阿姨推搡着她出了店门，回头收拾桌子招呼其他客人。

代舒站在门口看了她一会儿，心里酸酸的，也说不上是为什么，攥着袋子跑回大巴车上。

毫无疑问，她是用时最长的。

其他两队两轮下来各积三分，只有林天阳跟代舒是零分。

最后一回合的比赛是在距离雪村大门一百米的地方下车，由女嘉宾背着男嘉宾赛跑，看谁先冲进大门。

因为已经确定是最后一名，林天阳跟代舒毫无压力，甚至提前庆祝起了失败，你一口我一口地吃起了包子。

看那两队哼哧哼哧地背着跑，吃完包子的两人才慢悠悠开始走。

林天阳从后面抱着代舒的脖子，没有认真参加比赛，大长腿直接跨在代舒两条腿外面跟她“左、右、左、右”地一起迈脚慢慢走，连楚楚和奕奕都跑得比他们快。

等到三队嘉宾在门前集合，邱天家获得了最丰盛的早餐，带着两个孩子到尊贵的高级餐厅用餐；千兮和蒋岳丞次之，在咖啡厅吃简餐。

林天阳和代舒就比较惨了，他俩分到两个饭团，一包海苔，还有两根香蕉，用餐地点是他们的房间。

雪村的住宿都是很有特色的民宿，三家住在三个半球形的小屋里，像是石头搭起来的帐篷。林天阳把窗帘拉开，从小窗户看出去，外面是一片皑皑白雪。

“你能吃饱吗？我早上在阿姨的早餐店吃过早餐了，这个都给你吧？”代舒正用海苔给香蕉绕圈，粘住以后掰开一截香蕉，塞进那个饭团中间，再撕开两片海苔粘在饭团上，“对了，明天回去的时候，我要再去看看那个阿姨，跟她道个谢。”

“好，我陪你去，感谢她的肉包子之恩。”

代舒笑起来，把包好的饭团递给他：“尝尝。”

林天阳看着她充满创造性的作品，有些迟疑：“这个看起来很像毒药的东西，确定吃了不会死？”

“肯定不会啦。”代舒递到林天阳嘴边，“尝尝吧，总要吃饱了才有力气，万一中午又要比赛才给饭怎么办？”

“太过分了。”林天阳愤愤地咬了口香蕉馅的饭团，表情难以言喻地盯着剩下的半个饭团发呆。

“很难吃吗？”代舒看起来有些不安。

林天阳摇摇头，把剩下的饭团一口吞了，用力嚼着，只觉得口腔里充斥着奇怪的味道。可再怎么奇怪也是代舒做的，他得给她个面子，不能吐出来：“挺好的，就是第一口有些不适应。”

代舒听他这么说，开心地制作起了第二个香蕉饭团，贤惠地再次送到他嘴边：“好吃你就多吃点儿！”

“嗯。”林天阳憋着呼吸就着她的手吃饭团，好像闻不到就尝不出味道似的，狼吞虎咽地把第二个饭团吃掉。

“这么好吃吗？你喜欢的话我晚上再给你做啊。”

林天阳有苦难言，恰巧从窗户上看见奕奕在雪地里奔跑，立马冲了出去：“奕奕，去哪儿啊？”

奕奕没停稳，一屁股坐到地上，奶声奶气地告诉他：“叔叔！去滑雪！”

嘉宾们吃完了饭，在滑雪场集合跟着教练学滑雪。

邱天的技术跟教练不相上下，他亲自教金多宝，把两个小家伙甩给了教练。

其他人就比较菜了，尤其是林天阳和代舒两个人，既没什么经验又充满了活力，后果就是频频摔跤，疼到麻木。

代舒一个跟头躺在地上，摔蒙了，看着湛蓝的天空半晌没动弹。

远处的林天阳看见这一幕，以为代舒摔伤了，滑雪技术忽然变得出奇地好，飞快来到代舒身边跪下，也不敢碰她，盯着她的眼睛问：“代舒？代舒？能听见我说话吗？哪里疼？”

代舒还在看天，兀自出神。

林天阳慌了，手在她胳膊、脑袋旁隔空摸索，大声对着摄制组的编导喊：“小昭！打电话！快打……”

“林天阳。”代舒的视线从天空转到他身上，“你好吵。”

林天阳收住后半句“叫救护车”，努力不咆哮：“你不能动吗？全身都不能动吗？”

“我能动。”代舒翻了个身侧躺，“可我不想动，好累啊，这么躺着不好吗？”

“地上太凉了，快起来。”林天阳再次确认她没伤到脊椎可以活动，抱着她上半身把人拖起来，跟她停靠在比较平坦的地面上不滑了。

他们都穿了厚厚的装备，抱在一起看起来也不觉得很奇怪。林天阳在她身后充当人肉靠垫，让她倚在自己怀里发呆。

滑雪场上的人不知疲倦地玩闹着，直到编导们出现，安排嘉宾做一个收关的仪式。

他们六人分别坐在坡顶的一个大滑垫上，滑垫后面绑着红色条幅，一人分配了一个字，连起来刚好是节目的名字《亲爱的，结婚吧》。

林天阳特别不放心代舒，出发之前叮嘱了好几遍让她不要着急：“身子往后仰，躺在垫子上都行。”

代舒跟他扮了个鬼脸，可惜脸被冻僵了，肌肉不受控制，做出来的表情很像个怪物。

林天阳更担心了。

导演一声令下，所有人或快或慢地出发，代舒一马当先，带着“吧”字条幅拉风地冲刺着。

这些红色的缎带就像一杯打翻在雪地上的红酒，肆意散漫地流淌。

运动神经最发达的邱天在这简单的小游戏上翻了车，不，是翻了滑雪垫，带着他的条幅脱离轨道，打着转停在了半山腰。

于是无人机拍摄到的画面就是乱七八糟的条幅拼成的“亲爱的婚吧”五个字。

这个画面传到地面给嘉宾看的时候，大家都在笑，作为唯一的一个真结了婚的男人，邱天很有感触地点头："昏了昏了，确实昏了。"

金多宝噘着嘴在旁边揪他胳膊："我也觉得你晕头转向的，拉个条幅都拉不准，哼。"

"哼？狗……"邱天没说完，被金多宝拉走了。

代舒在后面看着，觉得他们俩真逗，跟林天阳聊闲天："姐弟恋真好玩啊，邱天好像总是很有活力，我看多宝姐每天都很开心。"

"我没有活力吗？"林天阳立马反驳，"还是你不开心？"

代舒皱眉，嫌弃的眼神。

"你嫌我老……"林天阳很郁闷，"我都没嫌你小，你居然嫌我老。"

"我没啊。"代舒猛摇头，"你不老，我也不小。"

说完想了想，怎么说得他们好像也是夫妻一样，感觉被占便宜的代舒一拳打在林天阳肚子上。

回去的旅程特别热闹，三家人坐同一个航班，候机全程奕奕都坐在林天阳腿上听他讲故事，一会儿低头看书，一会儿抬头看他。

林天阳看代舒被冷落在一旁玩手机，很想过去陪陪她。邱天坐在他前面那排椅子上，正跟金多宝说悄悄话，却不管孩子，相当地不仗义。

林天阳低头在奕奕耳边小声说："去找邱爸爸，他那里有糖，我看见了。"

奕奕闻言警觉地抻长了脖子看向邱天，看见邱爸爸跟金妈妈偷偷摸摸的样子好像真的在偷吃糖，从林天阳腿上快速爬下去跑到邱天身边缠着他要糖吃。

终于得了清净，林天阳挪到代舒身边坐，呼吸着候机厅清凉的空气，靠近她："开着暖气还是冷。"

代舒把身上的披肩拽了拽，瞥他一眼，朝对面方向噘了噘嘴。

林天阳看过去，只见几个粉丝正拿着手机对着这边拍，看到他兴奋地握拳捧脸。

他不想连累代舒，往远离她的方向挪，又怕她误会，东家长西家短地跟她聊天，最后聊到节目结束以后的打算。

"马上就要巡演了，回去以后大概会非常忙。"

“我也会很忙，工作室的销量激增，他们都忙坏了。我们打算把工作室迁到别的地方，换个大点的门面，多招些员工。”

“代老板听起来赚了好多钱啊，给我分成吗？”

“干吗要给你分成？”

“家属分成啊。”林天阳握着拳头比了个加油的手势，“我一直在你背后默默支持，为什么不给我分成？”

“嘁，美得你。”

林天阳安静地笑，忽然问她：“节目结束以后你还会见我吗？”

“啊？”代舒心里有点乱，她其实也没想清楚自己跟林天阳到底要怎么办。有时候她觉得他们俩现在只是入戏了，等节目结束联系淡了也就没什么感觉了。

她没回答，他从背包里掏出来一个小袋子，然后翻出来一串亮亮的手链，给她戴到左手手腕上。

代舒晃了晃，那手链上的吊坠是叶子形状的，有些叶子是亮银的，有些叶子则镶着碎钻，晃起来没什么清脆的声音，戴着也不觉得沉重。

“演唱会的 VIP 礼物，我留了一份，到时候给你留前排座。”林天阳靠近代舒耳边小声说，“来啊。”

代舒点点头，听见了一声惊呼，转头看向声源处，是那两个女粉丝。

“你离我远点儿，注意影响。”她把他推开。

“没事，她们快走了。”

“走？”

“对，她们是来送机的，你没看见她们连行李都没有吗？”

“也可能是托运了啊。”

“不是，她们就是来送机的，一会儿就去退票了。”林天阳见到很多次这种情况了，看代舒不理解，就跟她解释，“她们买全价票来送机，等飞机要起飞了再去退票，可以原价退的。她们不是乘客，只是想近距离看看我。”

代舒听懂了，点点头，发自内心地称赞他：“好多人喜欢你啊，为了能离你近一些还想出来这么多办法。”

“有时候也挺苦恼的，既想有自己的私生活，又觉得她们也挺辛苦的。”

苦恼着苦恼着，登机时间到了。

代舒跟着林天阳走在前面，看到也在排队的那两个粉丝，讶异地望向林天阳。

林天阳也讶异，那两人真是乘客，并不是他以为的那种送机粉丝。

在代舒面前丢了人的林天阳好半天没跟她说话，缓解自己的尴尬。

代舒默契地维护他的尊严，也不说话，拿了本时尚杂志看穿搭。

飞机起飞，耳压不平衡，耳膜像针扎似的难受。林天阳默默递过来一颗口香糖让她嚼，她塞到嘴里，牙齿咬断糖块，咬几口那糖又黏在一起，耳朵舒服了许多。

“以前真的很多这么送机的……”

“你是在向我炫耀你有很多女孩喜欢吗？”代舒不甘示弱地说，“我上学的时候也有可多男生追我了，不过我醉心赚钱没空搭理他们。”

林天阳皱着眉笑：“不是因为心里还惦记着我吗？”

“没有，你被我剔除了，我的生活没有你。”

“好吧……”林天阳郁闷地低头，过了一会儿眼神又黏在她身上，就像她嘴里的那颗口香糖，怎么咬断都能再粘连上。

【第十二期小黑屋采访】

导演：拍的那些照片最喜欢哪张？

代舒：喜欢他穿军装那组，分分钟脑补出好多进步学生跟没文化的军阀之间的爱恨情仇。

林天阳：喜欢穿衬衣的那个。

导演：不是婚纱照吗？

林天阳：也喜欢，但最喜欢衬衣的，很有仪式感。

导演：你们有把这张放在钱包吗？

代舒：（展示钱包）有啊，还有他那张证件照。

导演：可是你把他的证件照放在你的脸上，看起来就像他跟他自己结婚了一样。

代舒：（大笑）可是每次看见都会高兴啊。

导演：知道行程有变，要一起坐火车的时候什么感觉？

代舒：很匆忙，本来以为晚上可以一起商量着整理的，结果好像落了很多东西。

林天阳：能整晚待在一个小车厢里，谢谢节目组的良苦用心。

导演：不不不，你误会了，这个真的是因为……呃，那不客气。

导演：为什么代舒训你的时候你好像很开心？

林天阳：她关心我啊。

导演：真的是关心吗？我怎么觉得是嫌弃……

林天阳：你想想以前她都不怎么理我，观众都说我热脸贴……咯咯，过度热情，但是现在她也慢慢地对我越来越好。

导演：真的是哎，可惜这是最后一期了，对你好以后也感受不到了。

林天阳：这位导演，你真的很会聊天，我大写的服气。

导演：所以那天在屋里到底听没听见声音啊？

林天阳：视频里听不见？

导演：摄像机是没收到声音的。

林天阳：有声音啊。

代舒：声音很大啊，你们听不见吗？

导演：瑟瑟发抖，画风突然变得恐怖起来。

导演：走进宴会厅之前有预感是为你们准备的婚礼吗？

林天阳：给我们礼服的时候就觉得有些奇怪了。

代舒：我的编导姐姐在去的路上忽然跟我说“小代你可别哭啊，妆花了还得补，打断了再重新拍感觉会被破坏的”。

导演：让编导领盒饭去吧，居然提前泄密！

代舒：我们就是要一起领盒饭了吗……

导演：你不要难过，我好心疼。

林天阳：我也很难过，你心疼心疼我。

导演：……

导演：“婚礼”那天晚上，你跟代舒说如果有一天她结婚的时候，心里是怎么想的？

林天阳：新郎真是个幸福的男人。

导演：真的会去砸场子吗？

林天阳：不会，在她最幸福的那一天，我不敢让她不开心。

导演：那会送上祝福吗？

林天阳：最后一期了，聊点儿开心的不行吗？非得让我收工以后去停车场堵你吗？

导演：堵……堵我干吗？

林天阳：聊聊人生中那些让你摔倒的坎坷和令人窒息的艰难。

导演：不了不了，溜了溜了。

导演：代舒做的香蕉饭团味道怎么样啊？

林天阳：终极黑暗料理。

导演：很难吃吗？所以你是骗代舒咯？

林天阳：不，代舒当然挺好的，是你们给的香蕉不好。

导演：……有理有据。

导演：节目结束了，有什么想对对方说的吗？

代舒：谢谢你，林天阳。

林天阳：谢谢你，代舒。

特辑

○ ● ●

分别是为了更好的开始

下飞机后嘉宾们各自回家休整，林天阳和代舒这一组约定的是第二天下午去影楼拿相册，然后去新家录制最后的分别。

乐队成员们都在排练室练习，林天阳直接带着行李箱让司机送他去公司。到排练室的时候发现陆老板正在跟他们聊天，大家见到林天阳都鼓掌祝贺他“结婚快乐”。

林天阳苦笑：“明天就‘离婚’了，快乐什么啊？”

陆昀安慰他：“录完节目还是可以做朋友嘛，我看小代挺好的，你们可以经常走动的。”

林天阳盯着老板看了几秒，忽然抓住了他的胳膊。

陆昀迟钝地甩开，下意识看了一眼身后的门：“别动手动脚，让小邵看见会打你的！”

“哥——”林天阳这一声前所未有地谄媚，“我可不可以节目结束的时候跟代舒公开恋情？”

屋里的人全惊讶地张圆了嘴。

“你……你们什么时候……啊？你们已经在一起了？”

“还没，不过我打算明天晚上跟她求婚。”

“扑哧。”阿迟忍不住笑喷，“林天阳，我真的是从未见过像你如此厚颜无耻之人。”

林天阳也不介意被嘲讽了，缠着陆老板求他给个“免死金牌”，陆老板没被这么缠过，林天阳又是他很看好的员工，脑子乱哄哄地答应了下来，还夸他“有胆量、有担当”。

之后大家也没心情排练了，开始策划起林天阳的“求婚仪式”，陆昀各种出谋划策，鲜花、彩虹热气球，浪漫得不靠谱。

等他们大致商量出个雏形打算回家细说的时候，Mary 过来了，队员们默契地不说话，纷纷看向陆昀。

陆昀也有点发怵，努力拿出老板的气势，朝 Mary 招招手：“你来我办公室一趟。”

Mary 看向乐队的人，直觉他们又要或者是已经闯祸了。

唐哲拉拉林天阳的大手安他的心：“别怕，她要是打你，我会给你叫救护车的。”

林天阳却完全不觉得害怕，他现在满心都是求婚成功的期待和兴奋。

不知道陆昀怎么跟 Mary 说的，她给阿迟打了个电话，说让他们自己回家，以后就没再提别的事，也没有阻止林天阳要闯的“祸”。

几乎整夜未眠的林天阳第二天精神依然很好，他跟代舒去影楼拿相册，刚拿到手就在车上翻看，一边看一边互相吐槽对方的假笑和耍帅的动作。

看了两遍，他们开车去菜场买菜，回家一起做饭。这顿饭做得非常丰盛，量虽然不多，但也凑了五菜一汤。

林天阳作为主厨基本上把自己所有的拿手菜都做了，用时两个多小时，等他们开始吃的时候天都黑了。

没有任何任务，也没有什么台本，两人像寻常夫妻一样慢慢地吃饭，轻松地聊天。

饭后林天阳去洗碗，代舒拖出来两个空的大行李箱坐在客厅沙发上，等他出来的时候告诉他：“他们说让我们用箱子替对方收拾东西，认为对方想带走什么就装什么，只能带走一箱子。”

屋里的家具是带不走了，能带走的只有放在这边的衣服和一些纪念品。

林天阳抱着手臂四下巡视，最后拖着箱子进了厨房，把面包机、咖啡机往里面装。

代舒听见响动跑过去看，郁闷地把他拽出厨房：“拿那些干吗啊？”

“这些值钱啊。”

“……你能不能有点儿情调！”代舒翻出来林天阳在日本祈愿时带回来的

空白木牌，跟他解释，“这种才是有意义的东西吧。”

她说完自作主张地把祈愿牌扔进了自己的行李箱，被林天阳抢过去：“你好好收拾，不许拿我的东西。”

代舒撇嘴，去收拾别的东西，看到某个物件就说起当时的趣事，收拾到相册的时候已经是最后一样东西了。两人都想要，又不能把相册一分两半，最后林天阳做主，把这相册放在了博古架上：“那就留在这里吧，跟这个房子一起留在这里。”

代舒没有反对。

林天阳把钱包翻开给她看：“这个结婚照我一直带着，你也要一直带着啊。”

“好。”代舒答应。

两人拖着各自的行李最后看了这个家一眼，然后并肩走向停车场。

他们的车并排亮着灯，灯光照射下林天阳摸了摸代舒的脑袋：“走了啊，好好的，有事给我打电话。”

代舒仰着头，这时才真切地感受到“节目结束了”的气氛。

林天阳摸她脑袋的那只手轻轻捏住她脖子，把人按在怀里拍了拍背：“我电话二十四小时为你开机。”

“就开二十四小时吗？”

“哦，用二十四个小时就没电了，得充会儿电再开。”

原本有些湿了眼眶的代舒被他的话逗乐，推开他，用力挥挥手：“再见。”

她先转身上了车，林天阳这次没望着她的背影等待，也转身上了自己的车。

落下车窗，他对着代舒那辆渐渐离开的车挥手：“再见，小袋鼠。”

“哥，她走了吗？可以起来了吗？趴着腰疼。”后排座传来唐哲闷闷的声音。

林天阳把车玻璃升上去，扭头往后看：“起来吧。东西都准备好了吗？”

“放心吧，齐活了。”阿迟点头道，“应该没问题，Mary 姐在那边。”

“谢谢。”林天阳手心有些出汗，在腿上蹭了两下。他抬头，看向车里装着的摄像头，仿佛那端就是代舒，长长地呼了一口气。

同一时刻的代舒车上，也有台小小的摄像机在偷拍，只是代舒低头玩手机没注意到而已。

她给林天阳发信息："相册真不要了？你找人拿回来啊。"

林天阳没回她。

她心里有些小失落，不管以前怎么说服自己，这一刻她真的有"分手"的感觉，是得到过又失去的难受。

代舒发了会儿呆，偶然间扭头看窗外，觉得这不是回家的方向，再看向坐在前排的助理后视镜里躲避的眼神，心头涌过不好的感觉，就像五年前那次一样慌张。

可她毕竟不是小孩子了，强迫自己镇定地跟助理发令："停车，你这是去哪儿？"

"姐……"小助理被她话里的冰冷吓了一跳，还好就要到目的地了，她结巴着解释，"林老师让，让到这里来，我也不清楚，你给他打电话问一下。"

代舒立马拨给林天阳，强作镇定地问："林天阳，你让我到哪里去？"

"哦，想搞个惊喜派对来着，居然被你发现了吗？来就行，阿迟他们也在，一起吃个饭。"

"一起吃饭就跟我说啊，招呼都不打一声，吓我一跳！"

林天阳低声认错："对了，那首《少年如风》已经录好了，我发给你，你听听看，有什么意见一会儿可以提一下。"

她得到任务就认真地听起歌来，听了几遍往记事本上记感受的工夫车子已经停下了，后门被拉开，林天阳向她伸手："跟我来。"

代舒把手搭在他手心，下了车才发现这根本不是饭馆，而是摩天轮广场。她跟在他身后，心里犯嘀咕，看到地上那个用气球围成的心形圈时，闪过一丝荒诞的想法。

她看见乐队的另外三个人在心形气球旁边站着，明第对上她的视线后踩着鼓点开始伴奏，三个人一起演唱。

"It's a beautiful night（这是个美丽的夜晚）/We're looking for something dumb to do（让我们一起来犯傻）/Hey baby, I think I want to marry you（宝贝，你想不想嫁给我）/Is it the look in your eyes, or is it this dancing juice?（是你迷离的眼神还是这摇晃的酒杯让我沉醉）/Who cares baby, I think I want to marry you…(没关系,我只想说嫁给我宝贝)”

代舒捂着嘴，不知道是不是太冷了，她觉得胳膊上起了一层鸡皮疙瘩，眼前的景象变得模糊。

她愣愣地被林天阳拉着走进了心形气球圈里，音乐声渐停，林天阳看着她，忽然单膝跪地，掏出蓝色丝绒盒打开，把戒指举到她面前：“代舒，你愿意嫁给我吗？”

惊讶，惊吓，又有些惊喜。

原本只是积蓄在眼眶里的眼泪串成线掉落，代舒被自己最嗤之以鼻的浮夸求婚方式给弄哭了。

她还没答应，耳边却已经响起叫好声，她擦干眼泪看向四周，不知道周围什么时候聚了这么多人，又或者是他们一直都在，只是自己刚才太震惊了没注意到。

代舒擦掉眼泪，这次她看清了，看见有好多节目组的人，甚至看见了摄像师正扛着机器拍他们。

她分不清戏里戏外，茫然地问林天阳：“这个，在录节目吗？”

“他们在拍。”

“会在电视上放吗？”

“会吧。”

代舒说不清什么感觉，有种被戏弄的心酸。

她指着那枚戒指问：“这个是真的吗？”

“铂金的，当然真。”

代舒笑得眼泪又溢出来：“谁问你那个！求婚，求婚是真的吗？”

林天阳跪得身姿挺拔，把戒指觉得更高了些：“你说真的，就是真的；你说假的，这就是录节目。”

代舒觉得自己的眼睛就跟水龙头似的，开开关关，说放水就放水。她一遍又一遍地抹眼泪，可总止不住抽抽搭搭地哭。

“别哭了，就算不答应也不用哭成这样啊。”林天阳看她哭得可怜，又心疼又好笑。

代舒捂着脸摇头："我不答应。"

刚才还在笑的林天阳笑容僵住了，他没想到代舒会给出这样的答案，感觉自己也要哭了。

代舒把戒指推还到他面前，蹲下去跟他平视："我不答应结婚，我，我要先当你女朋友，先跟你谈恋爱。"

林天阳把人扶起来，用力地抱在怀里，曲解她的话，朝着人群喊："她说她愿意！"

围观群众鼓掌尖叫，烟火和礼花齐齐点燃，摩天轮亮着灯转动起来，一切都那么美好。

唐哲是听清了代舒的话的，他疑惑地问明第："这算成功了吗？歌还唱吗？"

明第嫌弃地反问："你这话严重暴露你智商，知道不？"

鼓声响起，那首欢快的求婚歌仿佛没有尽头。

"Don't say no no no no no （别说不不不不不）/Just say yeah yeah yeah yeah yeah （快说好好好好好）and we'll go go go go go （我们这就走走走走走）/If you're ready, Like I'm ready（你是否和我一样已经迫不及待）……"

烟花燃尽，代舒看见摄像师把器材收起来，不好意思地问林天阳："这次真的结束录制了吗？我，我不习惯。"

"录了这么久了还不习惯？"林天阳把她的手包在自己手里握着，看向收工的工作人员，"他们都走了，就剩我们了。"

代舒又看见了站在保姆车前面的Mary，手里还提着半袋子花瓣："真神奇，你经纪人居然不是往我身上泼硫酸。"

"啧，胡说什么呢？"

代舒的脸因为哭过被风一吹有些发紧，她觉得自己刚才的表现太弱了，居然头脑发热地答应了林天阳，现在才想起来他们之间的那些问题其实还没完全解决，可林天阳紧紧握着她的手也让她知道这时候想后悔是没可能了。

她索性暂时逃避，享受当下这温情的感觉。

他们牵手走到林天阳的车前，队员们都坐在车上了，代舒挣开林天阳的手："我坐自己的车回吧，你跟他们一起。"

"你害羞吗？"

"你觉得呢……"

"那我开你的车送你回去。"

"别了，好麻烦，我们各回各家吧。"代舒还不清楚林天阳是如何打算，本能地怕被人拍到，她在林天阳胳膊上拍了下，"晚上给你打电话。"

"视频。"

"哦，好。你上车吧，再见。"

"我明天后天都要训练，晚上我可以去找你吃饭。"

"我明天要去工厂，不知道几点回来……"

Mary 看着他们说个再见都要说到天长地久的架势，懒得等在外面挨冻，拉开车门先坐了上去，关车门的声音把代舒吓了一跳。

她把外套帽子戴上，转身往旁边自己的车小跑过去，背对着林天阳挥了挥手。

代舒坐在车上的时候还晕晕乎乎的，这一切太像做梦了，虽然她拒绝了林天阳的求婚，可他还是把戒指戴在了她的中指上。

他说："女朋友也可以当未婚妻。"

代舒转着那枚戒指，食指跟无名指都被硌得有些不习惯。

手机屏幕亮了，林天阳给她发了条信息："想你了。"

代舒抿嘴，才分开十分钟而已，有没有那么夸张啊？

他又发来："刚才好多人，我怕你会不喜欢，应该吻你的。"

代舒怕被人看见似的，慌乱地把手机塞进口袋，他在说什么啊，闷骚鬼！

虽然打定主意要回家再看手机，可不过几分钟她就忍不住好奇，想知道他还有没有跟自己发什么话。

果然后面还有一条："嘿嘿，害羞。"

“……”代舒想象不出来林天阳说这句话是什么表情，感觉挺好笑的。

她回了同样的一句：“嘿嘿，害羞。”

两个害羞的人回家以后煲了两个小时的电话粥，没有回忆过去的五年，也没有讨论未来的计划，他们一直在聊这几个月的录制，聊那些有趣的事情和好玩的人。

代舒躺在床上说话说到困倦，她打了个哈欠，林天阳便停了下来：“你睡吧，明天还要去工厂。”

“嗯，你也早睡，好好排练。”

“代舒啊。”

“嗯？”

“你喜欢我吗？”

代舒也不知道为什么，听他这么问比他直接说喜欢自己还开心，她在床上打了滚，脸埋在枕头里：“还行吧。”

“那我后天能跟你约会吗？你来我家不好意思的话我就去你家。”林天阳说完后似乎觉得不太好意思，“我真的很想把这五年错过的一切都尽快补上。”

“嗯……那我后天去你们公司看你排练吧？”

“好！睡吧，要我给你唱歌哄你睡吗？”

“不用了，谢谢……晚安！”代舒感觉像是已经睡着了在做梦一样，他真的是那个对自己要留电话都不屑一顾的林天阳吗？

爱情的粉红泡泡蔓延到第二天才飞走，代舒跟静静一起去工厂看样，城郊偏僻，可网速一点儿都不慢，中午吃饭的时候静静拿着手机跟代舒报告网上的情况：“林天阳求婚上热搜了，我的妈，这段视频是怎么回事？是录节目吧？为什么有自称工作人员的网友说你们假戏真做了呢？”

代舒慢慢地扒拉饭，她昨天回来得挺晚，静静当时已经睡了，她就没把人叫起来说这事。现在她也不打算瞒着静静，左右瞄了瞄没外人，小声跟她说：“他昨晚跟我求婚啦，我现在跟他在交往，保密啊。”

“我的天！真的？真的是真的？”静静捂着胸口，虽然她早就觉得这两个人之间有猫腻，可当事人亲口承认也太震撼了吧？

“给我看看热搜，嗯，他们公司应该看到了吧？”代舒简单看了看评论比较多的几条微博，都放了一小段视频，是林天阳跪地求婚而她捂着嘴哭那段。

她感觉挺像节目效果的，给林天阳发信息问他公司要怎么解决这件事。

林天阳依旧热情得不像话，发了好多条说他还在排练，问她吃饭没，问工厂有没有暖气她冷不冷，最后才说那段视频是节目组放出去宣传用的，不要担心。

他这么说代舒就放心了，她以为会有人出面解释，可是没想到林天阳和公司都是不承认、不否认、不传谣也不辟谣，反倒像是默认了这事一样，引得网友们更加好奇，这个话题没花钱都霸了一天热搜榜首。然而也只有那一个求婚片段，其他网友扒出来的料都是节目录制时的画面或者花絮。

代舒工作室的电话被媒体打爆了，都是求约采访和求证她跟林天阳恋爱关系的人，代舒的助理作为工作室最专业的公关人员总算能发挥作用了，跟林天阳公司的人联系着怎么统一口径和控评，确保在真真假假的信息中不会出现有损两个人形象的消息。

而处在风口浪尖上的代舒一点儿低调的自觉性都没有，在恋爱传闻闹得沸沸扬扬的时候还去了林天阳公司看乐队排练节目。她从专用通道走的，看到公司外面围了不少记者，应该也是堵着采访林天阳的。

参加了这么久的节目，这还是代舒第一次觉得自己“红”了。

她本想买些吃的带过去，但不确定队员们现在饮食上有没有限制，只好空着手。熟门熟路地摸到了训练室，刚敲了两下门林天阳就从里面把门打开了。

他看着她笑：“我有感应到你来了。”

“这么神？”她闪进去，跟队员们打招呼：“嗨——”

“嫂子！来就来你拿什么东……啊，包啊，你没拿东西啊？”唐哲失望地叹气，“还以为你能带点儿好吃的来呢。”

“我怕我带来了你们不能吃。”

“别管他们，最近确实在节食。”林天阳摸摸代舒的脑袋，从她手里把包拿过去挂到衣架上，“你去坐一会儿，我们大概还要练两个小时，不，一个半小时吧。”

“不着急，你们练吧。”代舒抱着外套坐在角落，安静地看着。

队员们连着几天都在做体能训练，今天难得练歌，有些兴奋，他们还为代舒献上特别曲目《少年如风》，演唱会上是不唱的。

代舒的眼睛基本只看着林天阳，可他看过来的时候她又会立马躲开去看阿迟，过一会儿再转回去继续看他。

就像动画片里的猫和老鼠一样，眼神的追逐全是嬉闹。

练了不到一个小时，林天阳示意休息一会儿，拿着自己的瓶子跑去代舒旁边蹲着：“这个是给我们配的饮料，你要不要尝尝？”

他蹲在一旁只到代舒腿的位置，像只大狗，让代舒忍不住想摸摸。

她接过他给的饮料，跟他商量：“林天阳，你正常一点儿行吗？你这样我有点儿害怕。”

她刚说完，队员们也纷纷附和：“大哥，你这样真的很吓人，正常一点儿行吗？”

林天阳摸了摸眉毛：“我觉得我很正常啊。”

“完全没有。”其他几人脑袋摇成拨浪鼓似的。

“真的，五年前明薇亲你那次你都没浪成这个样。”阿迟补刀。

代舒收敛起微笑，他居然把那件事告诉过阿迟？她把饮料甩在他怀里，恶狠狠地说了声：“你自己喝吧！”

说完就要走，明第和唐哲以为她是吃醋了，一个箭步跨到排练室门前挡住代舒的去路：“嫂子消消气，阿迟不会说话，我们替你揍他。”

“队长虽然有过初恋，但他对你非常喜欢，你要相信他。”

代舒一头雾水地看着挡她道的两人，诧异地问：“不是吧，你们不知道吗？”

“知道，都知道。”唐哲无比郑重，“你听说林天阳对初恋一往情深难以割舍对吧？那都是公司宣传编的，真要是这么舍不得怎么会这么多年不联系对吧？”

“我，”代舒指着自己，“我就是林天阳的初恋。”

“对，遇见你他才懂得爱情。”明第点头。

“……不是，你们真不知道啊？我以前叫明薇，是你们公司宣传的那个林天阳的‘初恋’。”

两个人反应了一小会儿，黑着脸看向阿迟和林天阳：“你们还当我们是朋友吗？”

林天阳也看阿迟：“你没告诉过他们吗？”

阿迟茫然地看天花板，挠挠脖子：“我以为你们知道啊。”

几个人同时无语地笑起来，连代舒也没刚才那么窘迫了，任林天阳把她拉回去坐着继续看他们练习。

顺利排练完，队员们热情邀请代舒跟他们回家，如果她能大发慈悲地偷偷给他们加个餐就更好了。

代舒还没表态，林天阳先拿出了队长的威严：“不要总想着支使我女朋友干活好吗？”

队员们哑然，最后一个个乖巧地上了保姆车回家“吃草”去了。

林天阳没跟他们一起走，他等保姆车成功把一堆记者引开后才上了辆小轿车，让司机送他们去之前去过的那个日本人开的韩餐馆。

“你不是节食吗？能吃烤肉？”

“我不吃，看你吃。”林天阳还是那个很奇怪的林天阳，他好像变不回原来正常的样子了，“看着你吃我就会很幸福。”

“你真的不能清醒点吗？”

“这梦多美啊，为什么要醒？”他大方地把手从她背后伸过去，搭在她肩膀上让她靠在自己怀里，眼睛笑得眯成了一条缝。

到了餐馆，他们还是由老板带着从侧门直接进的包间，因为林天阳只吃沙拉，代舒也不想吃太多，只叫了小份烤肉和拉面，还要了一份西瓜烧酒。

老板很快上完菜，把门关上，留他们两个人在屋里享受美食。

这个小包间是榻榻米形式的，桌子是可升降的，升起来以后下面有位置放脚。林天阳吃饭不老实，隔一会儿就去踢她一下蹭她一脚的，让代舒吃饭都吃不安生。

她怕怕地问："你是不是被人下降头了？"

"你以前不是说如果我能对你更主动一些就好了吗？"

"我什么时候说的？"

"嗯……很久以前，还是明薇的时候说的。"

代舒回忆了一下，没想起来，她问他："你喜欢的，到底是那个对生活永远充满热情、对你永远充满崇拜的明薇，还是现在这个做任何事都要计划，害怕一切未知事情的代舒啊？"

林天阳认真思考了一下："标准答案是'不论是从前的明薇还是现在的代舒我都喜欢'。"

代舒哼了一声，笑着说他："好俗气！"

"怎么样不俗？"林天阳的神色又认真了几分，"我不知道应该怎么表达，你才能知道你对我的意义。代舒，你不只是我年轻时的怦然心动，那时候的爱情对我而言是奢侈品，你对我的鼓励和崇拜才是我能走到今天的理由。唱歌的时候，音乐是我的力量，可是在台下、在漏水的地下室、在那个寒冷的冬天，你就是我的力量。"

代舒嘴里含着的肉都忘了嚼，愣愣地吞下去，明显地噎了一下，她忙喝了口烧酒缓神："我这么重要吗？"

"是的，你很重要，是我的红玫瑰和白月光，是我的朱砂痣和心头好。"

代舒脸红了，捂着嘴窃笑："可以了可以了，你不要把情话一天说光，每天都跟我说些这种肉麻的话。"

"我再说一句。"

代舒揉揉自己的脸，让自己不要笑了："嗯，你说吧。"

他盯着她的嘴唇，喉结动了一下。

动作那么大，代舒都看见了。

她假装凶巴巴地跟他说："你要亲就亲，别问我啊。"

他听见这话，立马双手撑着桌子凑过去，吻在她的唇上，舔去她嘴角残留的烧酒味道。酥酥麻麻的触感，没有深入却带着舍不得分开的兴奋，他移动了一下手的位置，好像碰到了热锅，烫得他甩了甩手，却还是紧贴着代舒的唇没有离开。

代舒睁开眼，推了他一下，让他坐回去吃饭。

林天阳摸着嘴唇，像是回味刚才的美好感觉："果然没错，跟你一起吃饭很幸福。"

"你刚才不是这么说的，你说的是看我吃饭很幸福。"

"嗯，你吃饭，我吃你。"林天阳看她有些羞恼，忙改口，"你吃饭，或者你吃我。"

"喂！"

"你吃饭，我也吃饭，吃饭。"林天阳按住他家威力无比的"人形电视机"，生怕肋骨再断三根。

饭吃到一半，林天阳就挪到了代舒身边挤着坐，他已经把沙拉吃完，托着腮看代舒吃饭。

代舒被他看得吃都吃不安稳，几次把他的脸推开，没一会儿他又盯着她。

吃完饭，林天阳送代舒回家，代舒本想让他在小区附近就停车把她放下，林天阳却不放心晚上让她一个人回去，几步路也不放心。

代舒拗不过他，只好让他跟在自己身后一路送上电梯。两人戴着口罩，电梯里遇见别的住户，他们都没说话。直到出了电梯，代舒跟林天阳玩闹，推了林天阳腰一下，林天阳撞回来，她再去推，林天阳也推她。

两人这么推来推去的，离家门还有不到两米的地方，林天阳推的时候代舒没掌握好平衡，"扑通"一声跪趴到地上。

"……"推人的和被推的都愣住了。

"吧嗒"一声，面前的门打开，静静穿着睡衣手里提着垃圾袋站在门口看到眼前"行大礼"的代舒，也愣住了。她反应过来，先退回去把门关上，装作什么都没看见。

林天阳已经架着代舒的胳膊把人扶起来了，代舒捂着脸欲哭无泪："丢死人了，别扶我，我要在地上钻个洞藏起来，呜呜呜，你是不是有毛病，你那么大劲儿推我干吗啊？"

“我有病，我有病。”林天阳好笑地拍着她膝盖上的灰，帮她揉了几下，“疼不疼？”

“你磕一下试试疼不疼！”她捶他肩膀，“能不疼吗！”

“疼，疼。”被迫感同身受的林天阳也觉得肩膀疼了，他不知不觉变成了从身后抱着她的姿势，蹭蹭她的脸，“那你疼得厉害不厉害，膝盖碎了没，要不要去医院看看？”

“碎了哪里还能站住啊，不用去医院。”代舒脸涨红地盯着自家大门看，她觉得要被静静笑话死了。

“走，进屋看看情况。”他招呼都不打一声，退后了一步，把她打横抱起来，走到门前让她开门。

进门的时候静静还提着垃圾站在玄关，看见这两人吓了一跳，关切地问被抱着的代舒：“怎么了啊？受伤了？”

“嗯，刚才走路绊倒了，磕着膝盖了，有云南白药没？”林天阳边说边走，把她抱到客厅沙发上坐着。

“有的，我去找！”静静跑开，翻箱倒柜地找出来喷雾。

代舒今天为了见林天阳特意穿了漂亮的连衣裙，此刻没法像裤子那样把裤腿卷上去露出膝盖。

林天阳咳了一声，非常绅士地转身背对着她：“隔着衣服喷效果不好，你把你这个打底袜脱了吧，我不看。”

代舒没法子，飞快地把鞋子蹬掉，裤袜脱下来，露出白皙的两条腿。

她踢踢林天阳，他回头，看起来并没有羞涩或是尴尬，握着她的小腿在她发红的膝盖上喷药。

代舒“咝”地倒吸了一口冷气，腿不自觉地抽搐了一下：“好冷。”

屋里有暖气，其实挺温暖的。林天阳把带着寒气的外套脱下来，手在代舒的小腿上来回揉搓：“说了好多次，让你穿秋裤，从来不听的。”

代舒莫名开心地抖了抖腿：“我没有秋裤。”

“我给你买，一会儿你就上网选，选好发给我，我来买。”林天阳感觉她的腿还是很凉，“你进屋去躺着吧，盖上被子暖和一下。”

“没事，过一会儿就好了，屋里热。”代舒把外套也脱下来，“你回去吧。”

静静端着水，不好意思地打断他们：“喝个水再走吧？”

“还是静静好心。你呢，哼，就知道赶我。”林天阳坐在代舒身边，跟静静道谢，拿起水慢慢喝起来。

静静站在那里，走也不是，留也不是，最后捂着肚子跟代舒眨眨眼：“我今天不舒服，先回去睡啦，你有事就喊我。”

说完她躲回了自己卧室，把门也给关严实了。

客厅里只剩他们两人，林天阳把杯子放下，看看代舒：“你也回卧室睡觉去吧。”

她点头，刚要站起来，他又弯腰打算抱她。

她呼扇着手把他拍开：“没那么夸张，我自己能走。”

林天阳不由分说地抱起她，往卧室走去：“你就不能让我享受一下当男朋友的幸福吗？”

“那你享受吧……”她人已经悬空，也不再闹腾了。

林天阳把人放到床上，四处望了一下，微微皱眉：“你要洗漱吗？我拿脸盆打了水放屋里吧？”

“我真的没那么虚弱……算了，你愿意做就做吧。”代舒感觉林天阳现在像是玩过家家似的，她还是不要阻止他了。

得到肯定的林天阳立马去准备，出门之前提醒代舒：“你先自己把衣服换了。”

“哦。”

林天阳走到厨房从冰箱里拿了包奶，倒进杯里加了糖，放进微波炉里加热。

“叮”的提示声响，他打开微波炉的门，端出来杯子放到桌子上，手捏着耳朵散热。尝了一口牛奶的温度和甜度，正要拿给代舒，看着杯沿上的那滴奶怕代舒嫌弃，又抽了张纸巾擦干净。

进屋的时候代舒已经换好衣服了，看到林天阳拿来的东西嘟了下嘴：“你怎么跟我妈似的，让我睡前喝奶？”

“补钙。”

代舒乖乖地拿过去喝，喝了半杯，仰起脸来，露出嘴边的“白胡子”，眯着眼压低声音问他：“你要帮我亲掉吗？”

林天阳犹豫了一秒，抽了张纸帮她擦：“有点儿脏。”

代舒撇嘴，默默把剩下的喝光了。

喝完她问林天阳：“司机是不是还在等着呢？”

“哦，对，我让他先回去。”他拿出手机打电话。

“……那你怎么回去？”

“嗯？我……喂，老姜，你先回去吧，我这边有点事，嗯，不用等。”林天阳挂断电话，看着代舒，“我在沙发上窝一宿呗，又不是第一次了。”

确实不久前他才留宿过她家沙发，可那次静静不在啊，她纠结地脚趾弯啊弯，又不太舍得拒绝他。

林天阳把杯子拿去洗了，打了水给她刷牙洗脸，擦手擦脚，真的像是玩什么模拟游戏，非常认真地照顾着代舒。

一切都收拾好，代舒已经有些犯困了，她看林天阳从柜子里抱出来被子往外走，伸手扯住他的毛衣：“晚上静静起夜，看见你在客厅会吓到的……”

林天阳等她下文，她却没了下文。

他耳朵一红，把被子放在了代舒旁边。

窸窸窣窣的脱衣声音，代舒完全没有之前林天阳的风度，好奇地看他休闲裤里套着的那条黑灰色秋裤：“你不是为了节目效果啊？真的每天都穿啊？”

林天阳点点头：“有什么问题吗？”

代舒思考了一会儿，不知道有什么问题：“挺好的，就是，你能别再脱了吗，就穿着秋裤睡吧。”

“嗯。”林天阳从善如流，赤裸着上身穿着秋裤钻进自己那床被子里。

“关灯啦。”代舒说着，把大灯关掉，只留了床头的小台灯。

林天阳没什么困意，一只手枕在头下，另一只手拿着手机看漫画。

代舒背对着他，闭着眼努力睡觉。

屋里温度高，没一会儿代舒就有些昏昏欲睡，却感觉后颈有些痒，好像有人亲了她脖子一口。

这个人肯定只能是林天阳。

他似乎察觉到她醒了，小声问：“还没睡着？”

“你……能不能不要贴着我说话，痒。”

“哦。”他拉开些距离，但还是和她靠得很近，“有点儿兴奋，睡不着。”

“要不你打地铺？地上有毯子，不冷的。”代舒热心地提建议。

“不要。”他一口回绝，又拉开些距离，“你睡吧，我数羊。”

屋子里忽然安静，代舒觉得自己翻身的声音被无限放大，她磨磨蹭蹭地转身面向他，从灯光里能看见他平躺着闭着眼睛。

“是不是有光你不习惯啊？我把灯关了？”

他依旧闭着眼，过了一会儿才说：“不用，按你习惯就好，我总要习惯的。”

这话让代舒有些害羞，她听到自己的心脏正不安分地跳动，隐隐有些害怕会发生什么，又对那种未知感到兴奋。

她悄悄地把脚伸到林天阳那边，感觉他的被窝似乎更暖和些。

她的脚碰到了林天阳的腿，被他伸手抓住：“不睡觉，干吗呢？”

“脚冷。”

“嗯。”他两只手握着她的脚，用力一拉，她整个人都往后仰倒，脚被放在了林天阳肚子上，“这样暖和吗？”

代舒不说话，心跳得更快了。

林天阳睁开眼，侧着头，看她。

她挣了两下，缩回自己的脚，整个人却往林天阳那边靠过去：“我能睡你的被子吗？”

林天阳把被子掀开，让她过去。

她刚挪过去，他就把被子在她身后塞好，顺便把人也搂在自己怀里：“膝盖还疼吗？”

“一点点，估计明天会青。”

“明天用热毛巾焐焐。”

他的声音有些懒，代舒从来没跟他这么近距离地抱着过，也没这么近地听过他说话。林天阳的整个感觉似乎都跟她想象中的不一样了，是一种带着侵略性却意外让人心安的矛盾气质。

她仰头，亲亲他的下巴，自己傻笑。

林天阳的手在她背后轻抚：“乖，别闹，不然被睡的不只是你的被子。”

“还有我吗？”

林天阳笑出来，拍她屁股：“快睡。”

一夜好眠。

代舒清早起床觉得呼吸不畅，一睁眼便看见了赤裸的胸膛，想起来昨晚是跟林天阳一起睡的，她不由羞红了脸，悄悄仰着脖子看他，他还在熟睡。

她嘴角扬起，在他胸口拱了拱，觉得他身上有种好闻的味道，让人喜欢。

林天阳迷糊着嘟囔了一句什么，代舒安静下来不乱动了，怕把他吵醒。

就这么过了一会儿，代舒也不知道自己怎么又睡着了，再醒的时候身边已经没人了。

静静还在家，她不好意思大声喊林天阳，顶着乱糟糟的头发踩着拖鞋想出卧室找人，走了两步觉得腿疼，这才想起来自己还是个负伤人员，又坐回床上研究自己的伤情。

其实林天阳也才醒了不久，觉得代舒睡得香甜不想打扰她，穿上衣服出去洗漱。他刚出卧室，咬着牙刷的静静就跟他打了个招呼：“起得这么早啊？”

“早。”

静静忽然觉得哪里不对，瞪大眼睛扭过头认真地看了一眼这个从代舒卧室走出来的人，牙刷差点儿掉到地上。

林天阳随口扯了个理由：“昨晚车坏了，没法回去，就在这边借宿了一晚。”

“啊，应该的，应该的。”静静胡乱应着，意识到自己说得不对，赶紧改口，“那车修好了吗？你怎么回去啊？”

“哦，没什么事，找人拖去修车厂了。”

“……那就好。”静静不好意思跟林天阳多说话，跑进浴室快速洗漱了一番，想着赶紧躲出去。

“你不用出去，我一会儿就走。”林天阳仿佛能看穿她心里的想法，“给你添麻烦了。”

“不麻烦，不麻烦。”静静受宠若惊地摆手，躲回卧室做一枚存在感极低的电灯泡。

林天阳白天还要排练，他看看时间，还算充裕，洗漱完就进了厨房，打算做完早饭再离开。

饭做到一半，代舒进来了，她往外面看了看，见静静不在厅里，从背后抱住了林天阳：“你要走了吗？”

林天阳很享受她的亲近，像只黏人的小猫咪。

“嗯，等你吃完饭就要走了。”

“那我不吃了，你就不走了吗？”

林天阳关火，转身把代舒圈在怀里：“或者你跟我一起走，去陪我训练？”

“嗯……不了。”代舒纠结了片刻，“我今天要开会，还要直播，很忙的。”

“代老板日理万机。”

代舒听不出来林天阳是夸她还是不高兴了，揪着他衣服：“你很想我陪你去训练吗？”

“没，你忙你自己的事。”林天阳把她放开，给她盛早饭，“去，叫你室友出来吃饭，我要迟到了。”

代舒不舍地往外走了两步，又绕回来，指着嘴巴害羞地点了点。

林天阳觉得身上窜起一股火，有什么地方说不出的痒。他上前，捧着代舒的脸，亲亲她的鼻子又亲亲她的脸，最后亲在她的嘴上，还没什么动作，代舒忽然张嘴，伸舌头在他唇上舔了两下，然后臊红着脸跑开了。

林天阳摸着嘴上的口水失笑，她还是像从前一样，又害羞又大胆。

吃饭的时候三个人都没说话，林天阳吃完看看时间，起身说道：“我先走了。”

静静放下碗跟他挥手：“拜拜。”

林天阳去卧室拿自己的外套，穿上又走回餐厅，见代舒还在吃东西，伸手轻轻捏住她的脖子：“我说‘我走了’。”

代舒被捏得缩着脖子，仰头看他：“那你走嘛……再见。”

林天阳笑了下，松开她的脖子，也没说“再见”，只望了她一眼：“小家伙。”

巡演的日期越来越近，林天阳也越来越忙，想跟代舒约会几乎是奢望。他给代舒画了张“大饼”，承诺巡演结束就带她出去旅游度假。

代舒倒是非常大度地表示没关系，让他专心训练，反正她也挺忙的。

虽然答应跟林天阳谈恋爱纯属“脑子一热”，可冷静下来以后代舒把两人交往会遇到的所有问题都考虑过了，因为事业聚少离多就是其中一条，她觉得两个人分开五年都能再走到一起，现在的短暂分别算不了什么。

林天阳却不这么想，就是因为分开了五年，现在好不容易恋爱了，他恨不得每分每秒都能见到代舒，尤其是夜里孤枕难眠的时候，他就会想念那天晚上代舒睡在他怀里的感觉。

可是只在晚上约代舒出来一起睡觉，好像又怪怪的……

一眨眼到了情人节，临时乐队有个节庆主题的商场演出，演出时间是晚上七点半，他跟Mary请示表演完了想出去约会。

Mary想都不想就拒绝了：“今天不行，你跟代舒都上了多少次热搜了，最近有人盯你们呢，老实点儿。”

“越危险的时候就是越安全的时候，他们肯定想不到我们今天会见面。”

“安全个头，想不到个头，你给我安分点儿，在节目还没播完、公司还没发声明之前不许乱来。”

林天阳知道Mary这人的脾气，硬顶硬肯定不行，他换了个说法委婉地问：“那我让代舒来公寓打麻将行吗？家里还有那三个呢，总不会乱传什么了吧？”

“乐队总共四个人，打麻将还用再找一个？你们玩的哪国麻将？”

“打牌，打牌，五人局。”

Mary从来没遇见过林天阳这么无赖地求她什么事，她觉得即使现在自己拒绝了，林天阳还是会想法子偷偷出去约会的，与其他惹出什么不好收拾的烂摊子，还不如答应他的要求。她长长地叹了口气，决定亲自坐镇：“结束以后去KTV，你把她叫来吧，我也去。”

这已经是Mary最大的让步了，林天阳道了声谢就去给代舒打电话，约她出来。

代舒那边的声音很是嘈杂，她捂着话筒小声跟他说：“我在××广场呢。”

“嗯？怎么去那里了？”

“看你演出啊，你们不是今晚有商演吗？”

林天阳反应了一下，才想起来商场的位置。他们还没出发，代舒居然已经到广场了，他不放心地问了一句：“冷不冷？”

“还挺冷的，你们多穿点儿。”

“问你冷不冷。”林天阳完全一副教训她的语气，“冷你还待外面干吗，去商场里面找个地儿待着去，演出的时候再出来。”

“我不冷，我穿秋裤了！不能走，走了就挤不回有利位置了。不说了，手冷，拜拜！”代舒没等林天阳说完就挂了电话。

林天阳再拨过去，无人接听。

他不放心，给代舒的助理打电话，助理开心地说代舒今天给她放假让她过节去了。林天阳不好说什么，只能继续给代舒打，打了三四通都没人接。

他去找 Mary，想早点出发，Mary 看见他就头疼，听他说怕粉丝们冻着冷笑一声：“是想赶紧表演完了约会女朋友吧？”

林天阳不置可否，唐哲在一旁双手托腮感慨：“谈恋爱真好啊。”

乐队最终比原定计划早到了半小时，去商场的路上林天阳终于收到代舒的电话，她那里还是很吵：“你给我打电话了？我没听见？什么事啊？”

“稍等。”林天阳问 Mary 休息间的位置，然后对代舒说，“你去七楼会议室等我，别在外面站着了，一会儿跟 Mary 姐一起……”

“不用那么麻烦啦，我就在这里好了，挺好玩的！他们在做游戏呢。”

“你一个人，也不带助理，多危险。”

“我不是一个人啊，赵裴飞也在呢，他今天来开会，正好一起在这边广场吃了饭。”

“……”嗬，情人节来开会，还凑巧吃饭？

亏他还以为代舒提前几个小时去是等着看他演出呢。

林天阳委屈得不想说话，又不想表现得很小气的样子：“哦，那一会儿带赵裴飞一起去玩吧。”

“不了，他等表演结束就回酒店，他不乐意见你，哈哈哈。”

“哈哈哈。”林天阳干笑几声，那太好了。

商场里张灯结彩，广场的建筑物上挂着彩灯，年味还未散尽。

临时乐队走上台跟观众们打招呼，主持人和队员互动的时候，林天阳就用目光搜索着台下的粉丝，想找到代舒。

可惜夜色太浓，他没找到。

互动结束后唱了四首歌，乐队成员简单地说了几句话就在工作人员的引领下回了休息室。

这次没等林天阳找代舒，她主动打过来电话汇报位置：“我跟赵裴飞先走啦，在宣泾路那个路口等你。”

“好。”

挂了电话林天阳也不催正在卸妆的队员们，打了声招呼，自己先出发了。

司机载着他到宣泾路口，他一眼看见穿着灰色棉服裹得像个粽子的代舒，下了车，拉着她的手把人塞进后排。

车子一发动，他凑过去想吻她，被代舒一巴掌按在脸上，示意有外人在。

林天阳郁闷地把她一双冻得冰凉的手揣在怀里暖着，憋了半天，还是忍不住控诉她：“你一个有男朋友的人，在情人节这天跟别的男人出去吃饭，不觉得对不起你的男朋友吗？”

“可他是我哥啊。”

“又不是亲的。”

代舒把手抽走，插在口袋里，也气呼呼地：“你这醋吃得没道理。”

她妈都嫁给赵叔了，她如果跟赵裴飞关系搞得很僵让她妈怎么办？再说她平时又不怎么跟赵裴飞联系，都是他来这边的时候才一起吃个饭而已。

林天阳去拽她的手，她不依，他索性把自己的手也插到代舒的口袋里，抠她掌心。

代舒手心发痒，瞪他，他阴沉着脸，感觉还在不开心。

两人一路沉默到达KTV，坐在车里等着，等队员们都到了才一起下车去包间。

Mary说要坐镇，果然依言镇守在靠门的位置，只是坐了没多久，包间里来了个高大的外国青年，非常自觉地坐在了Mary身边，揽着她热情地吻了下。

Mary面不改色地看着队员们：“今天情人节，我难道不用陪我男朋友吗？”

队员们点头如捣蒜，代舒听见唐哲跟阿迟小声议论：“又换人了啊？上次不是跟那啥老板吗？”

代舒听八卦听得开心，一扭头发现坐在她左边的林天阳安静地吃着坚果。

她没话找话：“你唱歌吗？”

“不唱。”他摇头，剥了颗大松子给她，“吃吗？”

“谢谢。”代舒伸头过去，从他手上咬走松仁。

林天阳擦了擦手，捏捏她的手臂，又移到她肩膀上往下按了按，让她靠在自己怀里，凑在她耳边小声问：“你不生气了吗？”

“我没生气啊，是你在生气。”

“我也没生气。”林天阳圈着她，贴靠在一起的位置暖暖的，他把下巴垫在她肩上，“我想你了。”

包厢很大，队友们坐中间，Mary和男友坐门口，林天阳跟代舒则坐在最靠角落的位置，他俩自从那晚林天阳留宿代舒家之后只匆匆见过两次，基本全靠电话联络感情。

如今被林天阳这么抱着，代舒一面觉得开心，一面又觉得被人看见不太好意思，纠结了半天才从他怀抱里坐直了，改成挽着他的手臂：“我也想你。”

两人靠坐在一起，像是分隔开一方小天地，队员们唱歌玩闹，他俩比赛似的剥坚果喂给对方吃。

玩了小半天，Mary做主宣布散场，阿迟善解人意地让她和男朋友先走，他们自己回家就行。

Mary不太放心，监督着他们上了保姆车才离开。

结果车开到半路，唐哲就让司机把车停到他们常去的那家酒吧，打算再接着玩。

阿迟问代舒：“一起去玩吧？”

代舒点点头：“好啊。”

“她不去。”林天阳直接替她拒绝。然后他回头训她：“这么晚了喝什么酒，赶紧回去睡觉。”

“你呢？”

“我也回去。”

话音刚落，队员们就发出一阵起哄声：“我们不睡觉，天阳你不用留门，我们今晚不会回来的。”

代舒伸手去打阿迟，阿迟捂着肩膀痛呼：“是唐哲说的，你打我干吗啊？！”

几人闹腾着，车子已经停在了酒吧门口，那几人先后下了车，只留林天阳和代舒还在车上。

司机请示往哪里开，林天阳清了清嗓子，不太自然地问代舒：“去我那边坐坐吧，我有礼物送你。”

代舒低头“嗯”了一声，感觉司机肯定在笑话他们了。

下了车，戴着口罩的林天阳丝毫不避讳地牵着代舒的手进了电梯。到家后，他把口罩摘了，从鞋柜里拿出一双粉色的新拖鞋放在代舒面前。

“咦？给我买的啊？”代舒换上拖鞋，大小正好。

“嗯，情人节礼物。”

“就这？”

“还有我。”

“噗——”代舒笑，推了他一下，“你能不能别硬撩啊，好傻。”

“硬吗？”林天阳上前一步，手按在防盗门上，把她困在门板上，“这样硬不硬？”

代舒心跳有些乱，仰着头，没什么气势地指责他：“你耍流氓！”

“我干吗了？就‘壁咚’一下也算耍流氓？”

他的气息如此近，代舒慌张地说：“你一会儿肯定要耍流氓的。”

林天阳笑着收回手，换了鞋，把外套脱下来挂好，去给她倒水：“这都被你看出来了。”

或许是确立关系以后两人还没有好好相处过，代舒无措的同时心里像有小猫爪挠似的。她不知道别人谈恋爱都是怎样的，也不知道自己是不是有什么问题，每次见到林天阳都想亲他……是不是太不矜持了？

林天阳端着温水出来，水面清澈，但有一股百香果的清香。

代舒喝了一口才问：“你不会在水里下药了吧？”

林天阳差点被水呛到，弹她额头：“你这小脑袋里装了些什么乱七八糟的？再说，喝都喝了才想起来也晚了吧？”

代舒嘻嘻笑，又喝了半杯水后，起身去把防盗门锁上了。

“吧嗒”一声落锁的声音，仿佛开启林天阳身体的指令，他放下水杯，眼睛晶亮地看着代舒。

代舒没看他，朝着他的卧室走去：“我们看会儿电影吧。”

“嗯。”他起身，紧随其后。

代舒打开卧室灯，走了没几步，灯就被林天阳关掉了。紧接着，她感觉背后一暖，他抱了过来，搂着她的腰，在她脖子上浅浅地吻。

“你今晚不回去了吧。”他用了陈述句，没想和她商量的感觉。

代舒心尖都颤，感觉到他的嘴唇从后颈移到她的肩膀，低声问她：“你冷吗？”

“不冷。”

“那你抖什么？”

“……那可能有点儿冷。”

林天阳又笑了，他今晚笑了好多次，代舒大概能懂他的感觉，好像跟他在一起的时候，就算是很无聊的话也会让人觉得挺开心的。

她转过身，面向他，圈着他的脖子踮起脚来：“我要亲你。”

他靠后倚在投影用的那面白墙上，叉开腿站得低一些，方便她亲吻。

在为数不多的几次接吻里，似乎没有哪一次是比现在更适合探索研究的了。她站在他两腿之间，伸出舌头去舔他的舌头，屋里一片漆黑，即使眼睛适应了黑暗也只是堪堪看清他的大致轮廓，看不清他什么表情。

但她从他鼻息间溢出来的声音能感觉到他是喜欢的。

她又舔了几次，分开的时候感觉到口水沾在嘴角，分不清是谁的。

两个学艺不精的人苦练技艺，林天阳不满足于她总是舔几下就走，按着她的后脑勺儿用力吮吸她的舌头，吸得她舌根发麻，扑腾着推开他，捂着嘴巴说“疼”。

林天阳却喜欢上了这种感觉，热热的呼吸打在她脖子上，想在那里也留下让她“疼”的痕迹。

代舒察觉到他的意图，忙躲开，他没再继续，把自己毛衣脱了露出精壮的上身：“我也给你亲。”

“我才不要。”

屋里静悄悄的，代舒觉得事情再发展下去会没法收拾，弯腰从地上捡起林天阳的毛衣给他：“你快穿上。”

林天阳只得把脱了没有一分钟的衣服又套了回去，穿好以后沉默了几秒钟，走到床边坐下了。

代舒觉得自己现在最好是回家，可又舍不得跟林天阳之间的温存。她走到林天阳面前，揉乱他的头发：“干吗啊？怎么不说话了？”

林天阳两手扶在她腰上，把她的毛衣和保暖衣一起往上推了推，然后握着她的腰把人拉到自己面前，抬头在她肚皮上亲了一下，不知道从哪里学来的词：“我要给你‘种草莓’。”

代舒肚子上麻酥酥的，他手心的温度传过来，让她身上有些热。

她怀着好奇再次妥协，闭着眼睛道：“那，那你种吧……”

林天阳听到外面拍门声才醒，晃了晃脑袋，套上条裤子下床去给队员们开门。

那几个虽然哈欠连天，却没有醉得太离谱，不知道是不是在外面醒了酒才回来的。

几人跟林天阳打了声招呼就钻进各自的卧室补觉去了，林天阳也没跟他们多话，回了卧室反锁上门，看着床上微微打着鼾的代舒，笑着把地上散乱的衣服一件件捡起来放在椅子上。

他躺回床上，撑着脑袋看她睡觉的样子，伸手点了点她的鼻子，心里涌起无限甜蜜。

昨晚到底不只是留下几个吻痕而已，可也没做到最后那步，因为家里没有“作案工具”……不过想想他们之间那些亲密，林天阳还是忍不住笑。

他在代舒光洁的肩头轻轻亲了一下，揽着她继续睡。

两人再次醒的时候客厅里已经有走路声和说话声了，代舒拽着被子拉到自己脖子高的位置捂好，着急地闷声道：“他们怎么回来了啊？”

林天阳看了一眼时间：“都快十点半了。”

代舒把被角攥得更紧：“那我怎么办啊？”

“什么怎么办？”

“丢死人啦……我不要见他们……”代舒小声嘀咕，“你把他们支开，我偷偷地走。”

“你说话就说话，这是要憋死自己啊？”林天阳觉得好笑，把已经快盖到她鼻子的被子揪下来，“不想跟他们碰面啊？行，我让他们出去吃饭。”

“嗯……”代舒不知道是不是被闷的，脸发红。等林天阳穿好衣服出了卧室把门关上，她才探出手来从椅子上拿回自己的衣服，窝在被子里面穿好。

过了一会儿，林天阳回来，看见她已经穿好衣服坐在床边，朝她招招手：“他们都走了。”

“你没说我在吧？”

“没。”

代舒松了口气，把大衣披上急急忙忙地往外走，洗漱也顾不得了，只想赶紧躲回家里去。

走到玄关穿鞋的时候，代舒看着自己脱下来的粉色拖鞋若有所思，接着用力捶在林天阳的肩上：“他们肯定看见我的鞋了！啊啊啊！林天阳你个蠢蛋！”

林天阳受了这份捶打，低声道歉：“怪我，忘把你鞋藏起来了。”

代舒欲哭无泪，觉得没脸再见几个队员了，表情丧得要命：“我再也不来你这里了。”

“不来了，不来了。”他应着，心里琢磨着是该再寻个住处了。

转眼到了月底，《亲爱的，结婚吧》播出了最后一期，播放量和话题度都达到了巅峰，尤其是林天阳在摩天轮广场对代舒求婚的那一段，经过节目组的剪辑看起来又真实又梦幻，以至于这一对之前被观众称作“尬甜”的“树林夫妇”在最后赚足了大家的泪水，人气调查环节中甚至超过了千兮那一组。

林天阳的公司更是借机会透了些无伤大雅的料，比如代舒跟乐队成员一起去唱歌，再比如临时乐队的巡演第一场坐在前排被拍到的代舒。

其实根本不是偷拍，为了给临时乐队的演唱会造势，代舒特意直播了自己参加演唱会的全过程，跟粉丝们一起近距离地欣赏男朋友的才华。

第一场演出结束的庆功会，代舒被邀请坐在林天阳身边，又是好些天没见，代舒一坐下，林天阳就忍不住一直看着她。

Mary看在眼里急在心上，就这眼神，任谁拍到了都能看出来这两人有猫腻啊。

她找了个空当的机会，揪着林天阳教训：“这什么事啊都是物极必反，你别看现在那些小粉丝嚷嚷着好甜好甜，那是他们自己脑补的甜。这次你得听我的，你们俩最近太黏了，就到这个程度可以了，降降温，真真假假的大众才喜欢看热闹，太真了反倒要招骂。”

虽然林天阳觉得自己跟代舒一点儿都不黏，一周才见上一次面，可Mary这么郑重地跟他商量，他得卖她个面子：“姐，您的意思是？”

“我的意思是最近你安心巡演，就不要跟她见面了，反正你也得去外地。”

“哦，那她能去看我演唱会吗？”

“这……最好不要吧。”

“低调一点，在后排那种，不会被认出来的。”

Mary快速地权衡了一番利弊，最后点点头：“好，有消息我会压着，反正说她是你迷妹也没什么关系，但我还是那句话，你们不要见面。”

林天阳揪了揪嘴唇，觉得有点儿残忍。

Mary下了剂狠药：“等今年的巡演结束，我会安排公开你们的恋情。”

“真的？”他的惊喜溢于言表。

“真的，陆总指示的，前提就是你在公开之前别给我惹事，不然出了事可是整个乐队都担着呢。”

“好，我记得了。”

林天阳刚答应完，就迫不及待地返回包厢想跟代舒分享这个好消息，没想到这个酒量不太好的小姑娘喝得两眼放光，坐得却板板正正，一副明显醉了的样子。

林天阳找到罪魁祸首阿迟，狠狠瞪了他一眼："谁以前教的她不要跟男人喝酒？"

"天地良心，她主动找我喝的，红酒，喝了一口说挺好喝，直接整杯喝完了。我还以为她多大酒量呢，就一杯，就这德行了。"阿迟扶额认罪，"得，怪我，我以后一口都不跟她喝。"

林天阳不再理会阿迟，拍拍代舒的手："真醉了？"

代舒诚实地点头："好像是。"

"多喝点儿水。"他换了杯子给她倒茶，她喝了几口就不想喝了。

他给她夹菜，问她想吃什么，她都摇头，过了一会儿小声跟他说自己想睡觉。

"头疼？"他手背下意识去试了试她额头上的温度，有点热，但应该是喝酒喝的。

"有一点儿。"

时间确实已经不早了，他们唱了一晚上其实也挺累的，主创们没聚太久就散了。

林天阳给代舒的助理打电话，让她上来接人。原本听了 Mary 的嘱咐以后，林天阳不打算送代舒回家了，可不知道是不是因为这几天没见面，喝醉的代舒明显很依赖他，一直攥着他的袖子不肯松开。

她醉成这样，他实在不放心让她自己回去，想了想，还是上了代舒的车，跟助理一起送她回去。

他们俩坐在后排，代舒靠在他怀里打盹，忽然醒一下，戳戳他下巴，说不了几句话又睡着了。

林天阳怀疑地看着她："真醉假醉啊？就这一杯倒的酒量？"

她睡着了没回答，坐在副驾驶位的助理替她答："小代姐真的不太能喝酒，我们聚会的时候她最多也就喝一瓶啤酒，别的都不喝的。"

林天阳努力回忆，他记得以前代舒的酒量好像没这么差。

到了小区楼下，林天阳跟着下车，背着代舒的包，跟小助理一左一右地扶着她，然后林天阳半搂着她进了电梯。

快到家门口的时候，代舒忽然高抬腿走路，压着声音说："静静可能在睡觉，小点声，别吵到她。"

"……"林天阳跟她在门口站着，互看了半天，代舒忽然问他，"你怎么不开门啊？"

"钥匙在你那里。"

"在哪里？"代舒挠头，"哦，在包里。"

林天阳从包里翻出钥匙，问她是哪把，她挑出来给他，还一直叮嘱他："小点声，不要吵醒静静。"

林天阳把人扶进去，换鞋的工夫她就跑回自己屋了，鞋子都没脱。

他追过去，路过静静房间时看到房门开着，里面没人。

代舒冲进房间就趴在了自己床上，朝着林天阳喊："我要喝奶茶。"

"好，我去给你买。"林天阳帮她把鞋脱了，答应她这没头没脑的要求。

随后跟来的助理在门口说道："我去吧，林老师您在这里照看一下，我知道附近有个便利店有卖奶茶的。"

"好，那辛苦你了。"

等助理走了，他拍拍代舒的腿："坐起来，脱了衣服再躺。"

代舒翻了个身，伸着手，闭着眼，皱着眉头嘀咕："林天阳？"

"嗯，我在。"

"帮我脱。"

他失笑，这丫头倒是不怕他乱来。他简单地把代舒的外套和裤子脱下来，发现她又没穿秋裤，这才升温没几天，她就又臭美起来了。他没承想能看见她印着小猫咪的内裤，握着她的膝盖在她白生生的大腿上亲了一下："不喝奶茶了？"

"想睡觉。"她下意识地往被窝里钻，都快钻到地上去了也没找着被子。

林天阳看她犯傻的样子笑个不停，抖开被子把她包起来。

"林天阳？"她躺好没多久又喊他。

"在。"

“抱抱。”代舒把手伸出来，抓着他手腕不让他走。

林天阳看看时间，他觉得今天可能会有人盯着他们，如果住在这里很可能引起不必要的麻烦，可是代舒这么黏着他，他又心硬不起来，最后和衣躺在她旁边。

她拱到他怀里紧紧贴着，过了一会儿林天阳觉得胸口有些湿热，笑话她：“你馋奶茶馋到流口水？”

伸手去擦她嘴角，却发现湿漉漉的是她的脸庞。

“代舒，怎么了？”他慌了片刻，轻声问她。

她没回答，还在抽泣。

林天阳低头看她，发现她是睡着的，应该是做了什么梦。他环抱着她，轻轻拍她的背，给她哼着摇篮曲，哼了好一会儿，她才平静下来。

她在梦里又叫了声“林天阳”，带着哭腔叫的，搞得林天阳怀疑他是不是死在她梦里了。

他在她脸上亲了亲，应了一声：“在呢。”

这一声把代舒给叫醒了，她睁开眼，睫毛上还挂着泪珠，揉了揉眼睛，都没搞清楚这是在哪里，就抱着林天阳瓮声瓮气地说：“我奶茶呢？”

“奶茶在路上。”

代舒这会儿意识还不清醒，抱着他的脖子又睡着了。

助理回来的时候没敲门，跟静静一起进来的。

代舒卧室门没关，助理在外面轻声问了一句：“代姐还喝奶茶吗？”

林天阳放轻脚步走出来，说了声“辛苦”，把还温热的奶茶放到代舒的床头柜上，带上她卧室的门，打算离开：“应该没什么事，睡着了。”

静静也是刚聚会回来，打着哈欠送林天阳和助理出门：“放心吧，我看着她。”

林天阳道谢，天太晚了，他没让代舒的助理送他回去，让她打车回家，自己开了代舒的车离开的。

回去的路上他心情复杂，最近太忙，他都快忘记代舒之前曾受过刺激的事情了。

虽然好奇，可他决意不会问代舒当初的事，那些不快乐的事问一次只会让代舒难受一次，他没有揭人伤疤的癖好。可他不问代舒，不代表他就打算不知道那些事，他总要知道哪里是雷区才能小心避雷。

而知道这一切的，除了代舒的家人，就只有赵裴飞了。

就算再不待见他这个“大舅哥”，林天阳也得低头去把那个秘密套出来。

在这件事之前，还有件挺要紧的事得解决。

他趁等红灯的工夫给Mary发了条信息：“姐，帮我在代舒小区找个房子吧，这样被拍到可以说我住在这里。”

即使是深更半夜，Mary也立马回复了：“被拍到了？！”

她发完信息又打来电话，林天阳挂断，把车停靠在路边给她回拨过去：“就是忽然想到而已，你睡吧，明天说。”

Mary一语中的地问了一句：“又去她那里了是吧？”

“刚送她回家。”

Mary沉默了片刻，答应道：“好，我尽快去办，别留宿，赶紧回家。”

“在路上了。”

“在路上就别打电话，注意安全！”Mary粗暴地挂断电话，再见都不说一声。

林天阳集中注意力重新上路，心里默默感激自己的经纪人。

代舒第二天早上醒了给林天阳打了个电话，吐槽床边的奶茶已经酸了，她喝了一口差点吐出来。

“嗯？‘差点’是什么意思？你咽下去了？”林天阳也是迷糊着接的电话，声音还哑着。

“对啊，我没反应过来，咽下去才发现是酸的。”代舒说完，忽然又说了一句，“你再‘嗯’一下。”

“嗯？”

“啊，真好听，像那种色气男主播一样！”

林天阳搓了搓脸，坐起来靠着床头跟她聊天：“你没事别听些奇怪的节目。”

“哦！”

林天阳想起来昨天没跟代舒说的好消息，赶紧趁这工夫把巡演完就公布恋情的事告诉了她。她却没有他想的那么开心，反倒是不安地问他：“会不会对你有影响啊？我无所谓啦，公开不公开的都行，而且公开了骂我的人肯定更多。”

“你说的那些可能也会存在，但总的来说正名以后歌迷会慢慢接受的，而且这样会方便一些，起码不用担心约会被拍到的事。”林天阳觉得自己的做法有些自私，可他真的很想光明正大地和她牵手走在街上，他也想给她一个身份让她能够安心。

代舒敏感地想到了新的问题：“我们最近是不是不能见面了？”

“嗯，最好谨慎些，等公司发了通告再见。”

“那我还能去看你演唱会吗？”

“你有时间的话就去。”

“太好了，我下周还约了赵裴飞在W市一起看呢，他在那边出差。”

他怎么天天出差?

林天阳没问出来，和气地说：“那挺好的，有人陪着你我也放心些。”

两人又闲扯了半天。

挂电话前代舒不死心地又问了一次：“那我去W市也只能孤苦伶仃看完演唱会自己回来啊？”

“不是有赵裴飞吗？”

“我不要赵裴飞。”代舒撒了个娇，“我要林天阳。”

“咯——那到时候再说吧。”林天阳在她这里总是没什么原则，他感觉到时候忍不住想见面的大概还是他。

但他现在更想见的，是赵裴飞。

演出前彩排的时候林天阳就在想见赵裴飞的事，阿迟看他不在状态，还以为他是紧张了，笑着问要不要弄两瓶白酒来壮胆。

林天阳笑笑没说话，调整好状态完美表演后，才给赵裴飞发信息约他见面。

收到信息的赵裴飞还愣了一下，看着身边一脸狂热追星表情的代舒，回了林天阳自己的酒店房间号。

林天阳来的时候已经半夜了，戴着个鸭舌帽、大口罩，低着头站在赵裴飞门外。

赵裴飞开门吓一跳，把人让进屋："找我干吗啊？还打扮成这样，跟要谋杀我似的。"

"大哥。"

"别介，你这么叫我准没好事，有事说事，哦，不喝酒。"上次醉酒后在酒店被闹钟轰炸到崩溃的事他还记忆犹新。

林天阳露出脸来，无比真诚地又叫了一声："大哥，代舒之前究竟受过什么刺激？"

"哟，你怎么不问她啊？不是说在交往吗？"

林天阳皱眉："你明知道让她回忆那些事情会让她再次受到刺激，就算你讨厌我，可也不至于让代舒再受伤害吧？"

"少来，别给我乱加罪名，我只是保护我病人的隐私而已。林天阳，有些事错过了就是错过了，既然当初你不知情，那么现在你就一直这么不知情下去吧。"

"如果我想知情呢？"

"嗬，那你就去找知情人呗。"

"我要跟代舒结婚了。"林天阳抛出这样一句不合时宜的话，"我将要和她共度一生，我想要知道她经历过什么，不是因为我想知道，只是我怕今后我会不小心勾起令她不快的记忆，所以我才来求你告诉我。"

赵裴飞皱眉："你这些肉麻的话跟她说去，跟我一个大老爷们说干吗？"

"你还喜欢代舒吗？"

赵裴飞沉默了，他知道自己应该说不喜欢，不然只会造成代舒的困扰。

可他没说出口。

"因为喜欢代舒，所以愿意看我难受？"林天阳颓败地坐在沙发上，"你换个让我难受的方法好吗？"

赵裴飞的手机振动，他拿起来看了一眼，是代舒发的，告诉他明天的航班号，说会自己打车去机场，让他安心上班，不用送了。

又发来一条："少抽烟，小心得肺癌，睡不着就烫烫脚。"

手机里那个少女的形象跟眼前这个刚从舞台上下来不久的明星重合在一起，赵裴飞虽不愿意承认，但也不得不承认，代舒自从跟林天阳重逢以后整个人都快乐了很多。

他想起来几年前，代舒从医院回家，到他那里接受心理治疗时的情形。

骨瘦如柴的女孩看见什么都会慌张，跟他熟悉了好久才愿意把当初的事说出来。

“那时候我知道我爸妈出了问题，立刻就赶回去了。我妈告诉我，我爸跟他公司的一个员工发生了婚外情，被她捉到了，她很坚定地要离婚，但是我爸不同意，因为他的公司还有他的生意原本都是我外公的资产，如果离了婚，他会失去很多。”

“我爸给我打电话，想跟我谈谈，我也想知道他怎么说，就去公司找他，他承认自己的错误以后希望我劝说我妈不要离婚，可我觉得我妈没有错，所以就支持他们离婚。然后我爸……”

“我爸很生气，他把我关起来了，起初是关在我家的地下室，第二天他把我迷晕了，带去了他工厂的一个仓库里，哦，他还把我的手机拿走了，他说扔进海里了。”

“他当时很疯狂，他表示自己不能跟我妈离婚，说是让我在仓库里待几天，他觉得如果女儿失踪了，我妈会很崩溃，这种时候他陪在她身边渡过了难关，我妈就会原谅他的出轨。”

“仓库里有吃的，也有喝的，那个工厂是零食加工厂。我在那里饿是饿不死的，可是我很害怕，那里有时候会有奇怪的声音，我猜应该是老鼠，也有可能是黄鼠狼。仓库里是有灯的，开始的时候我不敢关灯，一直开着，可是后来我觉得很累，因为我不知道什么时候是白天，什么时候是夜晚，也不知道我在那里待了几天。听警察说我其实只被关了五天，可当时我觉得好像在那里待了几个月一样。”

“再后来，我就数数，数到十二个小时那么多就把灯关了睡觉，睡醒了再开灯。不过我还是数得不够准确，估计跟外面有时差。”

后面的事赵裴飞从代妈那里听过了，警察找到她的时候她在睡觉，发着烧，醒了以后意识恍惚，大脑的认知中枢出现混乱，没法准确地判断时间，也记不住别人的名字，甚至连她妈妈，她都经常认错。

在接受治疗初见成效的时候，代舒忽然提到了一个叫林天阳的男人。赵裴飞陪着她去找林天阳，可原来的地下室已经换了租客，好不容易找到房东，房东却说他出国了。那段时间代舒很沮丧，状态也有些反复。

后来临时乐队红了，演电影、开演唱会，赵裴飞都陪代舒去看过，代舒说把他当成一个遥远的偶像，在不同的世界生活也挺好的。只是没想到，他们兜兜转转居然还是走到了一起。

而他赵裴飞，始终只是个看客。

“代舒……明薇曾经被她爸爸关过禁闭，你知道吗？”赵裴飞坐到林天阳对面的沙发上，跷着二郎腿，点了支烟。

林天阳回想代舒说过的话，她确实说过跨年那天没能去找他是因为被爸爸关起来了。

他点点头。

赵裴飞抽了半支烟才继续开口，把他知道的都告诉了林天阳：“那你知道她被关在什么地方吗？一个工厂……”

虽然赵裴飞说得已经十分简略，可林天阳还是从他的叙述中想象出了那时的代舒有多无助和害怕。当听到代舒有阵子连妈妈都会认错却还偶尔会提起林天阳这个人的时候，他觉得心像被人掐了一把似的难受。

“就是这样的。我认为她的病已经好了，但我不保证她就不会复发，尤其是处在你的圈子里，太容易受到各种刺激，但愿你能像你说的那样保护她不被外界的言论伤害。”赵裴飞把烟摁断，大方地给林天阳又透了个消息，“你可以去看看她，我猜她还没睡，1216 房。”

林天阳沉默地抓着衣服站起来，走到门口回头对赵裴飞说了声“谢谢”，口罩也没戴，迈步去往安全通道，从楼梯走下去，找到 1216 房。

他深吸了一口气，努力把不太好的情绪排解掉，捏了捏脸上的肌肉，这才按门铃。

屋里的代舒刚洗完澡，疑惑地趴在猫眼上往外看，看清是林天阳后惊喜地拉开门：“你怎么知道我住这儿啊？”

林天阳扯出丝微笑："心电感应。"

"呸。"她把门关上，开心地抱住他，鼻翼耸动几下，"你抽烟了？"

"没，他们抽的，呛着你了？"林天阳边说边把衣服脱了扔到桌子上，只留了件背心。

代舒绕到前面挂在他脖子上亲他，一本正经地笑："真的没抽？我要检查！"

她撬开他牙关，舌头探进去"检查"他嘴里有没有烟味，林天阳边笑边把她抱到床上坐着，吻了一会儿松开她，摸摸她还湿着的长发，起身去浴室拿了吹风机出来帮她吹干。

代舒的头发又长了些，她自己揪着一撮头发看了会儿，嘀咕着分叉了："我想剪短一些。"

"好，什么时候，我陪你。"

"过几天吧，哎，你不是说最近不要见面的吗，怎么又跑过来了？"

林天阳把吹风机放到一旁，拿梳子轻柔地帮她理顺头发："想你了。"

头发还没梳完，代舒一个转身反扑把林天阳扑在床上，鼻子在他脸上蹭来蹭去："我也想你。"

林天阳笑，把梳子放在茶几上，抱着她的腰开玩笑："不行不行，今晚演唱会消耗太多体力了，这会儿力不从心，你放过我吧。"

代舒跪坐起来打他："你又胡说八道！"

林天阳脱了衣服，躺在床上伸长手臂："真累了，来，睡觉吧。"

代舒红着脸靠过去，枕在他胳膊上，看他闭着眼睛似乎真的是累了。她把被子多分给他一些，额头抵着他胸口，都没关灯就睡着了。

林天阳睁开眼，手背在她脸颊上轻轻碰了下，她没察觉。

他手臂有些麻，抽回自己的手，把她脑袋平放到枕头上，然后趴在一旁细细地观察。

赵裴飞的那些话虽然给了他很大触动，也让他觉得心疼，可他的代舒还是那个代舒，他没觉得她有什么不一样，也不觉得她是什么病人，她这不是睡得傻愣愣很香甜嘛。

他吻她，不带一丝情欲，像是安抚，又像是膜拜。

直到代舒被异样的感觉唤醒，看见林天阳伏在她腰边，她笑着抬脚去踢他的脸，他握着她的脚咬了一口，复又回来抱着她哄着：“怎么醒了？”

“做梦梦见蚂蚁咬我。”她闭着眼哼唧，“林天阳给我唱歌。”

“嗯？嗯。袋鼠呆又呆，袋鼠跑不快，袋鼠吃饭吃一半，袋鼠不会系鞋带……”

代舒伸手捂住他的嘴：“你还是别唱了。”

“睡吧。”

“明天起床你是不是就不见了？”

“那要看你几点起来了。”

“我早点起，你等我醒了再走好不好？”

“好。”

“林天阳，”她又拱进他怀里，像抱大玩具那样抱住他，“真喜欢你啊，嘿嘿。”

她说完就睡着了，没有听见林天阳忸怩地说了一句“我爱你”。

第三场巡演结束后，乐队有十天的休整时间。

林天阳回家后第一件事就是打电话找代舒，刚约好了见面的时间地点，Mary 就风风火火地赶到家里来。

她拿着档案袋，摔在桌子上让林天阳看。

林天阳打开袋子，里面是沓照片，看样子应该是在 W 市开完演唱会的那晚，照片里只有代舒跟他先后进一家酒店，并没有拍到两人同行的亲密画面。

他把照片放下，解释道：“那晚我确实去了这家酒店，但我是去找代舒她哥的，就是照片里跟她一起进酒店的那个人。”

“找她哥？然后彻夜未归？当人家是傻瓜？”

林天阳不再犟嘴，只问解决办法：“他们要多少钱？”

“两百万。”

“不给。”林天阳拒绝，“什么都没拍到，让他们爆去吧。”

Mary 冷冷地看着林天阳，沉吟片刻：“也行，真爆出来就当为下一轮演唱会炒作了，你什么都不要说，哦，不对，你说两句，就说去找哥们儿喝酒，装作才知道那天她也在那家酒店，粉丝信不信的由着他们吧。”

林天阳“嗯”了一声，下意识看了一眼时间。

Mary敏锐地捕捉到他的情绪，问道：“别跟我说你又要去找代舒。”

“我正想跟你问件事。”林天阳不答反问，“之前你说帮我看房子，有合适的吗？”

“巡演也就半年的事，半年你都等不了了？”

“我觉得偶尔被拍到也挺好的，给粉丝打打预防针。”

“你这哪里是预防针，你这直接打安乐死吧？”Mary坚持自己的看法，“今天不行，你刚回来，肯定有人盯你。要见代舒就带着他们一起去，不许单独行动。”

“……”他跟女朋友约会，带一群电灯泡干吗？

“听见没有？不许单独行动，也不许莽撞做事。”

“那我跟您商量件事。”

“我不同意。”

“您都不听就不同意啊？”

“你这时候提出来的一准没好事。”

“我想在演唱会上跟代舒公开。”

“……可以。”Mary居然同意了，“最后一场。”

“我想在下一场。”

“我这么说吧，林天阳，”Mary抱着手臂，站起来瞪着他，“你哪一场公开，哪一场就是最后一场。”

洗完澡出来的阿迟打断了他们的谈话：“你们聊什么呢？最后一场不是秋天的日本场吗？怎么聊到那儿去了？”

林天阳看了阿迟一眼，又看看态度坚决的Mary，没法把整个乐队的努力都任性地抛开。他咬咬牙答应：“好，最后一场。”

虽然两人的关系始终没有公开，可粉丝的偶遇和狗仔的偷拍都一再地让“树林夫妇”冲上热搜。有人质疑这是临时乐队为了演唱会而进行的炒作，可更多的路人粉都从那些照片或视频里看出来这两人的关系不简单，CP粉们更是天天磕糖比看节目还开心。

乐队的巡演代舒一场没落，像个标准的迷妹，全国各地跟着跑。

不知道是不是跟行程太累，到最后一场日本场的时候代舒感冒了，嗓子发炎说不出话来。

这让原本想请代舒作为特邀嘉宾一起演唱《还是喜欢你永远的微笑》的林天阳挺怄火，他教训她，一定是看演唱会喊得太用力了才会伤到嗓子。

这话不是没有根据，网上有网友拍的视频，代舒穿着棒球衫戴着帽子、口罩，跟台上的乐队一起又唱又跳的，没有新闻都能自己搞点儿新闻出来。

代舒没精神地认错，吃了感冒药以后趴在林天阳怀里昏昏欲睡。

林天阳想了又想，觉得她还是在家好好养病，不要去日本了。

代舒不同意，这可是他第一次巡演，万里长征就差最后一步了，她怎么能不去看。

林天阳拗不过她，只能催她快点好起来："我在演唱会最后会跟你表白。"

"真的啊？"代舒一下子来了精神，高兴得手舞足蹈，又埋怨他，"你干吗现在就告诉我啊，那就不惊喜了！"

"只是公开一下而已。我怕你没等散场先离开或者去上厕所什么的，错过了又要生气。"

代舒想了想，确实会生气。她放过这一茬，追问他要怎么表白。

林天阳却死活不告诉她，推脱自己还没想好，就是不肯把那段翻来覆去都背烂了的词告诉她。

于是，即使已经知道要被表白的代舒还是得拖着虚弱的身体，心里七上八下地踮着脚站在体育场后排等林天阳的那段话。

她只在开场跟着唱了两三首歌，后面没劲儿蹦跶了只能安静欣赏。

一首又一首，在唱到最后一首歌之前，林天阳终于握着麦克风说话了。

"今天，想跟大家分享一个秘密。"他说完这句笑了下，"或许对你们来说也已经不算是秘密了。"

这话让台下的歌迷尖叫不已，好像他们都知道林天阳要说什么似的。

林天阳竖起食指在嘴边"嘘"了一声，等台下安静，他才继续说道："一年前，差不多也是这个时候，我在这里办了一场歌友会，演出结束后，我去公园参加了一个节目的演出，然后见到了一个女生。”

“这个女生，第一眼见到她，我就有种心动的感觉。”

“她现在就站在台下的某个角落，她一直是这样，在我看不见的地方默默关注着我，我知道。”

“这座城市对我来说是个特殊的地方，我在这里奋斗过，迷失过，得意过，也失败过。在这里，我遇见了我寻找已久的人……”

台上的人在深情告白，台下的代舒听得鼻子酸酸的，却因为感冒鼻塞，抽鼻子都不顺畅。她听见旁边那个可爱的日本女孩正在小声哭泣，一瞬间恍神，女主角不是她吗，她都没哭，那些人哭什么啊？

“一年前，见到你的那天，我知道我喜欢你；一年后的现在，还是喜欢你。”林天阳说完，把话筒插回支架上，弹起吉他。

“还是喜欢你 / 像海风疾驰几千里
还是喜欢你 / 像冬天雪花落满地
如果不是你 / 这样的生活多么无趣
想要听到你 / 对我说你愿意……”

林天阳的声音和场下歌迷的声音混在一起，可今晚这首歌他只为了代舒而唱。

当初写这首歌时，他以为自己已经放下了那段过往，他想写出比《小玫瑰》更好的曲子，他认为明薇已经是过去式了，是陪他走过青葱岁月却无缘相伴终老的人。

可那时不知道为什么，听着旋律填词，鬼使神差地就写出了“还是喜欢你”五个字。

到今天，他终于明白。

她是红玫瑰，也是白月光。

是年少时在心里埋下的种子，变成了如今郁郁葱葱的喜与欢。

——全文完——

番外

○ ● ●

回忆搁浅的那几年

1

四年前的冬天，东京街头的夜晚。

林天阳穿了件牛仔外套，一只手插在兜里疾步行走。今晚忽然降温，他被这刺骨的冷风吹得脑仁生疼。

他另一只手里提着个袋子，里面装了肉包，是他打工的便利店老板低价卖给他的。

有时林天阳会怀疑一下人生，就像此刻，他提着廉价肉包在异国他乡的夜里赶回狭小的出租房，身后是寂静的街道和偶尔驶过的车辆。

春天，他跟阿迟来到这里参加比赛，梦想着一战成名，却连初赛都没过关。

那之后留了下来，跟这边的地下乐团渐渐熟悉，也会互相交流学习，总觉得这里会比国内好发展一些。可是快一年了，他们除了在酒吧卖唱，并没能找到其他的好机会。

倒是在酒吧“捡”回一个吉他手和一个鼓手。

落魄出走的豪门私生子和东大医学毕业的高才生。

怎么听都不是一类人，可他们四个这么别别扭扭地居然也混在一起半年多了，还取了随时准备散伙的名字：临时乐队。

林天阳伸手摸了摸包子，觉得有些凉了，把袋子揣进外套焐着。那三个家伙晚上肯定又吃的泡面，包子当夜宵不错。

他时常觉得自己像他们的老妈子。

风虽然小了，可天却更冷了些，林天阳加快步伐，几乎是小跑回住处。

到家时看见那三人正堆靠在地上打扑克。

林天阳把包子扔在他们面前，冷淡地说：“老板送的，吃吧。”

“谢谢老板！”唐哲第一个伸手去拿，却被阿迟一把按住手腕。

阿迟扭头问林天阳："你吃晚饭了吗？"

"吃了，有工作餐。"

阿迟这才松开唐哲的手，让他继续。

袋子里总共就三个包子，唐哲挑了个最顺眼的拿起来啃，边吃边跟林天阳说："今天房东来收房租了，我求她再宽限一周，这周不是还有三个场吗，酬金差不多就够了。"

他吃完了擦擦嘴，一脸愤慨："老妖婆又吃我豆腐！"

林天阳把外套脱了，去上了个厕所，洗完手没擦，湿着的手互相搓了两下，坐到唯一的那张桌子前，伸手掏纸笔打算把晚上值班时想到的东西写下来。

摸来摸去。

笔呢？

他问又玩起牌来的三人，只有唐哲抬头回他："哦，那支黑色的钢笔吗？今天老妖婆来的时候看见了，说喜欢，拿去用几天，算……算抵押。"

林天阳猛地站起来，眼神阴沉："她拿走了？"

"就暂时用几天，等我们把房租交上就还给你……"唐哲声音渐小，心虚不已。

林天阳看向阿迟："你知道？"

阿迟摇头："我不在，白天跟明第去做志愿服务了。"

林天阳狠狠地盯了唐哲一会儿，就在阿迟和明第做好了劝架的准备时，林天阳忽然沉默着去翻自己的行李箱，动作幅度很大，看得出来心里极度不痛快。

他把轻易不拿出来的应急金从各个角落翻出来，榻榻米上散落着乱七八糟的物件，玩牌的三个人大气都不敢出地看他数了一遍手里的钱，怒气冲冲地大半夜去找房东太太。

唐哲虽然知错，却也有些委屈："不就是借用几天吗，用得着发那么大脾气吗？我被老妖婆摸屁股了都没气成这样。"

阿迟叹了口气，也没骂唐哲，只跟他说："那支钢笔是他喜欢的人送他的。"

"啊……那他怎么没提过啊？"

"以前的事了，来日本前分手了。"阿迟并不清楚具体的情况，只感觉两个人像是闹掰了。

“分手了还这么在意支破……”唐哲话没说完，看见去而复返的林天阳，忙识趣地闭上嘴。

明第看他那样子就知道房东一家应该是睡了，林天阳没把人喊醒。

看来理智尚存。

貌似冷静下来的林天阳把翻出来的杂物一一收回原处，他收拾到行李箱时，看起来就像是一个即将远行的旅人。

唐哲磨磨蹭蹭地走到他身后，想帮忙收拾，可又无从下手。

林天阳不留情面地跟他说：“不想看见你，去睡觉或者去外面溜达。”

这么冷的天，在外面溜达并不是个好主意，于是唐哲选择了跑到门边睡觉。

林天阳把所有东西收拾好时，其他三人已经铺好被子睡了。他觉得已经没那么恼火了，去洗手间洗漱时，看见地上有张纸片，不知道是从哪个本子里掉出来的。

他弯腰捡起来，顺便看了两眼，发现是一年前他写的谱子。

那首想在跨年夜唱给明薇听的表白曲。

他自己都不知道，这歌居然还留着。

林天阳拿着那张纸回到桌前坐下，越看越觉得这歌谱得烂。

一首谱曲以后从来没有唱过的烂歌，可是歌词意外地应景：

“我不知道明天该去向何方 / 我时常像现在这样感到彷徨 / 是继续流浪还是选择留在这里 / 如果你说我就马上决定……”

啧，看来即使来了日本，他的境况也不比国内好到哪里去。

林天阳不可抑止地想起了明薇，那个喜欢说笑，喜欢在他干活时趴着睡觉的女生。

她不想见他，躲着他，他就主动跑得远远的，让她不必看见了心烦。

屋里静悄悄的，夜已深，他们都睡着了。

他看着明薇写的歌词发呆，默念着：“你的笑像光在黑夜绽放。”

她说的是他吗？

她总埋怨他不爱笑，冷冰冰的。

可他明明觉得自己看见她的时候是在笑着的，发自内心的高兴。

这一年，他忙着各种比赛各种演出，忙着“出人头地”，忙得已经忘记了那段不愉快的“失恋”，却没想到她的一件旧物一句话依旧影响着他。

让他轻易丢盔弃甲，露出最脆弱的心防。

他彻夜未眠，找了支铅笔重新给这首歌谱曲，反反复复修改了十几遍，直到天明才满意地停笔，把原来的那张纸片夹进行李箱的书里。

阿迟最早醒过来，去了趟洗手间，看时间还早，正打算继续睡个回笼觉。

发现林天阳身上穿的还是昨天那身衣服，榻上连床被子都没有。

他打着哈欠走到他旁边：“你不会是整晚都没睡吧？”

“嗯，写歌了。”

“我看看？”阿迟拿起桌子上的纸，字迹潦草，但他看惯了也不觉得难以辨认。一边看一边哼，唱了一段，阿迟就清醒了不少，“嘿，这是一晚上写的？厉害啊你，我有预感，这歌指定能红，咱们就拿这个去参加明年的比赛。哎，这歌叫什么啊？”

林天阳想了想：“《小玫瑰》。”

说完他没再跟阿迟讨论，从抽屉里拿了钱，去找房东付房租赎回自己的钢笔。

然后望着蓝天白云深深吸了口气，抬脚往自己打工的便利店走去。

老板不在，收银员纳闷地问：“你不是下午的班吗？怎么这会儿就来了？”

林天阳难得地笑了笑：“买早餐，鸡肉这个套餐，麻烦拿四份。”

同事把饭放进微波炉里加热，收完账感慨：“做你的室友真的很幸福啊。”

林天阳在用来隔热的纸板上写下辞职和感谢的话，请同事代为转交给老板。

同事不小心看见了内容，有些讶异：“你找到新的工作了吗？”

“没有。”林天阳提着早餐跟他挥别，“我要回去了。”

回到他熟悉的地方去。

回到那个有她在的地方。

林天阳觉得自己当初负气离开有些可笑，即使他跟明薇做不成恋人，可她曾经在歌词里说他是“地下室里冒出的新芽”。

她曾经给予自己无限量的崇拜与鼓励。

他不想再这么漫无希望地混日子了，他宁愿在国内天天赶夜场唱歌，也比现在好得多。

他不要辜负自己的梦想，想做最好的音乐，想站在更大的舞台上，想……或许还有想让她看见他。

他摸了摸口袋里的钢笔，矛盾地想着，如果是以另一种形式被她看见，她会不会替他感到开心。

应该会吧。

她写的歌词他改过几句，虽然她那暧昧的笔触可能只是为了押韵，可他却记得当初他练习唱那句词时的悸动："你好像还不知道有颗为你跳动的心脏，随时决定待在你的身旁。"

如果不是以恋人的方式。

那也该是以让你骄傲的方式。

2

两年前的夏天，代舒的大学寝室。

"代舒，今年的暑期集训营你还带不带班啊？那边的校长说你教得好，点名两期的学员都给你带呢，价钱也涨了一百。"

代舒的手机放在桌子上开着公放，她正往腿上涂防晒霜，听了朋友的话不急不慢地答："好啊，不过让他调整一下上课时间，每天从六小时改成八小时吧，夏天的天长，这样我也能省出几天时间来。"

"你等下，我问问那边。"

朋友挂断电话没多久，又拨过来说校长同意了，敲定日期后，朋友闲聊问她暑假有什么别的安排。

这个朋友是大四生，最近正在准备考研。

因为代舒休学过一年，跟她上一届的同班同学都不太熟；也因为她比现在班里的同学高一届，和同学关系处于客客气气的程度，没几个特别要好的。

给她介绍艺考辅导兼职的同学叫魏静，是她在学校社团活动里认识的，喜欢音乐，但是唱歌走调到无人匹敌。

代舒把手机公放关了，贴在耳边跟她讲："我最近找了份电视台的实习工作，嗯，不回家了，好了好了，我要去上班了，不聊了。”

寝室里空荡荡的，就她一个人，其他同学都回家放暑假去了，她借口实习留在了学校。

不是讨厌她的继父，也不是抗拒妈妈的新家庭。

就是感觉那个家对她来说有些陌生，他们对她越好，她越觉得自己不孝顺，干脆给彼此一些空间，都能过得舒服些。

锁上寝室门，撑开遮阳伞，走在阳光炙烤的马路上。

懒洋洋地睁不开眼睛。

电视台的实习不太累，尤其是上班时间非常自由，代舒通常选择十一点出发去那边的食堂吃饭，吃完在院子里溜达一圈，一点半开始下午的工作。

今天食堂的饭菜依旧丰盛，有她爱吃的香煎龙利鱼。

忍不住多吃了些，吃完她摸着圆滚滚的肚子满足地在电视台院子里遛弯。

这才发现今天的院子格外热闹，有两三个编导模样的同事拿着纸筒当喇叭，不停地维持秩序：“请大家把入场券和身份证件准备好，我们的工作人员会逐个检验，十五分钟后带大家入场。”

代舒了然，是来录节目的观众。

她沿着有屋檐遮挡的墙边踱步，迎面碰上了她的领导风风火火地往这边走，看见她喊了一句：“哎，正好你在，跑个腿，去商店买盒烟，万宝路的，送到西楼106休息室。”

领导把一卡通塞到她手里，对这刺眼的阳光很不耐烦地嘟哝。

代舒跟领导相处得不错，看她那不高兴的样子小声问了一句：“今儿录什么节目啊？‘歌战’？106是哪位腕啊？”

“还能是谁，新晋那位，脾气大得要命，跟了六个保镖，也不知道是来录节目还是来打架的。哎，你进去的时候小心点，别让人看到烟。卡是主任的，想吃什么水果零食的自己看着买，回来的时候给我买杯咖啡。”

“好嘞。”

代舒拿着卡往生活楼走，这会儿已经过了饭点，她没怎么排队就买到了大腕要的烟，从地下通道走到演播楼，在过道里看见机器已经架起来了，还有正在采访的。她把烟揣进兜里，避过镜头绕到106室，轻轻敲门，里面传来一道慵懒的女声“进”。

她拧动把手，进门看见那位大腕倚靠着沙发，旁边坐了个穿西装的挺像什么老板的男人，虽然衣服齐整，可代舒总感觉两人的表情怪怪的。她不敢多看，把烟放到门边的梳妆台上：“张主任让送来的。”

“好，谢谢你啊。”大腕挺有礼貌地道谢。

代舒也不多待，说了一句“您客气”就把门带上，小跑着离开休息室区域。

咖啡厅在六楼，她看大厅等电梯的人出奇多，于是拿着主任的卡刷了专用电梯，一个人坐着直达咖啡厅前台，给领导买咖啡。

因为代舒经常干跑腿的活儿，前台跟她也算是脸熟，兴奋地边做咖啡边跟代舒八卦：“你知道刚才谁来买咖啡了吗？就跟你前后脚工夫，你早来两分钟说不定就见到了！林天阳，临时乐队那个主唱！他好像是给那谁当助唱嘉宾来的，我跟你讲，他本人比电视上耐看……”

代舒下意识地扭头看向外面，电梯还停在那里，他大概是走的楼梯。

她看看时间，还没到一点半。

“咖啡我一会儿来拿，你帮我放着啊。”她说完就往外跑，还没跑到电梯那里，电话响了。

领导打来的：“烟送过去了吗？”

“送到了，现在咖啡厅。”代舒没敢继续跑，停下来回答。

“行，你不用回办公室了，直接来二号演播厅吧。哎，对了，你不是喜欢临时乐队的吗？今天下午林天阳也来录节目，给你个机会近距离看帅哥。”

代舒喜出望外，却也没忘了工作：“下午李飞导演有个电话采访。”

“哦，对，我懒得跑了，你回去一趟把录音笔和充电宝拿过来。”领导又嘀咕了几句主任不靠谱之类的，什么都要她去盯着。

代舒心跳得极快，这大概是这些年来她跟林天阳离得最近的一次了。

她把领导交代的事情都做好，赶去演播厅的时候，导演正在跟现场观众互动，提前录制台下观众的反应，还放了几段催泪电影视频录观众感动哭泣的场面。

领导给代舒在进门的地方留了个座位，方便她随时进出。

等了没多久，主持人上场串词，录了两遍终于到歌手上场。

大腕是第一个唱的，和电视上修过音的歌声比起来，听大腕的现场简直是灾难。大腕似乎也觉得自己唱得不好听，主动要求再唱一遍，于是代舒又体验了一轮灾难。

嘉宾助唱原本是比赛第二轮的环节，大腕还有别的通告急着离开，于是她的嘉宾助唱也提到了前面。

林天阳走上舞台的时候，代舒觉得自己心跳都慢了半拍。她眼睛一眨不眨地看着聚光灯下的男人，听他在大腕的衬托下就如天籁的歌声。

代舒脑子里闪过了千百种跑到他面前跟他重逢的方式，最后却只是安稳坐着直到他离场。

他跟她，已经是两种不同的世界的人了，贸然相认似乎也没什么意义。

等在电视台跟的项目结束后，代舒请了两个星期的假去兼职教艺考生。领导很痛快地批了假，还给了她一张五百块钱的购物卡："赞助商送的，拿着用吧。实习生没工资是苦了点儿，一个人在外地注意安全啊。"

代舒谢过领导，去往外地的路上头一回跟艺考学校的校长提前预支学费。

然后用这笔不菲的学费买了临时乐队演唱会的 VIP 座位。

人总是贪心的，有过近距离的相处只会想要更近一些。

演唱会那天体育馆爆满，代舒站在第二排的位置，仿佛伸手就能触碰到台上的人。身边的歌迷都在疯狂地喊叫，她兀自沉默，专心听他的歌声。

换装间隙，坐她左边的女孩放下手里的应援牌，跟她交流感受："林天阳好棒啊，我好喜欢他啊！"

台上灯光又亮了，尖叫声再次袭来，林天阳从舞台中央的升降台上走下来，充满力量的声音炸开代舒的心。

她听着他的歌声，像是回复刚才的女孩："我也是。"

我也很喜欢他。